사마쌍협 邪魔雙俠

사마쌍협 4

월인 新무협 판타지 소설

초판 1쇄 찍은 날 § 2002년 12월 16일
초판 1쇄 펴낸 날 § 2002년 12월 26일

지은이 § 월인
펴낸이 § 서경석

편집장 § 문혜영
편집책임 § 장상수
편집 § 박영주 · 권민정 · 이종민
마케팅 § 정필 · 강양원 · 이선구 · 김규진

펴낸곳 § 도서출판 청어람
등록번호 § 제1081-1-89호
등록일자 § 1999. 5. 31
어람번호 § 제2-0161호

주소 § 경기도 부천시 원미구 심곡1동 350-1 남성B/D 3F (우) 420-011
전화 § 032-656-4452 팩스 § 032-656-4453
http://www.chungeoram.com
E-mail § eoram99@chol.com

ⓒ 월인, 2002

값 7,500원

ISBN 89-5505-507-2 (SET)
ISBN 89-5505-561-7 04810

※ 파본은 본사나 구입하신 서점에서 교환하여 드립니다.
※ 저자와 협의하여 인지를 붙이지 않습니다.

월인 新무협 판타지 4
환사삼결(幻邪三訣)

사마쌍협
邪魔雙俠

도서출판 청어람

목차

4 환사삼결(幻邪三訣)

제23장 ◆ 7

태음토납경(太陰吐納經)의 신비

제24장 ◆ 41

황궁의 고수

제25장 ◆ 117

환사삼결(幻邪三訣)

제26장 ◆ 133

무영신개(無影神丐)

제27장 ◆ 189

남궁세가(南宮世家)

제28장 ◆ 233

거인들과의 대결

제29장 ◆ 257

비무(比武) 약속

제30장 ◆ 279

북미(北美)

◆ 제23장

태음토납경(太陰吐納經)의 신비

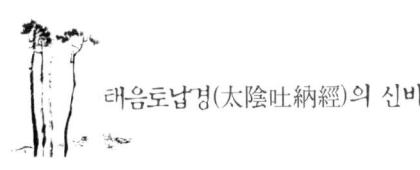

태음토납경(太陰吐納經)의 신비

"저 친구는 아닌 밤중에 왜 저렇게 발광을 하는 것이냐?"
뒤늦게 자운엽의 방으로 온 당문정이 멍하니 창밖을 쳐다보다 혀를 차며 중얼거렸다.
"할아버지!"
자운엽의 칼부림에 같이 넋을 잃고 있던 당유화가 당 노인의 넋두리에 핀잔 어린 소리를 질렀다.
"으음!"
당천의의 눈이 기광을 발하며 백광(白光) 속으로 사라져 버린 자운엽의 신형을 쫓았다. 그러나 한 자루의 칼 속에 완벽하게 사라져 버린 자운엽의 신형은 아무리 안력을 돋우어도 보이지 않았다. 저런 칼부림 속이라면 만천화우(滿天花雨)의 수법으로 머리털보다 더 가는 세침을 날린다 하더라도 단 한 개도 뚫고 들어갈 틈이 없을 것 같았다. 장력은 조가 당기철을 통해서 어느 정도인지 위력을 짐작할 수가 있었지만 칼은 어떤 수준일지 몰랐는데 저건 도저히 상상 밖이다. 어떻게 저 나이에 저 정도의 칼을 익혔는지 신기하기만 했다.
'도대체 태음문이란 곳이 어떤 곳일까?'
태음문에 대한 당천의의 궁금증은 점점 커져만 갔다.
"왜 저러는 걸까요?"
당유화가 당천의를 보고 질문했다.
"글쎄다…… 잘은 몰라도 이 백부가 만약 피치 못할 사정이 생겨 어느 날 갑자기 너보고 당가와의 모든 인연을 끊고 다른 성씨로 살아가라면 어떻겠느냐?"
"그게 무슨 말씀인가요?"
당유화가 눈을 크게 뜨고 당천의를 쳐다보았다.
"저 청년에게 피를 나눈 것과 같은 형제의 연을 맺는 것은 너에게 피를 나눈 형제의 연을 끊는 것과 비슷한 의미가 아닐까 하는 생각이 드는구나. 물론 정반대의 상황이긴 하지만 말이다."
당천의의 말에 당유화가 차츰 뭔가 이해가 간다는 듯 고개를 끄덕거렸다.
휘리릭—
미친 듯이 휘두르던 칼의 움직임이 조금씩 느려졌고 검광 속에 가려졌던 자운엽의 모습이 서서히 드러났다. 그리고 잠시 후, 칼을 거둔 자운엽이 후줄근한 모습으로 숙소로 돌아왔다.
"가서 칼을 가져와!"
숙소로 들어오자마자 자운엽이 종리재정에게 고함을 질렀다.
"어떤……?"

종리재정이 움찔하며 겁먹은 표정을 지었다.

"칼도 몰라? 아무거나 가져와! 되도록 잘 드는 것으로."

자운엽이 다시 한 번 고함을 지르자 종리재정은 허둥거리며 칼을 찾았다.

"여기 있네."

당천의가 예리한 소도 하나를 종리재정에게 내밀었다.

"팔을 이리 내라."

종리재정에게서 소도를 뺏어 든 자운엽은 종리재정의 팔목을 잡아끌며 옷소매를 걷어 올렸다. 그리고 들고 있던 칼로 걷어 올린 종리재정의 팔뚝을 길게 그었다.

"아악!"

당유화가 고함을 질렀고 당천의도 움찔하며 놀란 표정을 지었다.

주르르—

길게 그어진 종리재정의 팔뚝에서 굵은 선혈이 뚝뚝 흘러내렸다. 그렇게 흘러내리는 종리재정의 피를 보고 당유화가 안절부절못하며 달려가려 했지만 당천의가 천천히 당유화를 제지했다. 그러는 사이 자운엽은 자신의 팔도 똑같이 소도로 그었고 자운엽의 팔에서도 선혈이 흘러내렸다.

부우욱—

자운엽이 자신의 상의 한쪽을 찢어냈다. 그리고는 선혈이 낭자한 종리재정의 팔과 자신의 팔을 맞대고는 찢어낸 상의 자락으로 친친 동여맸다.

"이젠 너와 난 피를 나눈 형제다. 너같이 멍청한 놈을 아우로 맞이하려니 기가 막히는 일이지만 죽은 사람 소원도 들어준다는데……."

자운엽이 충혈된 눈으로 종리재정을 쳐다보았다.
"혀, 형님, 크흑—"
종리재정이 억눌린 울음을 터뜨렸고 자운엽은 한숨을 내쉬며 도대체 어째서 이런 일이 벌어지게 됐는지 이해가 안 된다는 듯 망연한 얼굴로 종리재정을 쳐다보았다.
"하하하! 이거 정말 감동적이구먼. 내 평생 오늘같이 감동적인 날은 일찍이 없었네. 정말 잘 생각했네, 사돈 총각!"
멀뚱히 지켜보던 당문정이 대소를 터뜨리며 어린애처럼 좋아했다. 그와 함께 노심초사하며 같이 지켜보던 당천의의 얼굴에도 안도감이 번졌고 당유화도 옷깃으로 눈물을 찍었다.
"피 한 방울 섞이지 않은 사람들은 빼고 우리끼리 술 한잔하자!"
자운엽이 묶었던 팔을 풀고 종리재정의 상처를 싸매주며 말하자 종리재정은 양 볼을 타고 흐른 눈물을 훔치며 자운엽을 따라나섰다.
"자, 한잔 받아라."
"아닙니다, 형님. 제가 먼저……."
"그래! 그럼 한잔 따라라."
그렇게 권커니 잣커니 시작된 자운엽과 종리재정의 술자리는 새벽이 되어도 끝날 줄을 몰랐다. 그 모습을 지켜보며 기다리다 지친 피 한 방울 섞이지 않은 사람들(?)도 결국 술자리로 모여들었다. 그리고 그 술자리는 날이 훤히 밝아 두 사람이 쓰러졌을 때야 비로소 끝이 났다.

"이보게, 사돈 총각."
"저기… 아주버님……."
이제껏 자운엽이 우위를 보이던 상황은 사돈 총각이란 단어와 아주버님이란 단어에 의해서 서서히 역전이 되어가고 있었다.

당문정은 수시로 사돈 총각이라 부르며 자운엽의 신비를 캐내려 하였고, 그래도 조금 불리하다 싶으면 당유화가 나서며 아주버님이란 호칭으로 상황을 뒤집었다. 자신보다 나이 많은 제수씨를 보며 닭살이 돋는 자운엽은 그럴 때마다 당문정의 질문에 적당한 답(?)을 던져 주었다.

"그러니까 자네의 장력과 검법은 모두 사문의 토납경에서 연유한 것이란 말이지?"

마침내 자운엽의 급조된 밑천을 거의 알아낸 당문정이 고개를 끄덕였다.

"그것참, 들을수록 신비롭고 호기심이 이는 얘기일세. 대체 어떤 호흡이기에 그런 엄청난 위력을 낸단 말인가? 태을문이라……? 장차 세상을 뒤흔들 이름이 될 수도 있겠구먼."

당문정의 질문에 자운엽은 매번 쓴웃음을 삼켰다. 이러다간 정말 가짜 사부라도 하나 구해야 할 것 같았다.

"내 들을수록 신비롭고 궁금하여 견딜 수가 없다네. 그러니 자네의 내력을 직접 경험할 기회를 주게나. 흠흠! 어려운 부탁인 줄은 알지만 이제 우리는 남도 아니니 그 정도는 알려주어도 되지 않겠나?"

당문정이 은근한 눈빛으로 마지막 꿍꿍이를 드러냈다.

칼은 멀리서나마 보았으니 됐고, 이젠 자운엽의 내력을 직접 마주쳐 보겠다는 뜻이었다.

'휴! 정말 끈질긴 늙은이구만. 하지만 세상에 공짜란 없는 법이지.'

자운엽은 고진감래의 날을 기다리며 인내력을 총동원하였다.

"연세도 많으신 분이 그걸 직접 맞부딪쳐 뭐가 좋을 것이 있다고 그러시는지요? 때가 되면 볼 수도 있을 것이고 또…….”
　자운엽의 말이 끝나기도 전에 당유화가 요기 가득한 목소리로 거들었다.
　“저기, 아주버님…….”
　“알았습니다. 알았으니까 비무를 하든 사생결단을 내든 원하시는 대로 해봅시다!”
　자운엽은 전신에 소름이 끼치는 듯 몸서리를 치며 밖으로 나갔다.
　낙양으로 향하는 한적한 소롯길에 마차를 세워놓고 마차 안에 있던 사람들은 모두 밖으로 나와 신선한 대기를 들이키며 마차 안에서 굳어진 근육들을 풀었다.
　“시돈 총각, 웬만큼 쉬었으면 시작해 보자구.”
　당문정이 우두둑 손마디를 꺾었다.
　‘정말 골치 아픈 노인네군!’
　자운엽이 인상을 찌푸렸다.
　온통 백발이 성성한 노인네가 무슨 욕심이 남아 있어 새파란 자신과 기어코 손속을 맞대어보기를 원한단 말인가?
　자운엽은 자신을 시돈이라 부르는 백발이 뒤덮인 노인네와 치고 받는 대결을 벌여야 한다는 사실에 곤혹스런 표정을 지었다.
　“아버님, 아무래도 이건 모양새가 좋지 않군요. 아버님의 뜻이 저 친구의 내력을 한 번만이라도 견식해 보고 싶은 것이라면 대련은 제가 해보아도 상관없으리라 생각합니다.”
　당천의가 어린아이처럼 흥분해 있는 당문정을 만류했다.
　“그래요, 할아버지. 아무리 무인들의 대결이라지만 백발이 성성한 할아버지께서 새파란 젊은 사람과 주먹질을 한다는 것은 도저히 어울리지 않아요."
 당유화도 나서서 만류하자 당문정이 즐거운 놀이를 빼앗기는 어린애의 표정이 되어갔다.
 "사돈 어르신! 그렇게 하시지요. 아무리 그래도 사돈지간인데……."
 자운엽은 당가 사람들이 써먹던 수법을 그대로 써먹었다.
 "허어, 그참!"
 당문정이 난감한 표정을 지었다.
 무인의 즐거움이란 남녀노소를 구별하지 않고 강한 상대와 서로의 실력을 겨루어보는 것이리라. 그래서 상대를 통해 거울처럼 비추어지는 자신의 성취를 확인하고 벅찬 성취감을 맛보는 것이다. 그건 당문정도 마찬가지였다. 하지만 자식과 손녀딸이 극구 만류하고 상대마저 '사돈 어르신'이라는 고강한 무기로 역공을 취하자 그만 흥미가 뚝 떨어지고 말았다.
 "내 그럼 이번에는 양보할 것이니 가주, 자네가 사돈 총각의 내력을 한번 시험해 보게. 내 직접 마주해 보고 싶은 마음이야 굴뚝같지만 모든 사람들의 생각이 그러하니……."
 당문정이 입맛을 다시며 아쉬워했다.
 "아버님께서 자네에게 너무 관심이 많아 이런 내키지 않는 자리가 만들어졌구먼. 아버님께선 예전부터 당가의 암기나 독공보다는 자네같이 깊은 내력을 지닌 사람들과 박투술로 겨루는 것을 좋아하셨다네."
 당천의가 자운엽에게 약간 미안한 듯한 표정을 지으며 부드럽게 말했다. 그 역시 요 며칠 사이 자운엽이 자신의 부친으로부터 얼마나 시달림을 받았는지 똑똑히 보았기 때문이었다.

"당가의 사람이면서 박투술에 더 관심이 많다니…… 그런 사람들이 계속 나온다면 당가는 머지않아 무너지고 말겠군요?"

자운엽은 당 노인의 괴상한 취향에 미소를 지으며 말했다.

"그건 모르는 소릴세. 당가의 암기가 아무리 신기막측하다 해도 그것을 다루는 것은 결국 사람의 손일세. 그리고 손발을 움직이고 그 안에 담긴 내력의 운용을 가장 적절하게 할 수 있는 방법은 박투술이지. 그런고로 아버님의 암기 다루는 솜씨는 나로서는 감히 흉내도 낼 수 없는 수준이시라네."

설명을 하는 당천의의 목소리에 공경을 넘어선 안타까움이 배어 있었다. 그것은 자신이 부친의 진전을 도저히 다 이어받지 못한 데 대한 안타까움이었다.

"그런가요? 의외로군요."

자운엽은 믿을 수 없다는 듯 당문정을 슬쩍 훔쳐보았다.

"운이 좋다면 구경할 날이 있을 것일세. 그건 그렇고, 우린 어떤 식으로 대련을 해볼 텐가? 아버님께서 원하시는 방법은 둘이서 죽자 사자 치고 받는 것일 테지만, 명색이 사돈끼리 그럴 수야 없지 않은가?"

"아, 아니! 자네, 그게 무슨 소린가?"

당천의의 말에 당문정이 깜짝 놀라며 손을 내저었다. 애초 자신의 의도는 그야말로 자운엽과의 이전투구(泥田鬪狗)였다. 그런데 아들 당천의가 그 의도를 변질시키고 있는 것이다.

"그렇지요. 뼈대있는 가문의 사돈끼리라면 당연히 그렇지요."

자운엽은 얼른 맞장구를 쳤다.

"그렇지? 우리 집안은 뼈대에 있어서는 중원 어떤 가문에도 뒤지지 않는다네."

당천의가 '뼈대' 란 말에 유난히 힘을 주며 못을 박자 당문정은 오만상을 찌푸리면서도 더 이상은 토를 달지 못했다.

"그렇다면 아버님께서 자네의 내력을 충분히 견식할 수 있도록 이 철구(鐵球)로 대결을 벌여봄세. 내 내력이야 아버님께서 손바닥 보듯 훤히 알고 계시는 바이니, 미루어 자네의 내력도 짐작하실 것이네."

당천의가 품속에서 어린아이 주먹만한 철구를 꺼내 들었다. 그것이 무엇에 쓰이는 것인지는 몰라도, 그것으로 하는 내력 대결이라면 구슬을 공중에 띄워놓고 서로의 내력으로 구슬을 밀어 대결을 벌이자는 것이다.

"자칫 위험하지는 않을까요?"

자운엽은 약간 걱정스런 얼굴로 말했다.

"단번에 서로에게 끝까지 내쏟다면 그렇게 되겠지. 하지만 공격의 한계를 정해둔다면 그럴 염려는 없을 것이네."

"어떻게 말인가요?"

"이렇게 하면 어떻겠나? 약 이 장(二丈) 거리에서 구슬을 공중에 띄워놓고 서로 구슬을 밀어 처음 위치에서 어느 쪽으로든 반 장의 거리를 밀어내면 그때부터는 다시 천천히 내력을 거두기로 하지. 그렇지, 땅바닥에 금을 그어놓고 처음 위치에서 그 금까지 밀리면 지는 것으로 하면 더 확실하겠구먼."

당천의가 제의를 하고는 중간 지점과 그 지점에서 양쪽으로 똑같은 거리에 각각 선을 그었다. 중간 지점에 있던 철구가 그 선까지 밀려오면 무조건 지는 것이고, 그때부터는 서로 천천히 내력을 거두자는 말이었다.

"그럭저럭 괜찮은 방법이군요."

자운엽은 빙그레 미소를 지었다. 아무리 봐도 천방지축 노인네와는 다른 진중하고 사려 깊은 아들이었다. 그렇게 한다면 서로에게 내상을 입히지도 않고 서로의 내력을 자타가 확실히 견식할 수 있을 것이다.

천천히 준비를 하며 자운엽은 스스로도 적잖이 호기심이 일었다.

태음토납경 속에 있는 아홉 개의 호흡 중 자신이 익힌 여덟 개의 호흡으로 축적된 내력을 누군가 뛰어난 고수를 통해 객관적인 평을 받을 기회가 없었다. 몇 번의 싸움을 통해 밀려본 적이 없지만 그 힘의 근원이 어디이고, 진정한 위력이 얼마만한지 싸움이 아닌 대결을 통해서 살펴볼 기회가 없었던 것이다. 당가의 가주라면 그 힘의 근원이 어딘지 알아낼 수도 있을 것이고, 더 나아가서는 자신이 '태음토납경'이라고 이름 지은, 그 서책을 남긴 노인의 정체 또한 알 수 있을지도 모를 일이었다.

'태음문의 신비(?)가 벗겨지려나?'

자운엽은 이젠 자신도 당 노인 못지않게 궁금해진 태음문의 힘을 서서히 끌어올렸다.

"준비가 되었나?"

당천의의 물음에 자운엽이 고개를 끄덕이자 당천의가 손에 든 철구를 자운엽에게로 쭈욱 밀어 보냈다.

두 사람이 마주 보고 선 거리가 약 이 장 정도였고 날아오던 철구는 자운엽이 내민 내력에 의해 두 사람 사이의 중간인 일 장여에서 멈추었다.

우웅—

당천의가 내력을 조금 더 높여 구슬을 자운엽 쪽으로 밀어냈다.

우우웅—

자운엽도 양손으로 내력을 뻗어 구슬을 밀었다.
'우웃!'
당천의가 내심 당혹성을 질렀다.
자신이 밀어내는 힘을 부드럽게 맞받으며 밀어오는 자운엽의 내력이 심상치 않았다.
처음 공중에 뜬 구슬을 밀어올 때의 느낌은 한없이 부드러워 그 속에는 아무런 힘도 실리지 않은 것 같았는데, 차츰 그 부드러움 속에서 바위 같은 무거움이 같이 느껴졌다.
'정말 신비스런 기운이로군!'
당천의가 내력을 좀 더 높여 구슬을 밀어냈다.
우우웅―
당천의의 내력이 좀 더 가해지자 철구가 자운엽 쪽으로 밀려가기 위해 춤을 추듯 출렁거렸다. 하지만 그 출렁거림 속에서도 철구는 더 밀려가지 못했다. 그런 상태가 잠시 이어지던 어느 순간 출렁거리던 철구가 부드럽게 진동하기 시작했다.
처음 나비의 호흡을 익힐 때 혈맥을 보호하며 나비의 날갯짓처럼 부드럽게 밀고 나가던 그 기운이 자운엽의 손을 통해 철구에 전해지며 당천의의 무거운 내력을 부드럽게 헤치고 철구를 서서히 당천의 쪽으로 밀어내고 있었다.
"저, 저런!"
"세상에!"
당문정과 당유화가 외치듯 비명을 질렀다.
당가의 가주가 새파란 젊은이에게 내력 싸움에서 밀리다니!
당가가 아무리 암기와 용독술을 비전으로 하는 가문이라지만 십대

태음토납경(太陰吐納經)의 신비 19

중원세가의 자리를 한 번도 빼앗기지 않은 가문인 이상, 근본적인 무공의 기본은 그 어느 문파에도 뒤지지 않을 정도로 충실했다. 그리고 현 당가의 가주 당천의… 그는 기행을 일삼는 부친과는 달리 정심하고 무거운 내력을 다듬는 데 조금도 게을리 하지 않은 사람이다. 암기와 용독술, 둘 다 무공의 기본이 충실해야만 제대로 성취를 이룰 수 있기에 그의 내공은 일반고수의 범위를 넘어선 것이었다.

"흐읍!"

당천의는 이미 칠성의 공격을 쏟아 부었다. 그런데도 한없이 부드러운 진동으로 자신의 공력을 흩뜨리며 차츰 자신 쪽으로 밀고 오는 철구는 되밀려지지가 않았다. 자운엽의 부드러운 유력(柔力)이 당천의 무거움을 흩어버리고 있는 것이다.

'현묘하기 짝이 없는 기운이다!'

당천의는 경악성을 삼켰다.

무거움으로 따진다면 자신의 내력은 자운엽의 내력보다는 한참 더 무거울 것이다. 그런데 한없이 부드럽게 진동하며 그 무거움에 대항하지 않고 자신의 내력을 분산시키며 자기 갈 곳으로 끊임없이 밀고 가는 이 기운은?

이제껏 들은 적도, 경험한 적도 없는 기묘한 기운이었다.

당금 무림에는 이루 종류를 나열할 수 없을 만큼 많은 내공심법들이 있고, 그것들을 다 아는 것은 무리였다. 하지만 그것들은 모두 몇 개의 줄기에서 파생된 것이고, 그 줄기와 완전히 동떨어지지는 않았다. 그러나 지금 당천의 자신이 직접 맞부딪치고 있는 이 기운은 도저히 그 줄기를 짐작할 수가 없었다.

한없이 부드러우면서도 강하고, 강한 듯하면서도 음유로운 기운이었다.

사(邪)!

사의 기운이 있다면 이러할까?

당천의의 뇌리 속에 한줄기 차가운 이성이 훑고 지나갔다.

아니다!

신비스럽긴 하지만 결코 사이로운 기운은 아니다.

그 어떤 무겁고 강맹한 기운도 흩어버리며 목표를 향해 뻗어 나가지만 그 기운의 끝에는 어떠한 음습함도 느껴지지 않았다.

'무얼까, 이 기운의 근원은?'

당천의의 공력이 팔성을 지나 구성에 이르렀다.

우우웅!

철구의 진동이 한층 더 거세어졌다. 그러나 결과는 변함이 없었다. 당천의의 공력이 무거우면 무거울수록, 강맹하면 강맹할수록 자운엽의 쌍장에서 뻗어 나오는 기운의 진동이 더욱 강해지며 철구를 당천의 쪽으로 밀어내고 있었다.

우우우웅!

아직 그어놓은 금에까지 철구가 밀리지는 않았지만 당천의는 서서히 내력을 거두어들였다.

더 이상의 내력 증강은 위험만을 초래할 뿐 의미가 없었다.

구성의 내력으로도 밀어낼 수 없는 철구라면 현재의 자신으로서는 이길 방법이 없는 대결이었다.

당천의가 서서히 내력을 거두어들임에 따라 철구도 서서히 진동이 줄어들며 당천의의 내력 감소에 대응하고 있었다.

'어디!'

당천의는 위험을 무릅쓰며 한 가지 시도를 해보기로 마음먹었다. 그리고 어느 순간 당천의는 급격히 내력을 거두며 날아오는 철구를 쳐낼 준비를 하였다. 서서히 줄여서 삼성까지 감소시킨 내력을 한꺼번에 갑작스레 거두어들이면 철구는 필시 자신을 향해 강하게 날아올 것이다. 위험성은 있었지만 삼성의 내력이라면 감당할 수도 있었다.

그러나 그것은 당천의의 상상에 불과했다.

위이잉!

허공에서 진동하며 떠 있던 철구는 당천의의 급격한 내력 회수에 대응해 이제껏 줄어들던 진동이 순간적으로 증폭되어 상황의 급변에 대처한 후 부드럽게 바닥에 내려앉았다.

"가주! 자네 지금 장난치나?"

바닥에 내려앉은 철구를 물끄러미 바라보는 당천의에게 다가오며 당문정이 말도 안 된다는 표정으로 소리를 질렀다.

"제가 장난을 좋아하지 않는다는 것은 아버님께서 더 잘 아시지 않습니까?"

당천의가 무뚝뚝한 음성으로 답했다.

"믿으라고, 이것을? 나더러?"

당문정의 시선이 철구와 자신의 아들 당천의의 얼굴로 몇 번씩 왔다 갔다 했다.

"저도 믿어지지가 않는군요."

다시 한 번 무뚝뚝하게 말을 뱉은 당천의가 휑하니 마차 안으로 들어가자 자운엽도 혹시라도 당문정이 무슨 다른 트집을 잡지 않을까 서둘러 마차 뒤쪽으로 사라졌다.

"어, 뜨거!"

멍한 표정으로 남은 사람들이 당천의가 들어간 마차만 쳐다보다 당문정의 고함 소리에 놀라 고개를 돌렸다.
"이런! 사람들 하고는. 조심하라고 말이나 해줄 것이지! 그럼 내력을 써서 잡았지."
미심쩍은 표정으로 철구를 들어 올려보던 당문정이 뜨겁게 달아오른 철구에 손가락을 데이고는 도로 집어 던지면서 투덜거렸다.

자운엽과 대결 후 충격이 큰 듯 줄곧 눈을 감고 있는 당천의를 보고 당문정은 안절부절못하다가 객점에 들러 저녁 식사를 마치고 둘만 있게 되었을 때 더 이상 참지 못하고 질문을 던졌다.
"내력으로 따진다면야 가주, 자네가 절대로 나보다 못하지 않으리라 생각하는데 어찌 아까와 같은 결과가 나올 수 있는가? 궁금해서 견딜 수가 없네그려. 가주, 자네의 충격이야 짐작이 가지만 속 시원히 얘길 해보게."
당문정이 조심스런 모습으로 아들 당천의를 바라보았다.
"충격 때문에 이러는 것은 아닙니다, 아버님."
당천의가 자신을 염려스러워하는 부친을 보며 답했다.
"그런가? 그러면 안심이네. 이제껏 말 한마디 없이 상심에 잠긴 표정을 보니 내 걱정이 되어서……."
"상심하고 말고 할 것이 없었습니다. 내력 차이에 의해서 졌다면 제 자질을 한탄하며 상심했을 수도 있겠지요. 아무리 청년 고수라 해도 사천당가의 가주를 정상적인 내력 대결로 이길 수는 없습니다. 아마 철구가 아니라 넓적한 철판으로 대결을 했더라면 육성 정도로도 제 상대가 안 되었겠지요. 그런데……."

"그런데?"

당문정이 침을 꿀꺽 삼키며 다가앉았다.

"저 청년의 내력은 아주 특이했습니다. 이제껏 제가 아는 어떤 종류의 내공심법과도 그 궤를 달리하는 아주 현묘롭고 무서운 것이었습니다. 제가 구성까지 쏟아 부은 내력을 한없이 부드럽고도 미세한 진동으로 그 힘을 모두 흩어버리며 철구를 제 쪽으로 밀어냈습니다. 더 이상 내력을 퍼부어보아야 소용이 없겠다 싶기도 하고, 그 내력의 정체가 궁금하기도 하여 더 가까이서 부딪쳐 볼 요량으로 삼성까지 줄인 후 갑자기 거두어들였지요."

"그렇다면 철구가 자네에게로 포탄처럼 쏟아져야 하지 않겠나?"

당문정도 이해가 안 간다는 듯 눈을 크게 떴다.

"그렇지요. 그래야 하는데 그 갑작스런 힘의 공백마저 부드러운 떨림으로 채워 버리고 가볍게 철구를 바닥에 내려놓더군요."

"무슨 그런 경우가 다 있나? 쯧쯧, 그러기에 내 직접 부딪쳐 보아야 하는 것이었거늘……."

당문정이 아쉬움의 혀를 찼다.

"아버님의 세수 이미 여든입니다. 이젠 그만 새파란 아이들하고 주먹과 발로 마구잡이 부딪치는 일은 삼가하셔야지요."

당천의가 엄중한 목소리로 말했다.

"어허, 그 무슨 소리! 자고로 무의 근원은 박투술일세. 그것이 기본이 되어야만 칼을 들든 암기를 던지든 제대로 하는 것일세. 또 그것의 대결에는 노소의 구별이 없는 것이지. 그건 그렇고 가주의 식견으로도 저 청년의 사문이나 내력을 짐작하지 못하겠다 그 말인가?"

"조금 전 대결이 끝나고 지금까지 줄곧 그 생각만 했습니다. 그런데

24 사마쌍협

도 도무지……."

당천의가 고개를 흔들었다.

"그참! 그러면 자세한 것은 모른다 치더라도 큰 줄기는 어떠하던가? 이를테면 마나 사의 기운은 없던가?"

당문정이 무림에 있어 가장 근원적이고 가장 뻔한 질문을 했다. 그것은 당천의 역시 가장 궁금한 부분이었기에 눈빛이 엄중해지며 생각을 정리했다.

"제 내력을 그런 식으로 흩어버리는 것으로 봐서는 정심박대하다기보다는 사이롭다고 해야겠지요. 그런데 그 내력에서 느껴지는 기운은 어떤 정심박대한 내력보다 청량하고 명쾌한 기분을 주는 것이었습니다. 결코 마나 사의 음습함은 느껴지지 않았습니다."

당천의가 가슴속에 놓인 큰 돌을 하나 치워낸 듯한 표정으로 한숨을 쉬었다.

"그럼 그런 면에서는 걱정을 안 해도 되겠구먼. 태음문이 어떤 문파인지, 태을신군이 어떤 사람인지는 모르겠지만 사파는 아닌 것 같구먼."

당문정은 일단 그렇게 결론을 내렸다.

"그러니까 자네 사부 태을신군께서는 그 토납경 속의 마지막 호흡은 가르쳐 주지 않으셨단 말이지?"

자운엽과 당천의의 내력 대결이 있은 후부터 자운엽에 대한 당문정의 집요한 질문 공세는 몇 배나 더 거세어졌다. 오늘도 조용히 혼자 있는 자운엽 곁으로 은근슬쩍 다가앉은 당문정이 질문을 퍼부었다.

"그렇습니다."

자운엽은 짤막하게 답하고는 귀찮은 듯 눈을 돌렸다.

"왜인가? 이왕 제자를 출도시킬 것이면 완벽히 가르쳐서 내보내야 할 것 아닌가?"

자운엽의 귀찮아하는 태도와는 아랑곳없이 당문정은 상기된 얼굴로 더 바짝 다가앉았다.

'이젠 나도 순진한 노인네를 구슬려 실속을 챙길 때가 되었군.'

이미 거짓 밑천이 모두 드러난 자운엽은 재빨리 염두를 굴렸다.

"그러니까‥ 사부님께서는 아직 제가 그것을 익히기에는 무리여서 세상을 더 경험하고 많은 고수들과 실력을 겨루어본 후 한 가지 물건을 얻어서 돌아오면 가르쳐 준다고 하셨습니다."

"그, 그런가? 도대체 어떤 심공이기에? 흠흠! 미안하네. 상세한 내용까지는 대답할 수 없다고 했는데 내가 또 실수를 하는구먼."

당문정이 헛기침을 했다. 그리고 또 무엇을 물어볼 것인가 열심히 생각하는 표정을 지었다.

당문정이 열심히 자운엽에게 무엇을 더 물어볼까 생각하는 사이 자운엽 역시 무엇인가를 열심히 생각하며 눈동자를 굴렸다.

"그런데……."

"그러면……."

두 노소는 동시에 입을 열다 얼른 다물었다.

"먼저 얘기하시게."

"어르신께서 먼저 하시지요."

어르신이라는 말에 유독 힘주어 말하는 자운엽을 보고 당문정이 고개를 끄덕였다.

"그러면 자네는 그 마지막 심공만 깨우치면 사문의 절기를 다 전수

받는 것인가?"

당문정이 안광을 빛냈다.

"그렇다고 봐야겠지요. 그런데……."

자운엽은 좀 전에 당 노인과 동시에 내뱉다 거둬들인 말을 이어갔다.

"그런데?"

"그런데 사문의 그 마지막 토납법은 치명적인 부작용이 있어 다 전수받아도 한 가지 과제가 남습니다."

자운엽은 자못 심각한 표정으로 한숨을 내뿜었다.

"뭔가, 그게?"

당문정의 목에서 마른침을 삼키는 소리가 들려왔다.

"아주 강력한 힘을 낼 수 있는 심법인 반면, 그것을 깊이 익혀갈수록 체내에 이상한 독이 쌓이게 됩니다. 그래서 그 독을 다 해독하지 못하면 모두 익히더라도 제대로 쓸 수가 없습니다."

자운엽이 다시 한 번 한숨을 내쉬었다.

"무슨 그런 일이 있는가? 독이란 외부에서 침투하는 것이 대부분인데 어찌 토납법을 익힌다고 몸에 독이 쌓이는가?"

당문정이 목소리를 약간 높였다.

"그러니까 이상한 현상이지요. 때문에 온갖 영약을 사용해도 완벽한 해독이 되지 않고 임시방편에 그칩니다."

자운엽의 얼굴에 이제껏 볼 수 없었던 실망감이 어려갔다. 그 표정은 당문정이 얼마 전에 자운엽의 가짜 사부인 태을신군 원가후의 이름을 알지 못한다고 했을 때보다 훨씬 강도가 높아 보였다.

"그럼 자네의 사부이신 태을신군께서 무림에 나오지 않고 은거하고 계신 이유도 그것 때문인가?"

"그, 그렇습니다. 무리하게 익히시려다 독성의 부작용이 심해져서……."

자운엽은 손발을 맞춰주는 당문정의 말에 내심 쾌재를 외치며 얼른 대답했다.

"그럼, 자네도 언젠가는 사부와 같은 전철을 밟게 된단 말인가?"

"이 정도에서 만족하고 적당히 살아가면 괜찮겠지만, 한 단계 더 높은 수준의 고수가 되려고 애를 쓰다 보면 그렇게 될 수도 있겠지요."

"그참, 안타까운 일이로세. 허허!"

당문정이 정말 애석하다는 듯 혀를 찼다.

그동안 보아온 모습으로는 정말 신비스럽고 대성할 소질을 골고루 갖춘 젊은이였는데, 그런 커다란 바윗덩이가 앞길을 가로막고 있을 줄이야…… 이젠 당가와도 남이 아닌 청년이기에 그 애석함이 배로 더했다.

"그럼 자네 사문의 그 숙원은 영원히 풀 수 없는 문제인가?"

"글쎄요. 오랜 연구 끝에 사부님께서는 한 가지 가능성을 발견하시고 저에게 그 임무를 맡기셨습니다."

"대체 그것이 뭔가?"

당문정의 질문에 자운엽의 눈빛이 서서히 빛나기 시작했다.

"온갖 영약으로도 한시적인 효력밖에 발휘하지 못하는지라 사부님께서는 단 한시도 똑같은 약효를 잃지 않고 지속적인 약효를 발휘하는 물건을 항상 몸에 지니면 그것이 가능하지 않을까 하는 결론을 내렸습니다."

"뭔가, 그것이?"

다시 당문정이 마른침을 삼켰다.

"만독불침의 피독주라면 그것이 가능하리라 거의 확신하셨습니다만 그건 전설상에서나 존재하는 것이니 불가능하고, 현 무림에는 몇 개 존재하지 않는 백온옥(白溫玉)이라는 피독주라도 가망이 있지 않을까 말씀하셨습니다."

"그, 그것은 우리 가문……!"

백온옥이란 말에 반사적으로 고함을 지르던 당문정이 얼른 입을 다물었다. 그리고 잠시 후 다시 말했다.

"그것은 우리 가문에서도 익히 그 효용을 들은 적이 있는 물건일세. 험험!"

"네, 그러시군요."

자운엽은 무심한 표정으로 말했다.

"그럼 자네가 아까 말한 임무란 것이 사문으로 그 피독주를 구해가는 것인가?"

"그렇습니다. 그런데 그 피독주는 만금을 주고도 구할 수 없는 귀한 것이고, 설사 만금이 있다 하더라도 어디 있는지도 모르고… 누가 쉽사리 내놓지도 않을 테니……."

자운엽은 다시 근심 가득한 표정을 지었다.

"허허, 그렇구먼!"

당문정이 허공을 쳐다보며 혀를 찼다.

'후후!'

그런 당문정의 모습을 슬쩍 쳐다본 자운엽은 돌아서서 보일 듯 말 듯한 미소를 지었다. 그 미소는 이제껏 당문정과 당유화에게 쩔쩔매며 당하던 모습과는 너무도 다른 색조를 띤 악마적인 미소였다.

* * *

ㅁ. 문서 분류:비밀

ㅁ. 수신:제ㄷ 비감(秘監)

ㅁ. 보고자:동호(東戶)

ㅁ. 작성 일자:XXXX

내용:

一. 먼저 하남의 거대 표국 붕괴 및 새로운 표국 확장에 관하여.

현재 하남의 십대표국은 거의 붕괴된 상태이며 그 자리에는 천룡표국, 진안표국(晉岸鏢局), 비마표국(飛馬鏢局)의 세 표국이 그들 세력을 빠르게 흡수해 가고 있음.

위의 세 표국은 거의 같은 방법으로 은밀히 다른 표국들을 무너뜨리고 그 기반을 차지했지만, 그들에게서 어떠한 불법적인 행위에 대한 증거는 찾지 못함. 아울러 그들 세 표국이 서로 연관성이 있다는 추정은 가능하나 어떤 단서나 상호 연결의 고리는 하나도 드러나지 않음.

그들 세 표국은 외형적으로나 하는 일 등에 있어서 지극히 정상적인 표국 사업으로 의심할 만한 것은 전혀 드러나지 않음.

二. 남양의 금성표국과 공차표행에 관하여.

금성표국 표국주 송여주 남매와 동행하는 세 명의 표사 중 한 명은 도귀 엄한필로 밝혀짐. 그 외 두 명의 신분은 미확인.

한 달 전 세 명의 표사 중 두 명이 고용되던 날, 괴한 열 명이 금성표국을 침입하였으나 그들 표사 두 명에 의해 모두 도륙된 것으로 확인. 시체는 금성표국의 임시 거처 땅에 파묻힘. 이 사항은 비감께서도 그곳에서 확인 가능할 것이라

사료됨.

이후 표행 도중 몇십 년 전에 악명을 떨친 고목마군, 자비소면, 적발노괴 등 세 거마가 표행 도중 금성표국의 세 표사에게 목숨을 잃은 것으로 진령표국 표사들에게서 확인됨.

三. 금성표국 일행의 현 위치.

금성표국 일행은 아직 낙양의 사해표국에 거취하고 있음.

사해표국에 도착과 함께 금성표국과 비슷한 상황 전개. 그리고 며칠 후 새벽 대격전이 있었던 것으로 확인. 그 격전에서 위 세 표사들의 활약으로 흉수들이 괴멸됨. 그와 함께 낙양에서 세력을 확장하고 있던 비마표국의 모든 움직임이 일시 정지. 그 이후에 한 번 더 격전이 있었고 표사 한 사람은 어디론가 사라짐. 더 자세한 내용은 차후 연락하겠음.

금성표국 일행을 마중 나온 사해표국의 진주령 일행과 함께 송여주 등을 만나고 바로 금성표국으로 달려온 상관진걸은 한 장의 보고서를 들고 눈이 점점 커지고 있었다.

자신이 송여주 일행과 만났을 때 못내 마음이 놓이지 않던 세 명의 금성표국의 표사 중 한 명이 도귀 엄한필이란 것이었다.

그동안 중원을 떠나 있어 중원 사정에 조금 둔감해지긴 했지만 도귀 엄한필의 이름은 익히 알고 있는 이름이었다.

"체격이 우람한 그놈이 도귀였나?"

상관진걸의 눈이 다시 서찰로 향해졌다.

"고목신군, 자비소면, 적발노괴……? 대체 이 마두들은 어디에 처박혀 있다가 또 무얼 하러 함께 나타났단 말인가?"

상관진걸의 표정이 딱딱하게 굳어졌다.

그들 세 마두들은 이미 몇십 년 전 강호에 악명을 떨치던 자들이다. 그런데 보고서의 내용으로 보아 그 세 명의 마두들을 송여주 남매와 동행하던 못내 미덥지 않던 청년들이 해치웠다는 것이다.

"이걸 믿어야 하나, 말아야 하나?"

상관진걸은 나직이 중얼거렸다.

신분이 알려진 도귀 엄한필이란 자가 아무리 정체 모를 청년 고수라 하더라도 그들 노괴 세 명을 혼자서 감당하기는 힘든 일이다. 그렇다면 다른 일남일녀의 젊은이도 같은 수준이라 봐야 할 것이다. 낙양으로 간다는 말에 만세를 부르던 철없던 처녀와 무슨 생각을 하는지 말이 없고 영악하게 생긴 젊은이의 모습이 떠올랐다. 그리고 그 젊은이는 무기도 없었다.

아무리 되짚어 생각해 보아도 그들 또한 엄한필 같은 젊은 고수로 보기에는 다소 무리가 있었다. 그런데 사해표국에서의 결전에서 담을 넘은 흉수들을 물리쳤고, 그 후 비마표국의 사업이 일시 정지되고 있다면?

이 보고는 아직 부족한 점이 많아 추가적인 조사가 있어야 확실해지겠지만 아무래도 나머지 두 명 또한 엄한필과 같은 수준이란 생각이 들었다.

"이거야 원!"

상관진걸은 고개를 저었다. 그리고 얼른 다른 사항에 눈길을 주었다. 금성표국의 표사 세 명에 정신이 팔려 정작 관심을 두어야 할 사항들은 생각을 않고 있었던 것이다. 그들 세 명의 미덥지 않아 보였던 표사들이 보고서에 적힌 내용처럼 고수라면 송여주 남매는 당분간 큰 걱정을 하지 않아도 되는 것이다. 그렇다면 자신은 잠시 더 여유를 갖고 다른 사항을 살펴볼 수 있는 시간을 벌었다.
　상관진걸은 접혀 있던 보고서의 앞 부분을 다시 펼쳤다.
　"천룡표국, 비마표국, 진안표국……."
　상관진걸은 세 개의 표국 이름을 반복해서 되뇌었다.
　밖으로 드러난 증거는 하나도 없지만 이들은 같은 뿌리에서 돋아난 줄기임이 분명하다. 하남의 십 위 안에 드는 표국들이 쓰러짐과 동시에 이들 표국들이 생겨나고 쓰러진 표국의 기반을 신속히 흡수했다. 그리고 왕성하게 사업을 벌이고 있다. 세 표국은 문을 연 시기나 무너진 기존 표국의 기반을 신속히 흡수하는 방법으로 봐서 유사한 점이 많다.
　표국 간의 경쟁은 서로 칼을 들이대고 싸우는 식의 대결은 없었지만 그 뒷면에는 때론 칼부림보다 더한 싸움들이 있어왔다. 서로 같은 지역에서 표국을 열고 사업을 벌이는 경우에 있어서는 우위를 점하기 위하여 목숨을 건 표행을 마다 않고 수행한 적도 있고, 또 경쟁 표국보다 하루라도 표행을 앞당기기 위하여 자칫하면 천 길 벼랑으로 떨어질 수도 있는 험한 길을 택해 죽음의 질주를 하는 경우도 있었다. 그리고 드물긴 하지만 극한의 경우에는 어둠을 통한 서로 간의 암습이나 공개적인 시비를 통해 한쪽이 다른 한쪽을 회생불능의 상태로 만들기도 했다.
　하남 땅에 새로 나타난 세 개의 표국과 기존 표국의 몰락은 적자생존의 법칙이 지배하고 있다고 볼 수도 있다. 하지만 아무래도 뭔가 걸린다. 아직 표면적으로 나타난 것은 아무것도 없지만 어쩌면 그래서 더 신경을 자극하는지도 모른다.
　철저할 정도로 완벽한 상대의 몰락과 또 철저할 정도로 합법적이고 완벽한 세력 흡수… 그것이 오히려 의심을 가게 했다.

"뭘까? 하남의 거대 표국들을 그렇게 신속하게 장악하고 세력을 확장하는 이유가?"
상관진걸은 눈을 감고 등받이에 몸을 기댔다.
"표물!"
상관진걸은 번쩍 눈을 떴다.
그럴 수도 있는 일이다!
'어떤 특수한 표물을 운반하기 위해 표국 자체를 통째로 인수한다?'
생각해 볼 수 있는 얘기였다.
만약 그 표물들이 세상에 통용되어서는 안 될 물건들이고, 대대적인 운반이 필요한 만큼의 양이라면?
그렇다면 그것들을 아무런 의심도 받지 않고 옮길 수 있는 가장 좋은 방법은 표국을 이용하는 것인데, 표국들은 자칫 한순간에 자신들의 멸망을 초래할 그런 일은 하지 않을 것이다. 그래서 표국 자체를 인수하여 정상적인 표행길에 조금씩 분산해서 운송한다면?
확신할 수는 없지만 한 번쯤 의심해 볼 만한 사항이다.
"좋아! 일단은 그 생각에 초점을 맞춰 조사해 보는 것이다. 그러다 보면 다른 것들도 줄기에 고구마가 딸려 나오듯이 나올 수도 있겠지."
상관진걸은 촛불에 서찰을 갖다 댔다.
화르르!
촛불이 옮겨 붙은 서찰은 금세 한 줌 재로 변했다.
"오늘은 이만 접어두고 형님을 살펴봐야겠군."
상관진걸은 방문을 열고 나와 송여주의 부친이자 자신의 의형인 송일산의 처소로 향했다.
"형님, 오늘 상태는 좀 어떠신지요?"

상관진걸은 의형 송일산의 손을 잡고 걱정스런 눈빛으로 상세를 살폈다.

"나… 난……."

송일산이 힘들게 숨을 몰아쉬며 무언가 말을 하려 했지만 그의 입에서는 더 이상 의미를 담은 말이 나오지 못하고 대신 하염없는 눈물만이 흘러내렸다.

"고정하십시오, 형님. 제가 온 이상 내 기필코 그놈들을 잡아내어 형님의 원한을 열 배, 스무 배 갚아드리겠습니다."

상관진걸이 송일산의 눈물을 닦아주며 송일산의 손을 굳게 쥐었다.

"여주… 여… 훈!"

상관진걸의 손을 잡은 송일산의 눈이 밖으로 향하며 소리를 질렀다. 아마도 아들과 딸의 안위가 염려된 모양이었다.

"형님의 걱정이 어떤 것인지는 잘 압니다. 그러나 아무 걱정 마십시오. 여주와 여훈을 보호하며 함께 떠난 세 명의 젊은이는 나로서도 이길 자신이 서지 않는 무공을 지닌 청년들입니다. 그들은 이번 표행을 무사히 마치고, 아울러 금성표국을 이렇게 만든 놈들의 코를 납작하게 만들고 돌아올 것입니다. 기대해도 좋습니다. 그리고 며칠 후면 저 역시 그 아이들과 동행하겠습니다. 하지만 그전에 전 천룡표국을 좀 조사해 볼 생각입니다. 가면 속에 어떤 얼굴들이 있는지 말입니다."

상관진걸의 말이 끝났을 때 송일산의 눈에는 한없는 눈물이 흘러내리고 있었다. 답답한 자신의 신세가 너무도 한탄스러운 눈빛이었다.

"어—으… 커억!"

그런 심정이 기혈을 뒤틀리게 했는지 송일산이 호흡도 제대로 못하고 괴로운 신음을 흘렸다.

"형님!"
깜짝 놀란 상관진걸이 얼른 송일산의 맥을 짚었다.
"위험하다!"
기혈이 역류하고 있었다.
제대로 운기되지 못하여 약해질 대로 약해진 혈도에 기혈이 역류하기 시작하면 심각한 위험을 초래할 수가 있었다.
상관진걸은 얼른 송일산의 명문혈에 쌍장을 갖다 댔다.
우웅!
상관진걸의 쌍장에서 음유로운 내력이 송일산의 명문혈로 흘러들어 역류하는 송일산의 진기를 다스려 나갔다.
명문혈로부터 여러 혈을 돌아 서서히 요동하는 진기를 가라앉힌 상관진걸의 내력이 송일산의 단전에 흘러들어 마지막 물결을 다스리려는 순간, 상관진걸은 깜짝 놀라며 내심 신음성을 터뜨렸다.
'이것은?'
거의 말라 버린 호수 같은 의형 송일산의 단전에서 한 가닥 기이한 힘을 느낀 상관진걸은 의문 가득한 심정으로 잠시 그 기운을 탐색하려 한줄기 내력을 더 흘려보았다.
꿈틀!
거대한 물줄기 하나가 무섭게 출렁거리며 상관진걸이 흘려보낸 내력에 화답하여 왔다.
콰르르!
'뭔가, 이것은?'
웅크리고 있던 물줄기가 마치 터진 둑을 무너뜨리고 넘쳐 오듯 무섭게 쏟아져 나왔다.

'낭패다!'

상관진걸은 경악성을 삼키며 내력을 돋우었다.

처음 역류하던 의형 송일산의 진기와는 비교할 수 없는 거센 물줄기가 다시 역류함을 느낀 상관진걸은 그 괴이한 기운이 무엇인지 의심할 새도 없이 급급히 물줄기에 대항했다. 이미 한 번 기혈이 역류한 의형 송일산의 상태로는 다시 한 번 더 기혈이 역류한다면 피를 토하고 죽을 것이다.

그런데 지금 꿈틀거리고 있는 기운은 아까보다는 훨씬 더 크고 더 강력한 것이었다. 그 힘이 그대로 치받아 올라온다면 의형 송일산은 물론 송일산의 명문혈에서 손을 떼지 않는 한 자신까지 내상을 입을 만한 기운이었다. 그렇다고 손을 떼는 것은 의형을 급류 속에 내던지는 것이나 마찬가지이다.

'이젠 죽든 살든 하늘에 맡길 뿐이다.'

상관진걸은 용틀임을 하고 올라오는 기운을 서서히 의형 송일산이 평생을 통해 다스린 심법인 구전현양공(九轉玄陽功)의 혈도를 따라 그 물결을 인도했다.

구전현양공은 의형 송일산과 자신이 익힌 내공심법으로 현재 송일산과 자신의 내공 근간이 되는 것이다.

'이럴 수가?!'

구전현양공의 혈도를 따라 강한 기운을 이끌던 상관진걸은 속으로 탄성을 질렀다.

앞을 막는 모든 것을 쓸어버릴 듯 강력하게 느껴지던 힘이 물길을 바로잡아 정해진 혈도를 따라 이끌어주자, 그때부터는 너무나 부드럽고 온유하게 혈도를 따라 흘러드는 것이다. 그 강렬하게 느껴지던 힘이 어떻게 이런 부드러운 진동을 하며 흘러갈 수 있는 것일까?

상관진걸은 일순 머리가 혼란해짐을 느꼈다.

자신이 아는 한 의형 송일산은 결코 이런 기운을 몸에 축적하지 않았다. 그리고 대저 강한 기운일수록 뿜어져 나오는 힘 역시 폭포수처럼 거칠 것이 없게 마련이다. 그런데 자신의 내력과 조화를 이루며 의형 송일산의 혈도를 따라 흘러가는 힘은 현묘하기 짝이 없었다.

병아리의 깃털처럼 부드러운 듯하면서도 전체적으로 느껴지는 힘은 바위라도 밀어낼 듯 강맹했다. 상관진걸은 이제껏 경험해 보지 못한 새로운 세상을 접하는 기분이었다.

깃털처럼 부드러운 기운이 송일산의 혈도를 어루만지며 길을 찾고, 뒤이어 바위라도 밀어낼 듯 무거운 기운이 부드러운 기운에 의해 허물어진 찌꺼기들을 천천히 밀어냈다.

'대체 무슨 기연을 얻었기에!'

상관진걸의 머리 속은 온통 의문에 휩싸였다.

얼마 전에 송일산은 이와 비슷하게 기혈이 역류한 상황이 있었고, 송여주의 고함 소리에 급히 뛰어든 자운엽이 한차례 진기를 다스렸었다. 지금 이 기운은 바로 그때 자운엽이 강하게 밀어붙여 놓은 기운이었지만 그 사실을 알 길이 없는 상관진걸은 경악을 금치 못하며 마지막 관문으로 그 현묘로운 기운을 이끌었다.

우우웅!

혈을 봉하고 있던 탁기가 현묘로운 기운에 서서히 허물어지기 시작했다. 두꺼운 토담처럼 막아선 탁기를 한없이 온유로운 기운이 스며들어 그 토담을 반죽처럼 이겨놓은 다음, 바위라도 밀 듯한 무거운 기운으로 그 반죽들을 밀고 나갔다.

"쿨럭!"
 송일산이 기침과 함께 검은 핏물을 토해냈다.
 혈도를 막고 있던 큰 바위 하나가 치워진 것이다.
 "천복이로다!"
 의형의 명문혈에서 손을 뗀 상관진걸은 이마에 맺힌 땀을 닦으며 희열에 들뜬 얼굴로 송일산을 쳐다보았다.
 의형의 혈도를 막고 있던 가장 큰 바위 하나를 깨끗이 치워 버렸으니 이제 의형은 천천히 회복할 수 있을 것이다. 그런 엄청난 기운이 한 줄기만 더 있다면 당장이라도 남은 세혈들을 타통시키고 예전의 모습으로 되돌려놓을 수 있지만 아쉽게도 더 이상의 기운은 느껴지지 않았다.
 하지만 그것만으로도 더없는 행운이었다.
 큰 강줄기를 뚫은 이상 작은 강줄기들은 언젠가는 뚫릴 것이다. 약을 통해서나 의형 자신이 꾸준한 운기를 지속한다면 작은 덩어리의 탁기들은 큰 흐름에 휩쓸려 씻겨 내려갈 것이다. 그것은 말 그대로 시간의 문제일 뿐이다.
 "정말 고맙습니다, 형님!"
 상관진걸은 긴 한숨을 토해냈다.
 이젠 더 이상 의형의 모습을 보며 아무것도 해줄 수 없는 자신을 학대할 일도 없어진 것이다.
 "으음!"
 한참을 콜록거리며 죽은 피를 게워내던 송일산이 스르르 옆으로 쓰러졌다. 꽉 막혔던 진기의 유통으로 인한 일시적인 반응이었다.
 상관진걸은 얼른 송일산을 부축하여 자리에 눕혔다. 그리고는 손목의 맥을 짚었다. 아직은 미약했지만 규칙적이고 활발한 맥이 느껴졌다.

"이렇게 한 이틀 푹 주무십시오, 형님. 그런 후엔 날아갈 듯한 기분으로 자리에서 일어서실 수 있을 것입니다. 그래야 소제가 형님의 복수를 하는 것을 지켜보실 수가 있지요. 전 지금 즉시 천룡표국으로 가 보겠습니다."

상관진걸은 아랫입술을 질근 씹으며 밖으로 나왔다.

◆제24장 영웅의 고수

황궁의 고수

남양의 중심에서 약간 외곽에 자리 잡은 천룡표국의 담벽 위로 얼핏 그림자 하나가 어른거렸다. 그것은 찰나적인 순간의 일이었고, 누군가 눈을 부릅뜨고 지켜본다 하더라도 약간 고개만을 갸우뚱거릴 뿐 어떤 확신도 가지지 못할 만큼 순식간에 일어난 일이었다.

온통 검은 무복에 검은 두건으로 복면을 한 상관진걸은 천룡표국의 담벽 옆 작은 정원수 뒤에서 조심스럽게 표국 안의 동정을 살폈다.

꽤 많은 사람들이 분주히 움직이고, 마사 옆에 나란히 줄을 맞춰 세워진 수십 대의 마차와 마사 안에는 수십 마리의 말들이 매어져 있어 최근 빠른 속도로 확장해 가는 천룡표국의 규모를 짐작케 해주었다.

한참 동안 표국 안의 동정을 살피던 상관진걸은 천천히 고개를 저었다. 이곳에서 보여지는 모습만으로는 정상적인 영업을 하는 표국 이외의 모습은 전혀 찾아낼 수가 없었다.

자신이 의심한 내용을 확인하려면 저쪽 창고 안에 있는 표물들을 살펴보거나 표국의 가장 깊은 곳까지 숨어 들어가 서류들을 살펴봐야 할 것이다. 둘 중에 쉬운 쪽은 창고 안의 물건들을 확인해 보는 것이다.

"오늘은 저 창고 안의 물건만 확인해 봐야겠다."

상관진걸은 어둠 속을 유영하듯 천천히 창고 쪽으로 몸을 움직였다.

상관진걸이 창고에 도달할 때까지 표국을 지키는 보초들은 천천히 어슬렁거리며 이곳저곳을 규칙적으로 경계할 뿐 창고만을 특별히 지키는 보초는 없었다.

툭―

창고문의 자물쇠를 잡은 상관진걸의 손가락에서 내력이 쏟아지자 어른 손바닥 두 배는 족히 넘는 크기의 자물쇠가 힘없이 빗장을 풀었다.

상관진걸은 너무 허술한 창고 주변의 경계와 이런 간단한 자물쇠 하나로 창고 문을 봉해놓은 것에 대해 의구심을 가졌지만 그 때문에 이곳 창고 속으로의 잠입이 훨씬 쉬워졌으니 다행이란 생각이 들었다.

오늘은 이곳 창고에 쌓인 물건 중에서 의심의 여지가 있는 것을 찾아내면 되는 것이다. 만약 이곳에서 의심이 갈 만한 물건들을 찾지 못한다면 다른 각도에서 조사를 해야겠지만 일단은 이 창고에서 철저한 조사를 하고 내일 아침 해가 뜨기 전에 빠져나갈 생각이었다.

삐이익.

아주 조심스럽게 창고 문을 연 상관진걸의 신형이 창고 속으로 빨려 들었다.

"내 짐작이 틀렸단 말인가?"

근 두 시진에 걸쳐 꼼꼼히 창고 안의 물품들을 조사하던 상관진걸은 잠시 조사를 멈추고 짐 더미에 주저앉으며 중얼거렸다.

창고 속의 모든 표물들을 아주 조심스럽게, 그리고 세밀하게 조사해 보았지만 별다른 이상은 찾을 수 없었다. 그것들은 모두 어느 표국에서나 볼 수 있는 일반적인 물품들이었다.

'하긴, 그런 중요한 물품들이라면 이런 허술한 경계 속에 놓아두지 않았겠지?'

상관진걸은 더 이상 이곳에서 물품들을 조사할 필요성을 느끼지 못하였다. 이젠 이곳을 벗어나 다른 각도에서 조사해 보아야 했다. 그건 훨씬 더 위험하고 신중을 기해야 할 일이다.

생각을 굳힌 상관진걸은 천천히 신형을 일으켰다.

"겁이 없는 놈이로군!"

새벽의 어둠 속에서 몸을 움직이던 상관진걸의 귓가로 듣기 거북한 탁한 음성 한줄기가 흘러들었다. 마치 지옥 유부에서 들려올 법한 목소리에 상관진걸은 흠칫 웅크렸던 몸을 곧추세우고 소리의 진원지를 찾았다.

쉬익—

소리의 진원지를 제대로 가늠하기도 전에 섬뜩한 음향과 함께 한줄기 장력이 상관진걸의 가슴으로 날아들었다. 차가운 새벽 공기를 헤치며 음습하게 스며드는 장력에 상관진걸은 놀랄 새도 없이 반사적으로 몸을 틀었다.

콰아앙—!

상관진걸의 가슴을 향해 날아들던 한줄기 강력한 기운이 목표물을 잃고 뒤쪽 벽을 두드렸고, 두꺼운 토담 벽의 한 모서리가 와르르 무너졌다. 아무런 경고도 없이 순간적으로 뻗어 나온 장력치고는 그 위력이 엄청났다. 만약 그 장력을 고스란히 맞았다면 갈비뼈가 하나도 성치 못했을 것이다. 그것을 느낀 상관진걸의 얼굴에 땀방울이 맺혔다.
"감히 여기가 어디라고 도둑고양이처럼 숨어드는 것이냐!"
"헉!"
바로 옆에서 들리는 탁한 목소리에 상관진걸이 비명을 질렀다.
언제 나타났는지 왜소한 체격의 노인이 옆쪽 담벽 아래에서 뒷짐을 지고 서 있었다. 비록 체격은 자신의 반밖에 되지 않을 듯이 왜소했지만 좀 전에 날린 장력으로 보아 결코 평범한 고수가 아니었다. 어쩌면 절세 마인에 가까운 수준이었다.
상관진걸의 눈빛이 엄중해지며 주변 상황을 빠르게 살펴 나갔다. 이곳은 아무래도 적진이었고 적진에서 모여드는 적을 상대로 길게 싸움을 펼쳐 보았자 결과는 뻔한 것이다.
휘익—
생각이 끝나기도 전에 상관진걸이 노인의 가슴을 향해 주먹을 내질렀다. 기습적으로 날아드는 상관진걸의 주먹을 피하려 노인이 몸을 옆으로 옮기는 순간, 땅을 박찬 상관진걸의 신형이 담벽 위로 날아올랐다.
"약삭빠른 놈!"
노인 역시 한소리 외침과 함께 신형을 날렸다.
"어엇!"
담벽 위로 날아오른 상관진걸이 담벽 끝을 박차며 오히려 천룡표국 한복판의 건물 기와 지붕 위로 몸을 날리자, 틀림없이 표국 밖으로 도주할 것이라 예상하고 그쪽으로 미리 몸을 날리던 노인이 자신의 생각과 정반대 방향으로 움직이는 상관진걸을 보고 다급성을 지르며 몸을 비틀었다. 하지만 일단 한번 경공을 펼친 신형을 허공 중에서 반대 방향으로 꺾을 수는 없는 노릇이었다.

노인이 잠시 허둥대는 그 짧은 순간, 상관진걸의 신형은 천룡표국 한복판 건물 사이로 건너뛰어 반대쪽으로 멀어져 가고 있었다.

"그참, 여우 같은 놈일세."

노인이 입맛을 다시며 천천히 되돌아와 상관진걸의 신형을 눈으로 쫓았지만 비조처럼 멀어져 가는 상관진걸의 신형은 어느새 어둠 속으로 파고들어 어둠의 장막 뒤로 가려져 버렸다.

"무슨 일이십니까, 장로님?"

뒤늦게 달려온 천룡표국의 사람들이 우르르 노인 옆에 몰려 섰지만 이미 상황은 종료된 후였다.

"어떤 놈이 근처에 얼쩡거리기에 장풍을 한 방 먹였는데 빗나간 모양이오."

"장로님의 구유마장(九幽魔掌)을 피해 나간 사람이 있단 말인가요? 놀라운 일이군요."

천룡표국주 곽치오가 말도 안 된다는 표정으로 노인을 바라보았다.

"흠흠! 얼마나 날쌔고 영악한 놈이든지, 내 깜박 속에 말았다오. 놈은 이 창고에서 나오는 것 같았으니 창고 속에 든 표물들을 노렸을 것이오. 어서 조사해 보시오."

노인이 입맛을 다시며 자신이 놓친 도둑고양이 한 마리에 대한 아쉬움을 표했다.

"조사해 보거라!"

노인의 말에 따라 표국주 곽치오가 지시를 내리자 여러 명의 젊은이들이 창고 문을 열어젖히고 표물들을 점검하기 시작했다.

"흠! 이런 걸 성동격서라 하지."

그 시간, 천룡표국의 지붕 끝을 밟으며 쾌속무비한 신법을 펼쳐 표국 담벽 아래에서 마주친 노인을 따돌린 상관진걸은 어둠 속에서 자신의 신형이 완전히 가려진 순간 급히 되돌아와 천룡표국의 내실로 숨어들었다. 실로 탄복할 만한 임기응변과 대담함이 엿보이는 행동이었다.

자신이 마주친 노인이 바로 뒤쫓아올지도 모르는 상황에서 오히려 천룡표국의 한복판으로 다시 숨어든 상관진걸의 움직임은 인간 심리를 오랫동안 연구하고, 그 연구에 의한 허를 찌르는 행동 방식을 수없이 훈련한 전문가다운 움직임이었다.

지붕을 밟고 도주하던 상관진걸은 거의 반사적으로 다시 천룡표국의 한복판으로 침투했고, 그래서 천룡표국의 인원들은 대부분 상관진걸이 처음 소란을 피운 창고에 몰려 있어 오히려 내실은 허술하게 비어 있었다.

"이 정도면 제법 큰 성과를 올렸다."

상관진걸은 표국주의 집무실인 듯한 방에서 몇 권의 문서책들을 챙겨 들고 방을 나섰다. 두 개의 복도를 지나고 마지막 한 개를 꺾어 돌면 뒤뜰 정원이다. 그곳에서 천룡표국을 빠져나가면 된다.

"적이다!"

"제길!"

한소리 외침이 들림과 함께 욕지거리를 뱉어낸 상관진걸은 쾌속하게 수리검을 던졌고, 고함을 지르던 사내가 목이 꿰뚫린 채 벌렁 뒤로 나자빠졌다. 그러나 사내가 지른 소리를 듣고 순식간에 벌 떼처럼 달려온 천룡표국의 인원들이 복도 앞 뜰을 막아섰다.

상관진걸은 몇 권의 서류철들을 가슴속에 갈무리하고는 칼을 뽑아 들었다.

'속전속결로 길을 뚫고 빠져나가야 한다.'

상관진걸이 연환구검(連環九劍)을 연속으로 펼치며 일직선으로 담벽 바로 앞까지 길을 뚫었다. 순식간에 연속적으로 펼쳐지는 상관진걸의 검세에 막아선 사내들이 추풍낙엽처럼 쓰러지며 파도가 갈라지듯 길이 뚫렸다.

"어딜!"

상관진걸이 뚫려진 길 끝에서 막 신형을 날리려는 순간, 아까 창고 앞에서 만난 왜소한 노인이 갑작스럽게 나타나며 쌍장을 내뻗었다.

퍼펑!

노인의 쌍장과 상관진걸이 뿌린 검기가 충돌하여 폭발음을 터뜨렸다.

"으윽!"

"으음!"

각각 한마디씩의 신음을 토해내고 왜소한 노인과 상관진걸은 서로에 대한 공격을 멈추고 서로를 응시하였다. 한 번의 충돌로 두 사람은 서로에 대한, 아니, 최소한 서로의 무공에 대한 경각심을 가지게 된 것이다.

'대단한 장력이다!'

왜소한 노인의 쌍장에서 뿜어져 나온 음유로운 공력이 검신에 부딪쳤을 때 상관진걸은 가슴속이 온통 진탕되는 듯한 느낌을 받았다. 그리고 아직도 팔목에서는 심한 통증이 느껴지고 가슴속에서는 진기가 요동 치고 있었다.
 천룡표국을 숨어들면서 각오는 단단히 하였지만 이런 정도의 고수를 만나리라고는 생각지 못한 상관진걸이었다. 이 정도의 장력을 뿌릴 수 있는 사람이라면 결코 표국 따위에 있을 사람이 아니었다. 그러나 그보다 더 상관진걸의 경각심을 일깨운 것은 노인이 뿌린 장력에 실린 음유로운 기운이었다. 중원무학에서는 그 뿌리를 찾기 힘든, 마치 악령의 숨결처럼 음산하면서도 치명적인 힘이 스며진 그 장력은 상관진걸의 온 신경을 곤두세웠다.
 '결코 시정잡배 좀도둑은 아니다!'
 왜소한 노인 역시 상관진걸의 연속 검격에서 폭사되는 검기에 자신의 장력이 차단되고, 더 나아가 그 사이로 뚫고 들어오는 한줄기 검기에 경악을 금치 못했다. 결국 한 번의 장력을 더 뿌린 후에야 겨우 그 검기를 흩뜨릴 수 있었다.
 자신이 뿌린 장력을 거침없이 갈라오는 광명정대하고 웅혼한 한줄기 검기는 만마를 굴복시키는 항마의 기운이 서려 있었다. 그것은 결코 표물을 노리고 담을 넘는 한낱 좀도둑의 검에서 뿜어져 나올 힘이 아니었다.
 잠시 서로를 탐색하던 두 사람은 다시 공격 자세를 잡았고 예사롭지 않은 기운에 주변에 몰려 있던 천룡표국 무사들이 분분히 뒤로 물러섰다.
 "차아!"
 노인의 입에서 한소리 기합성과 함께 악마의 눈빛같이 귀기 어린 빛을 띤 장력이 상관진걸의 가슴으로 쇄도했다.
 쉬이익!

상관진걸의 검에서도 새하얀 은색 광채가 뻗어져 나가 노인의 장력에 대항했다.

"까가강!"

두 가닥 빛무리의 충돌에서 금속성이 울려 퍼졌다.

"크윽!"

노인이 너덜해진 손목을 부여잡고 뒤로 밀렸다.

"장로님!"

곽치오가 부상당한 노인에게 뛰어드는 순간, 상관진걸이 땅을 박차고 천룡표국의 후원의 담벽 끝으로 뛰어올랐다. 담벽 위에 올라선 상관진걸은 신형을 급히 회전시키며 발 밑에 있는 기왓장들을 무섭게 차냈다.

"크윽!"

"으윽!"

상관진걸을 쫓으려 반사적으로 날아오르던 천룡표국의 무사들이 포탄처럼 쏟아져 오는 기왓장에 격중되어 바닥으로 떨어져 내렸다.

"내 저놈을 기필코!"

곽치오가 이빨을 갈며 상관진걸을 쫓으려는 순간, 왜소한 노인이 곽치오를 제지했다.

"이럴 때가 아니오, 국주! 아까 그놈의 칼에 실린 기운은 항마유섬강(降魔流閃罡)이오. 항마유섬강은 황실과 관련이 있는 무공이오. 그렇다면 더 큰 차원의 대응이 있어야 할 것. 우리 개개인의 싸움의 차원은 벗어난 것이오. 어서 보고를 올려야 하오."

그 말과 함께 왜소노인이 심하게 기침을 하였고 기침 속에서 선혈이 묻어 나왔다.

"어서, 어서 장로님을 안으로 모셔라! 그리고 너희들은 경계를 철저히 하며 주변을 정리해라!"

곽치오가 당황한 표정으로 지시를 내리고 얼른 노인을 부축하며 안으로 들어갔다.

천룡표국에 잠입하여 소기의 목적을 달성하고 돌아온 상관진걸은 자신이 챙겨온 서류철을 몇 시진 동안 꼼꼼히 조사해 나갔다. 일단은 획득한 자료들에 한하여 이루어지는 조사인지라 한계가 있었지만 지금까지 나타난 바로는 아무런 문제점들을 찾을 수가 없었다.

창고 속에서 표물들을 조사해 나가며 기억해 두었던 품목들과 종류들이 자신이 기억하는 한 거의 일치했고, 기록된 수익과 그에 따른 세금 등의 계산이 한 곳도 틀린 곳을 찾을 수가 없었다. 이런 식의 경영이라면 오히려 자신이 이곳 관리들에게 천거하여 포상이라도 내려야 할 정도였다.

"내 짐작이 틀렸단 말인가?"

상관진걸은 더 이상 장부를 대조하는 일을 포기하고 뒤로 물러나 앉으며 중얼거렸다. 이 정도로 철저하고 완벽하게 사업을 벌이는 자들이라면 굳이 어둠 속에서 다른 표국을 무너뜨리는 그런 방법을 쓰지 않고 정상적으로 경쟁하더라도 충분히 세력을 확장할 수가 있는 일이었다.

그런데 왜 자신의 의형 송일산 같은 사람을 폐인으로 만들며 다른 표국의 기반을 흡수했을까? 뭔가 급박하게 하남 땅의 표국을 손에 넣어야 할 이유가 있어서 그랬다면 표국의 영업 상태나 영업 방식 등에서 문제점이 노출되어야 하는데, 몇 시진 동안 장부를 분석하며 내린 결론은 지극히 정상적이라는 것이다. 오히려 보이지 않는 곳에서 다른 표국을 무너뜨린 힘과 천룡표국은 전혀 무관한 자들이 아닐까 하는 의구심마저 들게 했다.

"정말 이상한 일이야."

상관진걸은 지그시 눈을 감으며 자신과 대결을 벌였던 왜소한 노인을 떠올렸다. 자신을 향해 죽음처럼 음산하게 몰려오던 장력은 아직도 머리끝을 쭈뼛하게 만들었다.

마치 뱀처럼 소리없이 다가와 치명적인 독니를 드러내는 듯한 장력이었다. 그런 장력을 뿌릴 수 있는 사람은 이 중원천지에 몇 되지 않을 것이다. 그런데도 자신이 기억하는 많은 정보 속에서 그 노인의 존재는 등재되어 있지 않은 것이었다. 그런 점들로 미루어보아도 분명히 뭔가 있는 건 확실한데 드러난 증거는 하나도 없다. 정말 치밀한 놈들이라는 생각이 절로 들게 만들었다.

"그렇다면 전혀 다른 각도에서 생각을 해보아야 할 것 같군."

상관진걸은 서류철들을 모조리 벽난로 속에 집어 던졌다.

화르르!

벽난로 속의 불길이 넘실 춤을 추었다.

* * *

"정말 별난 친구들일세."

어느덧 낙양이 가까워지고 내일이면 자운엽은 남궁세가로 가는 당가 일행과 헤어져 사해표국으로 돌아가 공차표행을 계속할 것이다. 이별을 앞둔 마지막 저녁을 아쉬워함인지 종리재정과 자운엽은 객점 한

구석에서 간단한 이별주를 마시고 있었다. 그런데 두 사람의 술을 마시는 모습이 가관이었다.

벌써 술잔을 기울인지 일각이 넘었건만 둘은 서로의 빈잔에 술만 따라줄 뿐 도무지 무슨 말들을 하지 않았다. 그걸 본 당문정이 고개를 내저었다.

술이 들어가면 말이 없던 사람들도 수다쟁이가 되기 마련인데 저 두 사람은 정반대로 되어, 술이 취하지 않은 대낮에는 잠시잠시 무슨 말을 나누기도 했지만 술이 들어가면 저렇게 입을 닫고 서로의 술잔에 술만 따라주는 것이다.

"별난 과거를 가진 사람들이라 술도 별나게 마시는가 봅니다."

당천의도 미소를 머금은 얼굴로 둘을 쳐다보며 고개를 저었다.

자운엽과 당천의가 내력 대결을 벌이고 난 후 자운엽에 대한 당가 사람들의 신비감은 마르지 않는 우물처럼 샘솟았지만 이제 더 이상 자운엽에 대해서 알아낼 수가 없었다.

사문인 태음문에 대해서도, 사부인 태을신군 원가후에 대해서도 당유화가 아무리 징그러운 표정과 말투로 공격을 해도, 사문과 사부에 대한 거짓 밑천이 다 드러난 자운엽의 태도는 완강할 수밖에 없었다. 그래서 결국은 두 조손도 자운엽에 대해서 뭘 더 알아내는 것을 포기하고 이젠 며칠간의 동행을 끝내야 할 날짜가 닥친 것이다.

"같이 한잔해도 되겠나?"

당천의가 같이 합석하자는 부친 당문정을 억지로 떨치고 자운엽과 종리재정의 술자리에 동참했다.

"그러시지요."

자운엽은 고개를 돌려 주위에 당문정과 당유화가 없는 것을 확인하고는 합석을 허락했다.
"그래, 그동안 형제의 정은 많이들 나누었는가?"
"뭐, 그럭저럭."
자운엽이 당천의에게도 한 잔 따라주며 답했다.
"무슨 말들을 해야 정이 들든지 말든지 할 게 아닌가? 이제껏 일각이 넘었지만 한마디도 안 하더구만. 그런데 무슨 정이 든다는 건가?"
당천의는 이해할 수 없다는 얼굴로 두 사람을 번갈아 쳐다보았다.
"허! 그참."
두 사람은 여전히 말없이 술잔만 비웠다.
"그건 그렇고 내일쯤이면 자네는 일행에게로 돌아가겠구만?"
"그렇지요. 내일 오후쯤이면 헤어져야겠지요."
자운엽이 고개를 끄덕거렸고 종리재정이 문득 섭섭한 표정을 지었다가 다시 묵묵히 술잔만 기울였다.
"그래서 말인데, 내 오늘 저녁 자네에게 몇 마디 하고 싶은 얘기가 있네. 그리고 줄 것도 하나 있고."
"말씀하십시오. 그리고 무엇을 주실지 궁금하군요. 설마 독침세례는 아니겠지요?"
자운엽이 표시나지 않게 눈빛을 빛내며 말했다.
"아직까지도 자네에게는 궁금한 점이 많지만 더 이상은 뭘 알아낼 수 있을 것 같지 않으니 접어두기로 하지. 그리고… 자네 같은 사람이라면 필연적으로 강호에서 많은 사람들과 부딪치게 될 것일세. 고래가 작은 개울에서 언제까지 숨죽이며 살 수 없는 것과 같은 이치로 자연히 그렇게 될 일이지. 그땐 이것이 많은 도움을 줄 것이네."
당천의가 품속에서 백옥패 하나를 꺼내었다. 그 백옥패에서 뿜어져 나오는 광채는 보는 것만으로도 개운함을 느끼게 해주어 예사로운 물건이 아님을 직감하게 했다.
"무엇인지요, 이것이?"
자운엽은 궁금증 어린 눈빛으로 백옥패를 주시했다.
"이것은 우리 당가 사람임을 나타내는 신패일세."
"그렇군요. 그런데 그걸 왜?"
"자네에게 주려는 것이 이것일세."
당천의가 백옥패를 식탁 위에 놓았다.
"전 사문이 있다고 말씀드렸을 텐데요?"
자운엽의 말에 당천의가 수긍한다는 듯 고개를 끄덕거렸다.
"그건 익히 아는 사실이지. 이것으로 자네를 당가에 얽매려 하는 것이 아닐세. 이건 당가 사람임을 나타내는 표식인 동시에 피독주이기도 하네."
'피독주!'
피독주란 말에 자운엽은 목구멍에서 손이 튀어나올 것 같은 심정이었지만 최대한의 인내력을 발휘하여 담담한 표정을 지었다. 종리재정을 구하기 위해 흑살을 상대하며 가장 신경이 쓰이던 것이 바로 독이었다. 칼이야 자신의 실력으로 얼마든지 막을 수 있었지만 독은 그야말로 속수무책이었다. 언제, 어느 구석에서 음식이나 물에 독을 탈지 몰랐고, 그 경우에 있어서는 도저히 대책이 없었다. 그러기에 피독주란 말은 절로 눈을 번쩍 뜨이게 만들었다.
'침착해야 한다!'
빨라지는 심장의 고동 소리를 들으며 자운엽은 자신의 심장 박동 수를 줄이려 천천히 한숨을 내쉬었다. 천금 같은(?) 자신의 사부와 사문에 대한 내력을 전부 알려주고 얻는 피독주이니 이왕이면 가장 강력한 것으로 얻어야 한다는 생각이 든 것이다.

"자네의 내력이나 칼 솜씨로 봐서는 자네를 쓰러뜨릴 사람은 그리 많지 않을 걸세. 그러니 그런 쪽으로는 크게 걱정할 것이 없겠지. 그러나 자네는 아직 독에 대해서는 모르는 것이 많을 것일세. 경험을 좀 더 쌓게 되면 내력으로도 웬만한 독은 대항할 수도 있겠지만 그때까진 이것이 도움이 되리라 생각하네."

"사실 독은 좀 겁이 나더군요."

자운엽은 무심한 표정으로 피독주를 쳐다보았다. 그리고 열심히 염두를 굴렸다.

'순진한 노인네가 백온옥이라는 피독주 얘기를 했을까?'

자운엽은 무심한 눈빛을 하면서도 빠르게 피독주의 생김새를 훑었다.

저것이 며칠 전 순진한 노인에게 아무것도 모르는 척 언질을 준 백온옥이라면 만사를 제쳐 놓고 덥석 물어도 될 만한 충분한 가치가 있는 것이다.

그러나 저것이 백온옥이 아니라면?

그야말로 밥 팔아 죽 사 먹는 꼴을 당할 것이다.

만약 당천의가 적당한 피독주 하나로 모든 것을 때우려 할 의중이라면 자신은 저것 하나 먹고 떨어져서 더 이상 백온옥에 대한 얘기는 꺼내지도 못할 것이다.

쉴 새 없이 회전하고 있는 자운엽의 뇌리 속으로 다시 당천의의 목소리가 파고들었다.

"그리고 칼을 들고 강호를 종횡하다 보면 많은 시비가 일 것이네.

자네라면 그런 시비에서 휘말려 고생할 일은 별로 없겠지만 왕왕 자신의 실력은 게딱지만해도 자신이 속한 집단의 힘을 믿고 귀찮게 구는 자들이 있다네. 그런 인간들은 또 그렇게 대접을 해주면 꽁지 빠진 강아지가 되지. 그런 인간들을 만나면 이 신패를 적절히 사용하게. 자네 뒤에 당가가 버티고 있다는 것을 알면 누구도 함부로 귀찮게 하지 못할 걸세."

당천의 역시 무심한 표정으로 얘기하며 백옥패를 조금 더 자운엽 쪽으로 밀었다.

"그러니까 제가 이것을 내보이면 강호에서 당가인과 같은 대접을 받게 되겠군요."

자운엽은 약간 고개를 갸웃거리며 당천의를 쳐다보았다.

"그럴 걸세."

"그러다 잘못하면 제 이름 앞에 당가라는 수식어가 붙을 수도 있지 않겠습니까?"

자운엽은 끝까지 백온옥에 대한 얘기를 하지 않는 당천의를 보며 최대한 신경전을 펼쳤다.

"그게 싫다면 피독주로서만 사용하게. 그 효용만으로도 자네에게는 큰 이득이 있을 것이네."

당천의가 아무런 표정 없이 백옥패를 자운엽 쪽으로 조금 더 밀었다. 그리고 지그시 눈을 감고 술잔을 기울였다. 비록 아무런 사심이 없는 듯 지그시 감은 눈이었지만 자운엽은 당천의의 눈이 자신의 동작을 하나도 놓치지 않고 있다는 것을 알아챘다.

'당유화보다도 몇 배는 더 능구렁이 같은 사람이군!'

자운엽 역시 당천의의 눈길을 한순간도 놓치지 않고 천천히 손가락

하나를 동그랗게 말았다.

'백온옥이라면 따뜻한 옥이란 말인데… 저것이 과연 따뜻할까? 따뜻하기만 하다면야 만사 제쳐 놓고 집을 것이지만…….'

톡—

당천의의 시선이 술잔을 든 손목에 찰나지간 가려졌을 때 동그랗게 말린 자운엽의 손가락이 미세하게 튕겨졌다. 그와 함께 술잔을 타고 흘러 자운엽의 손끝에 맺혀 있던 술이 두 개의 작은 물방울이 되어 하나는 백옥패 위에, 그리고 하나는 바로 옆 식탁 위에 떨어졌다.

'이젠 저 물방울들이 어떻게 증발하는지 기다리면 되겠군. 따뜻하다면 더 빨리 증발되겠지?'

자운엽의 눈빛이 짧은 순간 영악스런 빛을 발한 뒤 다시 무심하게 피독주를 응시했다.

"당문 표식이 안 그려진 그냥 피독주는 없습……."

"그런 것은 없네."

시간을 끌기 위한 자운엽의 말이 끝나기도 전에 당천의가 냉정히 답했다.

"그럼 저 백옥패에서 당가 문양을 지우면 어떻게 됩…….'

"그럼 피독 효과는 사라지네."

여전히 당천의가 딱딱 끊어지는 소리로 답했다.

"설마 그럴 리가요? 피독주가 무슨……."

"난 거짓말은 안 하네."

당천의가 다시 자운엽의 말을 끊었다.

"그럼 저 피독주만 소지하고 다니면 웬만한 독은 걱정 안 해도 되겠군요?"

"그렇다네."

자운엽은 최대한 시간을 끌었다. 그러던 중 두 개의 작은 물방울이 거의 같은 시간에 같은 크기로 증발되고 있었다.

'백온옥이 아니군!'

자운엽의 입술 끝이 미세하게 말려 올라갔다.

"갖기가 부담스럽다면 도로 가져가겠네."

흘깃 자운엽의 표정을 살핀 당천의가 피독주를 향해 손을 뻗었다.

"그러시지요. 아무래도 사문이 있는 사람이 당가의 표식을 달고 다닌다는 것은 좀……."

자운엽이 너무도 흔쾌히 답하자 당연히 자운엽이 먼저 집어갈 것으로 예상하고 앞으로 뻗어 나오는 척하다 도로 들어가던 당천의의 손이 흠칫 멈추어졌다.

"그, 그런가……? 험험!"

당천의가 손을 어디 둘지 몰라 하며 난처한 표정으로 허둥거렸다.

"그런데…… 자네는 사문의 마지막 심공을 익히려면 피독주가 필요하다 하지 않았나?"

'후후, 드디어 밑천을 드러내는군.'

자운엽은 고소를 삼켰다.

순진한 당문정 노인은 당천의에게 백온옥에 대한 얘기를 했던 것이다. 노인은 아마도 백온옥을 선물로 주고 그동안의 신세를 갚자는 식의 의견을 피력했을 것이다. 그러나 좀 덜 순진한 그의 아들은 적당한 하등품 하나를 대신 주고 부친에게 할 바를 다했다고 말할 심산이었던 모양이다.

"알고 계셨군요? 백온옥이란 피독주를 구해오라는 사부님의 말씀이

계시긴 했습니다. 하지만 그렇게 귀한 것이 어디 쉽겠습니까?"

자운엽이 가볍게 한숨을 내쉬었다.

"그런가? 백온옥을 구하는 줄은 몰랐네. 아버님께서 그냥 피독주라고만 하셨기에……."

당천의의 목소리가 왠지 기어들어 가는 느낌을 주었다.

"이것은 백온옥이 아니네. 하지만 내 백온옥을 구할 방법도 있을 듯하네."

"예—에? 그, 그것이 정말입니까?"

자운엽이 고함을 지르다시피 말했다.

"그렇다네. 자네에게 입은 은혜가 가볍지 않으니 자네가 원한다면 언젠가 구해주겠네. 그러니 그때까지는 저것을 목에 걸고 다니게."

"정말 그렇게 해주시겠습니까? 그런데 언제까지……?"

자운엽은 서서히 결말로 몰고 가고 있었다.

"자네나 나나 서로 할 일이 있으니, 우선은 그것이 끝나고 차후에 자네가 우리 당가를 방문하면 그때 구해주도록 하겠네. 대신 조건이 있네."

당천의 역시 최대한 빈틈없이 응수했다.

"뭔가요, 그것이?"

"자네는 이제 우리 당가와 남남도 아니니, 우리 당가로서는 자네의 안전을 지켜줄 책임이 있네. 그러니 그때까지는 저것을 목에 걸고 다니게. 그럼 다음에 만날 때 백온옥을 주겠네."

'주기는 하되 개 목걸이를 걸겠다 그 말이군. 크큭! 하지만 내게도 방법이 있지.'

자운엽은 천천히 고개를 끄덕였다.

"그럼 일단은 이것을 보관하겠습니다. 그리고 차후에 당문을 방문했을 때 백온옥과 교환하겠습니다."

'교환'이란 말에 유난히 힘을 준 자운엽이 피독주를 목에 걸었다.

"그, 그렇게… 하게."

멍하니 자운엽을 쳐다보던 당천의가 허탈한 목소리로 답하며 연거푸 술잔을 기울였다.

"이제 난 내 갈 길로 가야 할 시간이다. 부디 능력을 발휘해서 세상 최고의 장인이 되거라."

다음날 오후쯤 갈림길에서 자운엽이 종리재정을 쳐다보며 담담히 말했다.

"혀, 형님!"

종리재정이 황망한 얼굴로 자운엽을 쳐다보았다. 어린애 같은 눈에 금세 눈물이 고일 것 같았다.

"머저리 같은 놈!"

자운엽이 눈살을 찌푸리다 등을 돌려 당유화를 쳐다보았다.

"걱정되겠소, 제수씨. 이런 울보 놈을 신랑으로 데리고 살려면 말이오. 아들이나 하나 제대로 얻을지 원……."

"형님!"

"어머머! 세상에."

종리재정과 당유화가 동시에 화들짝 놀랐다.

'그래도 부끄럼은 타는군.'

자운엽이 내심 고소하다는 듯 당유화를 바라보았다. 백온옥은 아니지만 피독주를 얻었으니 그동안 징그러운 눈웃음과 목소리로 자신을 궁지로 몰아넣은 데 대한 복수를 해주고 싶은 생각이었다.
"저놈은 설사 아들을 얻어도 울보 녀석으로 얻을 것이오, 제수씨. 그러니 미리 마음을 독하게 먹어야 할 것이오."
"혀, 형님! 그만 하십시오, 제발!"
"세상에! 난 몰라!"
당유화가 마차 안으로 뛰어들어 갔다.
'쿡쿡, 체중이 쑤욱 내려가는군.'
당유화의 쩔쩔매는 모습을 본 자운엽은 득의에 찬 미소를 지었다. 그동안 종리재정 옆에 붙어 새록새록 정이 들어가는 모습을 보이더니 그래도 아들을 얻는다는 말은 부끄러운 모양이었다.
'이대로 며칠 더 같이 가면서 복수를 해줄까?'
왠지 내키지 않는 바람은 즉각 이루어지는 법이다.
"어이, 나비!"
뒤통수 쪽에서 들리는 익숙한 목소리에 자운엽은 얼른 신형을 돌렸다. 그리고 자신을 나비라고 부르는 곰 같은 목소리의 진원지를 찾았다.
'저 인간이?'
뜻밖의 사태에 자운엽의 두 눈이 평소보다 두 배는 더 가늘어졌고 그렇게 가늘어진 눈동자 속으로 금성표국의 깃발을 단 마차 두 대가 보무도 당당하게 다가왔다.
"대체 여긴 어쩐 일이야?"
자운엽은 멀뚱한 얼굴로 엄한필을 쳐다보았다.
자운엽과 엄한필의 목소리를 듣고 뒷 마차에서 송여주와 서교영이 휘장을 걷고 모습을 드러냈다.

"반가워요, 자 공자. 일은 잘 끝났는가요?"
송여주가 자애로운 눈빛으로 자운엽을 바라보았다.
'이거야 원!'
자운엽은 송여주의 인사에 답하는 것도 잊고 금성표국의 사람들과 당가의 사람들을 번갈아 쳐다보았다. 사해표국에 있어야 할 송여주 일행이 어떻게 이곳에 있는지 알 수가 없는 일이었다. 필시 두 곳 중 한 곳에서 음모를 꾸미 이곳에서 만나기로 했을 가능성이 높았다.
자운엽의 눈이 자연스럽게 당문정에게로 모여졌다.
"누군가, 저들은? 자네와 같이 표행을 하는 사람들인가?"
당문정의 눈에도 자운엽 못지않은 궁금증이 어려 있었다.
'그럼 저 여우가?'
자운엽이 이번에는 슬쩍 당유화를 쳐다보았다.
"송 소저, 반가워요. 그리고 천방지축, 너도."
당유화도 뜻밖이라는 듯 마차에서 내려 송여주와 서교영에게로 다가갔다.
당유화와 송여주가 반갑게 서로 얘기하는 것을 본 자운엽은 당유화에 대한 의구심도 지워 버렸다.
'그렇다면 남은 사람은 엄한필, 저 인간인데?'
엄한필이라면 개방의 거지 떼를 시켜 자신의 행적을 쫓아 이곳으로 먼저 올 수가 있을 것이다.
'저 사람은?'
엄한필에게로 의심의 눈초리를 보낸 자운엽은 마차 안에 앉아 있는 한 중년인을 보고는 흠칫 시선을 고정시켰다.
'상관진걸!'

자운엽의 두뇌가 순식간에 중년인의 이름을 토해냈다.

표행 도중 세 명의 노괴들을 해치운 직후 그를 만났을 때 뭔지 몰라도 많은 비밀을 간직한, 예사롭지 않은 정체의 중년인이란 생각이 들었는데 뜻밖에도 그 사람이 마차에 타고 있었다.

'그렇다면?'

자신과 금성표국의 마차가 이곳에서 조우하게 된 이유는 저 중년인에게서 기인될 확률이 높은 것이다.

"상관 숙부님은 저번에 뵈었으니 다시 인사할 필요는 없겠죠? 아버님께 들렀다가 저희를 찾아 사해표국으로 오셨어요. 숙부님께서도 기억나시죠?"

송여주의 말에 상관진걸이 묵묵히 고개를 끄덕였다. 자운엽도 가볍게 목례를 하고는 송여주를 바라보았다.

"그런데 국주님께서 이곳에는 어쩐 일이십니까?"

"먼저 저분들과 인사부터 하게 해주세요. 자초지종은 나중에 얘기해드릴 테니."

송여주가 목을 빼고 이리저리 두리번거리는 당문정을 보고 말했다.

길 한복판에서 잠시 마차를 마주한 금성표국과 당가 일행은 짧은 인사를 끝내고 가까운 객점에서 자리를 같이했다.

"우리가 어떻게 자 공자가 오는 길에 먼저 나타났는지 궁금하시죠?"

송여주가 미소를 띠며 자운엽에게 물었다.

"그래요, 정말 뜻밖이에요!"

당유화가 자운엽을 대신해서 답했다.

"당 소저와 자 공자가 그렇게 사라진 후 우리는 노심초사 두 분의 소식을 기다렸지만 며칠이 지나도 연락이 없어 저기 계신 기철 공자님께

두 분을 찾아달라고 부탁을 드렸어요. 그리고 며칠 전 기철 공자님으로부터 모든 일이 잘됐고 당문 사람들과 동행하고 있다는 연락을 받고 이리로 온 것이에요."

송여주의 말을 들은 자운엽이 두어 번 고개를 끄덕였다.

"그런데 군이 여기까지 오신 이유는 뭔가요? 설마 나를 마중 나온 것은 아닐 테고."

자운엽은 여전히 상관진걸에게 신경을 늦추지 않고 질문했다.

"이젠 사해표국의 일도 정리가 되어 더 이상 우리가 있을 필요도 없고 하니 우린 다시 표행을 시작해야지요. 마침 그곳으로 오신 상관 숙부님과 의논을 해보았어요. 많은 얘기 끝에 공차표행의 진로를 일단 남궁가로 잡았으면 하는 결론을 내렸어요."

말을 잠시 멈춘 송여주가 자운엽의 눈치를 살폈다.

"우리끼리 결정을 해서 미안해요. 자 공자의 생각이 다르다면 취소할게요."

'뭔가 있군!'

자운엽은 순간적으로 금성표국의 표차가 남궁가로 진로를 결정한 데는 상관진걸의 복잡한 계산이 깔려 있을 것이라 짐작했다.

"조금 갑작스럽긴 하지만 좋은 생각일 것 같소."

자운엽이 내심과는 달리 흔쾌히 대답하자 송여주의 표정이 밝아졌다. 그녀로서는 많은 사람들이 모인 남궁가에서 금성표국의 깃발을 드날리고 싶은 것이다. 그리고 세가의 잔치가 어떤 것인지, 그곳에 모이는 사람들은 또 어떤 인물인지 보고 싶기도 하였다. 그러나 자운엽의 의중을 몰랐는지라 내심 자운엽의 눈치만 살피는데 자운엽이 흔쾌히 대답하자 신이 났다.

'남궁세가?'

송여주의 들뜬 표정과는 달리 자운엽의 표정은 한없이 신중해졌다.

낙양의 객점에서 위지종현으로부터 이번 남궁가의 잔치 이면에는 감숙성에 갑작스레 세워진 문파인 비천용문에 대한 논의가 있을 것이라 했다. 감숙설가와 감숙추가로 합쳐진 그 문파에 대한 의문은 자운엽 역시 적지 않았다.

위지종현으로부터 들은 얘기는 단순히 논의란 말이었지만 무림의 여러 문파 명숙들이 한곳에 모여 그 일을 논의한다는 것은 이미 어느 정도 비천용문에 대한 음습함의 냄새를 맡았고, 또 어느 정도는 위험 요소를 감지했다는 말이다. 흑살과 종리재정의 일을 처리하느라 잠시 묻어두었던 의문과 한 사람에 대한 그리움이 서서히 일어나기 시작했다.

설수연!

어떠한 어려움이 있어도 자식을 버릴 것 같지 않은 어머니의 눈빛을 가진 여자!

그녀를 만나기 위해 지금껏 달려온 길이다.

이번 남궁세가로의 행보는 그녀와 한 걸음 더 가까워질 것 같은 예감을 떨칠 수가 없다.

양들이 모이는 곳에는 탐욕 어린 눈을 가진 이리 떼가 따라오기 마련이다. 중원문파들이 비천용문에 대한 은밀한 논의를 한다는 얘기를 자신이 알고 있을 정도라면 그들도 알고 있을 것이다. 그리고 어떤 형태로든 그들도 남궁가로 잠입할 것이다.

'흥미진진하군. 한바탕 싸움이라도 일어난다면 더 신나는 일이지. 후후!'

자운엽의 입가에 알 듯 모를 듯한 미소가 어렸다.
"형님, 그럼 앞으로 당분간은 헤어지지 않고 같이 다닐 수 있는 건가요?"
한참 인사를 나누고 근황을 묻고 하는 사이 종리재정이 자운엽에게로 다가와 한껏 벌어진 입을 다물지 못하고 말했다.
'징그러운 놈!'
자운엽은 눈살을 찌푸리며 한숨을 내쉬었다. 이제껏 거칠 것 없이 가볍게 창공을 날아다니는 기분이었는데 이놈만 보면 발목에 커다란 돌덩이를 묶어놓은 것 같은 기분이 들었다. 그래도 바람이 불 때는 어쩐지 이놈 때문에 덜 흔들릴 것 같다는 느낌이 들기로 한다.
"정말 잘되었어요. 정들자 헤어지는 것 같아 마음이 아팠는데 앞으로 한참 더 동행할 수 있다니 가슴이 뿌듯하네요."
당유화가 자운엽과 종리재정을 바라보며 활짝 미소를 지었다.
"그런데 이놈의 닭살은 왜 이렇게 돋아나는 거야?"
자운엽 역시 당유화와 종리재정을 번갈아 쳐다보다 양쪽 팔뚝을 교대로 문지르며 금성표국 마차 쪽으로 걸음을 옮겼다.
"푸후후! 아주버님, 그쪽으로 가더라도 수시로 놀러 오세요!"
당유화가 자운엽의 뒤통수에 대고 고함을 질렀다.
"아주버님이라니, 그게 무슨 소리야?"
서교영이 마차 안으로 들어온 자운엽을 보고 고개를 갸웃거렸다. 당유화가 일부러 크게 지른 소리였기에 모두 들을 수 있었던 것이다.
"이 여자는 왜 여기 타고 있는 것이야, 뒷마차로 가지 않고?"
자운엽이 서교영을 보고 뚱한 표정으로 중얼거렸다.
"네가 안 그래도 좀 있다 갈 거야! 여주 언니가 상관 아저씨와 무슨 비밀 얘기가 있나 봐. 그래서 자리를 비켜준 거야. 그런데 왜 저 불여우가 널보고 아주버님이라 부르며 킥킥거리는 거야?"

서교영이 뭐가 어떻게 되는지 모르겠다는 듯 바깥을 쳐다보고는 다시 눈길을 돌렸다.

"사형, 저 불여우가 이 인간보고 아주버님이라 부르면 관계가 어떻게 되는 건가요? 어떻게 되면 아주버님이 되는 거지요?"

서교영은 아무리 따져 보아도 이해가 안 간다는 듯 엄한필의 입만 쳐다보았지만 엄한필도 언뜻 계산이 서지 않는지 이리저리 눈동자만 굴렸다.

"글쎄? 여자들이 남편의 형제, 특히 남편의 형님을 부를 때 아주버님이라 부르는데…… 저기 당 소저는 아직 처녀인 걸로 알고 있고… 또 네놈도 동생 같은 건 없지 않나?"

엄한필도 도저히 이해가 안 간다는 듯 자운엽을 바라보았다.

"앞으로 계속 피곤해지겠군."

자운엽이 투덜거리며 저만치 물러나 앉았다.

"아무래도 이상해. 저 불여우한테 직접 물어봐야겠어."

서교영이 실눈을 뜨고 자운엽을 째려보고는 마차 밖으로 뛰어내렸다.

"뭐야?! 그러니까 이 자식이 의제를 얻었다는 거야?"

엄한필이 서교영의 얘기를 듣고 도저히 믿기지 않는다는 듯 고함을 질렀다. 그로서는 꿈에도 생각지 못한 상황이었다. 그동안 자신이 보아온 자운엽의 성격으로는 절대로 누군가를 가슴속에 받아들이거나 쉽사리 누군가에게 정을 줄 놈이 아니다. 언제나 냉소적이고 세상을 조소하는 듯한 웃음을 물고 다니는 놈이었다. 그런 놈이 의형제의 인연을 맺고 동생을 얻었단 말인가?

"이거… 정말 서쪽에서 해가 뜰 일이군!"

엄한필이 멍한 표정으로 자운엽을 쳐다보았다. 그러나 마차 구석 저 안쪽에서 또 무슨 생각을 하고 있는지 깊은 생각에 잠긴 자운엽은 서교영과 엄한필의 얘기에는 관심도 없는 듯 팔짱을 낀 채 자신만의 세계로 빠져들고 있었다.

"야, 이 자식아! 무슨 말 좀 해봐라! 도대체 네놈이 무슨 생각으로 동생을 얻은 것이냐? 당 소저와 같이 다니더니 무슨 희귀한 독에 중독이라도 된 것이냐?"

"어쩌다 보니 그렇게 됐어. 평생 외로울 거라는 말이……. 젠장!"

엄한필과 서교영의 당황스런 심정에 찬물이라도 끼얹듯 자운엽은 뜻 모를 말을 내뱉다 끝맺지도 않고 입을 다물었다. 그리고는 다시 눈을 감고 깊은 생각에 잠겼다.

"휴우— 정말 알 수가 없는 놈이다, 네놈은……."

엄한필은 더 이상 입을 열지 않는 자운엽을 보고 한숨을 내쉬었다. 더 이상 말을 시켜보아야 답을 해줄 놈도 아니고 너구리 열 마리도 더 들어 있을 것 같은 자운엽의 속을 헤아릴 길도 없었다. 언제나처럼 저렇게 앉아서 뭔가를 생각하고 나면 다시 무슨 이상한 행동을 시작할 것이다.

'이번에는 또 무슨 일이 걸리는 것인가? 왠지 표정이 심상치는 않아.'

눈을 감고 있는 자운엽을 쳐다본 엄한필이 설레설레 고개를 흔들었다.

스스슥!

미세한 바람 소리마저도 남기지 않은 채, 깃털이 내려앉듯 네 개의 그림자가 지붕 꼭대기 위로 내려섰다. 잠시 그 자리에서 동정을 살핀 네 명의 복면인 중 한 사람이 수신호를 하자 가볍게 고개를 끄덕인 세 사람이 천천히 지붕의 처마 끝 쪽으로 이동하기 시작했다.

고도의 경신술과 철저한 훈련의 흔적이 엿보이는 복면들의 움직임은 처마 끝까지 가는 동안 어떠한 기척도 남기지 않았다. 단지 희미한 달빛 아래에서 만들어지는 그림자만이 그들의 움직임을 따라갈 뿐이었지만 최대한 몸을 숙인 자세로 인하여 그 그림자마저도 가장 작게 발 밑으로 접어 넣고 있었다.

자신의 기색을 뿜어낼 수 있는 모든 조건들을 무의식적으로 차단해 나가는 복면인들이 한쪽 처마 끝에 다달았을 때 다시 한 명의 복면인이 수신호를 하였고, 제일 바깥쪽의 복면인이 처마 끝에 손가락을 끼우고 천천히 다리를 아래로 내렸다.

달빛의 반대 방향에서 이루어지는 잠입이었기에 객점의 방 안에 있는 사람이 그들의 행동을 눈치 채기란 거의 불가능할 것 같았다. 발끝이 객점 이층 난간에 닿은 복면인은 천천히 손을 놓고 난간 위로 몸을 내려앉혔다.

스슷!

난간 위에 공처럼 몸을 웅크린 복면인은 천천히 객점의 이층 복도로 내려서며 허리춤에서 긴 대롱을 꺼내 입에 물었다. 그 모습은 필시 방 안에 있는 누군가를 독침으로 암살하기 위한 자객의 모습이었다.

조심스레 손가락에 침을 묻혀 문 종이에 구멍을 뚫은 복면인은 한

번 더 방 안의 동정을 살피고는 대롱을 밀어 넣어 고른 숨소리가 들리는 침상 쪽으로 겨냥했다.
'후읍!'
마지막으로 천천히 숨을 들이쉰 복면인이 대롱에 입을 갖다 댔다. 그렇게 멈춘 숨을 강하게 불어 침을 날리기만 하면 자신들의 일은 끝나는 것이리라.
촤악—
허파 속에 가득 채운 공기를 대롱으로 강하게 뿜어내려는 순간, 소름 끼치는 파열음과 함께 문이 반으로 갈라지며 시퍼런 칼날 하나가 대롱을 입에 문 사내의 목을 노리며 뻗어 나왔다.
"어헉!"
비명을 지른 복면인이 입에 물고 있던 대롱을 급히 휘둘러 칼날에 대항해 갔다.
쉬익—
목을 관통할 듯이 일직선으로 찔러오던 칼날이 순식간에 휘어지며 이번에는 횡으로 목을 잘라왔다. 이런 갑작스런 반격은 생각지도 못한 복면인이 급히 고개를 숙여 칼날을 피한 후 득달같이 몸을 날렸다. 동시에 지붕 위에서 동정을 살피던 세 명의 복면인들도 모든 것이 틀렸음을 인식한 듯 같은 방향으로 몸을 날렸다.
휘익—
급히 사라지는 네 명의 복면인들을 따라 낭창거리는 연검을 든 자운엽이 바람을 가르듯 쏘아져 갔다.
'경공술로 보아서는 결코 하수가 아니다.'
자운엽은 백미호와 산을 뛰어다니며 익힌 경공을 극성으로 펼쳤다.

그와 동시에 태음토납경 다섯 번째 호흡인 구름의 호흡을 끌어올렸다.

삼라만상의 형태를 본뜬 태음토납경의 아홉 가지 호흡 중 다섯 번째 호흡인 구름의 호흡!

단 한 점의 무게감도 없이 두둥실 허공에 떠 있는 구름의 기운을 몸속에 담기 위하여 몇 달을 구름만 쳐다보며 익힌 부운(浮雲)의 기운이 즉시 온몸으로 퍼져 나갔고 자운엽의 몸은 구름처럼 가벼워졌다.

슈아악!

온몸 가득 구름의 기운을 채움과 동시에 양 발끝으로 강하게 땅을 박차자 자운엽의 몸은 화살처럼 복면사내들을 향해 덮쳐들었다.

"헉!"

사내들이 외마디 비명을 지르며 한층 공력을 돋우며 속도를 높였다. 그러나 한 조각 구름처럼 가벼운 몸이 되어 쏘아져 오는 자운엽과의 거리는 계속해서 좁혀지기만 했다.

차창—

더 이상의 도주는 불가능하다고 생각한 복면인들은 경공을 멈추고 일제히 칼을 뽑아 들었다. 화살처럼 쏘아져 가던 신형을 일시에 정지시키며 네 명이 거의 동시에 절도있게 칼을 뽑아 드는 움직임에 자운엽은 가슴이 서늘해져 옴을 느꼈다.

'대체 정체들이 무엇일까?'

자운엽은 호흡을 가다듬으며 염두를 굴렸다.

'흑살?'

그들의 잔당이 아직 남아 있어 자신을 공격하는 것일까?

그럴 가능성도 없지 않지만 우두머리까지 해치운 이 시점에서 그들이 다시 올 수는 없을 것이다.

'그렇다면?'

자신이 찾는 보이지 않는 힘일 것이다. 그동안 이상하다 싶으리만치 숨을 죽이고 있던 그들이 모습을 드러낸 것이다.

자운엽의 머리에서 경종이 울리기 시작했다.

엄한필과 함께 금성표국의 표사가 된 첫날 밤부터 부딪치기 시작한 그 힘들을 그동안 철저히 짓밟아놓았다. 그 힘들의 본체가 얼마나 큰지는 다 짐작이 가지 않지만 사로잡아 놓은 도귀 엄한필과 뜻하지 않게 엄한필이 끌어들인 천방지축 서교영과 함께라면 웬만한 고수라도 걱정할 것이 없었다. 그런데 지금은 너무 갑작스레 벌어진 일이라 엄한필과 서교영의 도움을 받을 수 없게 고립된 것이다.

'성급했다.'

잠시 자책한 자운엽은 온몸의 감각을 최고조로 긴장시키며 천천히 주변을 살폈다. 그러나 이들 네 명 외 더 이상은 아무런 기척도 느껴지지 않았다.

'파르르―'

자운엽은 연검을 쥔 손목을 가볍게 흔들었다. 그와 함께 미세한 진동이 손잡이에서부터 연검 끝까지 전해지고, 검신이 나비의 날갯짓처럼 팔랑거리며 희미한 월광을 조각조각 잘라 허공에 비산시켰다.

독사의 혓바닥처럼 음습한 살기를 뿌리며 자신들을 옥죄어드는 심상치 않은 기운에 복면인들이 흠칫 칼을 움켜쥐었다.

"차앗!"

처음 객점 지붕 위에서 수신호로 모든 것을 지시하던 복면인이 손짓을 하자 네 명의 복면인이 동시에 자운엽에게로 덮쳐들었다.

'휘익! 휘익!'

파르르—

비록 공격은 복면인들이 먼저 했지만 그들이 휘두른 칼보다 두 배는 더 긴 자운엽의 연검이 혀를 날름거리며 이빨을 들이대자 사내들이 깜짝 놀라며 뒤로 물러섰다.

그들로서는 자운엽의 연검이 이제껏 상대하던 병기들과 많이 다른 기병인 것이다. 영활하게 혀를 날름거리며 빈 공간을 파고드는 연검은 상상도 못할 만큼 까다롭고 상대하기 힘든 병기였다. 하물며 상대가 그것을 자기 신체의 일부처럼 능란하게 다루고 있으니 더 더욱 어려운 것이다.

"중(重)!"

수장인 듯한 복면인이 나직한 목소리로 지시하자 나머지 복면인도 뭔가 실마리를 잡는 듯 눈빛을 빛내며 칼을 고쳐 잡았다.

"하앗!"

네 개의 기합성이 동시에 울려 퍼지며 네 개의 칼이 각각의 방향에서 일직선으로 날아들었다.

'이놈들이!'

자운엽이 신음성을 삼켰다.

사방에서 동시에 공격해 오는 칼은 모두 일체의 변(變)과 허(虛)를 배제한 중(重)의 기운만 담고 있었다. 연검의 약점을 잘 간파하여 네 명이 동시에 무거운 중검으로 연검의 움직임을 무력화시키려는 의도였다.

'생각은 가상하다만, 난 뭐 그동안 놀고 먹은 줄 아느냐?'

복면인들의 의도를 읽은 자운엽이 비릿하게 웃으며 팔을 휘둘렀다.

파파파팟!

연검을 잡은 자운엽의 팔꿈치가 크게 네 번을 움직였다. 이제껏 손목만을 가볍게 움직여 연검의 방향을 바꾸며 상대하던 자운엽이 이렇게 팔꿈치를 크게 움직이자 연검이 춤을 추며 커다란 파도 네 개를 만들었다. 그렇게 만들어진 네 개의 큰 파도는 무거움을 가득 담고 쳐오던 복면인의 칼들을 하나하나 쳐내었다.

'억!'

'으흑!'

손아귀가 찢어질 듯한 고통을 느끼며 네 명의 복면인이 각각 두어 걸음씩 뒤로 물러섰다. 그리고는 믿기지 않는 눈으로 자운엽을 쳐다보았다. 설마 자신들의 무거운 검을 이런 식으로 파도를 만들어 한꺼번에 쳐낼 줄은 몰랐던 것이다. 그런 식으로 연검을 다루는 묘용도 묘용이지만 그 연검에 실린 힘이 도저히 믿어지지 않았다.

날카로운 비수를 던져서 바위에 박히게 하는 것은 어느 수준 이상의 내공만 있으면 가능한 것이다. 그러나 한 잎 나뭇잎을 던져서 바위에 박히게 하는 것은 결코 쉬운 일이 아니다. 방금 자신들의 칼 네 자루를 얇은 연검으로 한꺼번에 쳐낸 자운엽의 솜씨가 그러했다.

자신들이 들고 있는 칼과 비슷한 무게의 칼을 휘둘러 네 개를 쳐냈다 하더라도 네 사람의 내력을 동시에 쳐낸 상대의 내력에 두려움을 느낄 것인데, 자운엽의 칼은 자신들의 칼과는 비교가 되지 않을 정도로 가볍고 연한 칼이었다. 그 칼로 자신들의 칼을 쳐냈다는 것은 마치 한 잎 낙엽으로 바위를 뚫은 것과 비슷한 이치였다.

'으음!'

눈빛 가득 긴장한 기색이 역력한 복면인들이 신중한 움직임으로 자운엽을 에워싸기만 할 뿐 섣불리 공격을 하지 못했다. 두 번의 격돌로 자신들 상대의 무서움을 충분히 인식한 것이다. 언제, 어느 곳에서 튀어나올지 모르는 영활한 칼날에 방금 마주쳤던 무서운 내력까지 실려 각개 격파로 나온다면 보통 위험한 것이 아니기 때문이다.
"연사진(連絲陣)!"
복면인 하나가 소리를 치자 칼을 고쳐 잡은 나머지 복면인들이 천천히 자운엽의 주변을 돌기 시작했다. 일정한 속도와 똑같은 보폭, 그리고 완벽하게 방위를 차단하며 돌아가는 진세가 결코 가벼운 것이 아니었다.
'어디!'
자운엽이 슬쩍 손목을 흔들어 연검을 왼쪽에 있는 복면인에게 겨누었다.
스윽!
마치 기다렸다는 듯이 오른쪽의 복면인이 칼을 움직이며 빈 공간을 점해왔다.
휘익!
왼쪽으로 향하던 칼을 빼어내어 슬쩍 앞쪽으로 향했다.
스윽!
똑같은 방식으로 뒤쪽 복면인의 칼이 조금 더 자신에게로 다가왔다. 복면인들이 이루고 있는 검진은 연사진이라는 아주 정교한 검진이었다.
자신들이 포위한 목표에 마치 끈을 메어놓고 사방에서 그것을 팽팽히 당기듯 힘의 균형을 유지하다가 목표의 움직임에 따라 자신들은 그 끈에 매달린 듯 상대를 조여가는 검진이었다.
슬쩍 자운엽이 왼쪽으로 움직이면 자연적으로 오른쪽 끈이 당겨져 오듯 오른쪽 복면인이 다가오고 앞쪽으로 움직이면 뒤쪽의 상대가 다가드는 형태의 검진이었다.

"서(西)!"

한 복면인의 외침에 따라 이제껏 지운엽의 주위를 돌기만 하던 복면인 중 하나가 지운엽을 공격했고 지운엽의 칼이 막아내자 반대쪽의 복면인이 마치 실에 연결된 듯 똑같은 거리를 유지하며 지운엽을 공격해 왔다.

휘릭—

지운엽의 연검이 빠르게 꺾여지며 다른 쪽의 공격을 막아갔다.

"개(開)!"

또 한 번의 명령이 떨어지자 지운엽을 공격했던 두 명의 복면인이 옆으로 흩어지고 다른 두 명이 지운엽을 공격해 들었다. 그러면서도 일정한 속도로 돌아가는 그들의 보폭에는 변함이 없었다.

차창!

창—

두 개의 칼날과 지운엽의 연검이 부딪치며 불꽃을 튕겨냈다.

"역(逆)!"

사내의 일갈과 함께 빙글빙글 돌던 움직임이 갑자기 반대 방향으로 바뀌어졌다.

휘리릭!

이제껏 빠르게 같은 방향으로 돌아가던 복면인들의 움직임이 갑자기 반대로 방향을 바꿈에 따라 지운엽의 신경 역시 급격히 반대로 대응하게 되고 그에 따라 주변 사물과 사내들의 움직임이 뒤엉키며 극히 짧은 순간 주의력이 흐트러졌다.

그 찰나의 순간, 왼쪽에 있던 한 복면인의 회전이 갑자기 더 빨라졌고 뒤쪽에 있던 복면인은 지금까지의 회전 속도보다 반은 느려졌다. 그리고 앞쪽의 복면인은 그 자리에 정지했고 오른쪽 복면인은 똑같은 속도로 회전했다.

쉬이익!

그 상태에서 한 복면인의 칼이 미세한 시간 차를 두며 자운엽의 가슴을 향해 쾌속하게 파고들었다. 그와 함께 다른 세 개의 칼도 심한 불협화음을 일으키며 각각의 시간 속에 어지럽게 자운엽을 공격했다. 일정한 속도로 돌아가던 복면인들의 움직임에 익숙해진 자운엽의 신경이 갑작스런 방향 전환에 잠시 흐트러지는 순간 네 명의 움직임이 각각 심한 불일치를 보이며 칼을 쳐온 것이다.

'우웃!'

자신도 모르는 사이에 사내들의 일정한 회전 속도에 익숙해져 버린 자운엽은 반사 신경과 무의식 속에서 처음과 똑같은 모양으로 칼을 휘둘렀다.

쉬익!

파박!

두 개의 칼은 연검이 일으키는 파도에 부딪쳐 튕겨져 나갔지만 나머지 두 개의 칼은 한 박자 빠르거나, 한 박자 느리게 자운엽의 어깨와 등을 향해 날아들었다.

'살은 내어준다!'

독하게 내심을 굳힌 자운엽은 어깨 어림으로 날아드는 칼날을 향해 오히려 더 가까이 어깨를 들이밀며 등을 향해 날아드는 칼에 신속히 대응해 갔다. 순간 자운엽의 어깨를 갈라오던 칼이 급히 칼날을 비틀며 칼날 대신 검신으로 강하게 자운엽의 어깨를 두드렸다.

"퍼억—"

살이 갈라지며 피가 솟구치는 상황 대신 검신에 두들기듯 타격을 당한 자운엽의 어깨에서 강한 타격음만이 울려 나왔다.

'어엇!'

어깨를 내어주고 등 뒤에서 공격하던 상대의 목을 베려던 자운엽도 뜻밖의 사태에 움찔 칼을 비틀며 팔랑이는 연검의 검신으로 사내의 가슴을 쳐냈다.

"퍼억!"

등 뒤의 사내 역시 목이 잘리는 대신 가슴에 강한 타격을 받고 뒤로 주르르 물러나며 쿨럭 하고 기침을 토했다.

'이자들은?'

자운엽의 눈빛이 순식간에 여러 차례 변화를 일으키며 자신의 어깨를 베지 않고 검신으로 쳐낸 사내를 쏘아보았다.

언뜻 복면 사이로 보이는 사내의 눈이 감탄의 빛을 발하는 듯했다. 그러나 그것은 착각이었나 싶게 짧은 순간이었고 사내는 얼른 칼을 다 잡고 공격당한 동료를 지키며 팽팽한 긴장을 유지했다.

"사생결단을 내기 전에 잠시 놀아보자는 뜻인가?"

자운엽은 다시금 손목을 흔들어 연검을 공중에 띄워 올렸다.

"차르르르!"

방울뱀의 꼬리처럼 연검이 경고음을 뿜어냈다.

"차앗!"

챙! 쨍!

잠시간의 대치 속에서 한 복면인이 다시 공격해 들었고 자운엽은 팔꿈치를 크게 흔들며 연검을 마치 낫처럼 구부려 복면인을 상대했다. 가로로 구부려진 연검의 앞부분과 세로로 구부려진 연검의 뒷부분이 각각의 칼처럼 동시에 복면인을 공격해 갔다.

"허억!"

비명을 지른 복면인이 급히 칼을 휘둘러 아랫부분의 칼을 막자 꺾여진 윗부분의 칼이 복면 한곳을 길게 잘랐다.

휘릭―

복면이 잘려지며 복면 속에 가려져 있던 긴 머리카락이 출렁 흘러내렸다.

"역시 여자였군!"

자운엽은 칼을 회수하며 의아한 눈빛으로 복면인의 모습을 살폈다.

움직임이 유연하고 다른 복면인에 비해 상대적으로 왜소한 체격이 의심스러웠는데 잘려진 복면 사이로 길게 흘러내리는 머리카락은 어둠 속에서도 여자의 것임을 한눈에 알 수 있게 했다.

"치잇!"

손 한번 제대로 써보지 못하고 자신의 정체가 드러났음이 분했는지 한마디 억눌린 외침과 함께 복면여인이 다시 전력을 다해 달려들었다.

그러나 이미 그녀의 칼을 모두 견식해 본 자운엽은 여유롭게 수비를 해 나갔다. 그러면서도 주변 세 사람의 동태를 살폈다. 그런데 이상한 것은 아까 합공을 할 때와는 달리 세 사람은 잠시 물러서 일 대 일의 대결을 지켜보는 것이었다.

'정말 이상한 인간들이군!'

자운엽은 복면여인의 공격을 막으며 다시 한 번 의구심을 품었다.

처음 맞이한 위기에서 어깨를 공격하던 복면인이 마지막 순간에 칼날을 살짝 비틀어 심각한 상처를 주지 않은 순간부터 이들의 행동은 점점 의구심을 증폭시켰다.
 물론 그때 어깨를 공격하던 복면인이 그대로 자신의 어깨를 갈랐다면 자신도 사정없이 칼을 휘둘러 등을 공격하던 복면인의 목을 날렸을 것이다. 어깨를 가르지 않고 검신으로 쳐왔기에 약간은 밀치는 힘이 전해졌고 순간적으로 상체가 밀리면서 찰나의 순간 의구심을 가지고 자신 역시 등을 공격하는 상대에게 사정을 두었던 것이다.
 그 다음엔 즉시 이 복면여인이 혼자서 죽기 살기로 달려들었고 다른 세 명의 동료들은 공격을 멈추고 지켜보는 듯한 자세를 취하고 있는 것이다.
 "하앗!"
 자신의 공격이 한 번도 성공하지 못하고 속절없이 막히자 복면여인은 기합성까지 지르며 자운엽을 공격했다. 그 기합성에는 여인 특유의 날카롭고 높은 음색이 고스란히 묻어 나왔다. 그리고 왠지 억울해하는 듯한 감정 또한 같이 스며 나왔다.
 뭔가 앞뒤가 맞지 않는 상황에 자운엽은 공격을 하지 않고 계속해서 수비만 하며 상황을 파악하려 노력했다.
 "이젠 그만 해라, 북호(北戶)! 네 상대가 아니다."
 이제껏 합공과 그 외의 모든 상황을 지시하던 복면인이 굵은 목소리로 말했다.
 "하잇!"
 그 목소리에 더 오기가 발동한 듯 복면여인이 마구잡이로 칼을 휘둘렀다. 그것은 마치 무슨 억울한 일을 당한 여인이 죽자 사자 분풀이를 하는 듯한 칼부림이었다.

"귀찮군!"

한동안 수비만 하던 자운엽이 짜증 섞인 소리를 내뱉고는 연검을 어지럽게 흔들었다.

파르르르!

수백 마리의 나비가 춤을 추는 듯 팔랑거리는 연검이 달빛을 무수히 쳐내서 마주한 여인의 남은 복면을 모조리 잘라 버렸다.

출렁—

복면이 완전히 제거됨과 동시에 여인의 긴 머리가 허리까지 닿을 듯이 달빛 아래로 쏟아져 내렸다.

"개자식!"

모욕감 가득한 얼굴이 뇌쇄적인 매력을 풍기며 자운엽의 시야에 들어왔다. 마구잡이로 죽자 사자 휘두르는 여인의 칼을 막으며 자운엽은 멍한 표정으로 여인의 용모를 살폈다.

"말로만 듣던 꼬리 아홉 달린 여우인가?"

자운엽은 도저히 갈피를 잡지 못하겠다는 표정으로 다시 남은 세 명의 복면인을 쳐다보았지만 그들의 행동은 별 변화를 보이지 않고 있었다. 단지 우두머리인 듯한 복면인이 여인의 행동을 말리려는 듯 주춤거리고 있었다.

'일단 이 여자부터 제압하고 정체를 파악해야겠다.'

복면인들에게서 필사적인 살기를 느끼지 못한 자운엽은 뭐가 그리 억울한지 거품을 물고 달려드는 이 여자부터 다치지 않게 사로잡을 결심을 했다.

파앗!

슬쩍 빈틈을 보이자 여인의 칼이 그 틈으로 쏜살같이 찔러 들어왔다. 그 상황을 기다리고 있던 자운엽은 한 발을 축으로 빠르게 신형을 돌리며 공격하는 여인의 어깨를 찍었다.

"아악!"

여인이 외마디 비명을 지르며 칼을 떨어뜨렸다.

휘익!

여인의 어깨를 잡은 자운엽은 공력을 돋우어 우두머리인 듯한 복면인에게로 훌쩍 집어 던졌다. 깜짝 놀란 사내가 흠칫 동료를 받아 들고 조심스럽게 내려놓았다. 그리고는 천천히 앞으로 나섰다.

"한 번만 더 시험을 해보아야겠소."

사내가 굵은 목소리로 정중하게 말했다.

'시험을 하겠다고? 이 밤중에 칼 들고 체조시킬 일도 아니고…….'

자운엽의 눈썹이 위로 치켜 올라갔다.

"정체나 밝히시오. 난 잠이 와 죽겠으니. 그리고 당신들도 잠을 자야 할 것 아니오?"

"남들 잠잘 때 단내를 풍기며 뛰어다니는 사람들이 우리지요."

사내가 여유로운 목소리로 답했다. 그 목소리에는 왠지 모를 호감이 묻어 나왔다.

'최소한 적은 아니라는 얘긴데… 뭐 하는 자들일까?'

자운엽은 열심히 두뇌를 회전시켰지만 여전히 오리무중이었다. 그러다 조금 전 사내가 한 말이 뇌리에 거슬렸다.

'남들 잘 때 바쁘게 뛰어다니는 사람들이라고?'

자운엽은 잠시 사내의 말을 음미했다.

'냄새가 나는군!'

사내의 말을 되뇌이던 자운엽은 뭔가 실마리를 잡은 듯 미소를 배어 물었다.

"이왕 할 거면 빨리 하고 끝냅시다. 그래야 당신들이 모시는 사람이 나올 게 아니겠소."

이번에는 자운엽이 여유롭게 말하자 복면사내의 눈에 설마 하는 당혹감이 어렸다. 자운엽의 말투로 봐서는 자신들의 정체를 벌써 어느 정도 눈치 챈 듯했기 때문이다. 그러나 사내는 잠시 후 절대로 그럴 리 없다는 표정을 지으며 칼을 들어 올렸다.

"시작해 봅시다."

자운엽도 팔뚝에 말아 감고 있던 연검을 허공으로 뿌렸다.

차르르!

말려 있던 연검이 몸을 배배 꼬며 허공으로 기지개를 켰다.

"정말 무서운 병기요!"

복면사내가 나직이 감탄사를 토하며 가벼운 비단 폭이 바람에 나부끼듯 허공에 나부끼고 있은 연검을 바라보았다.

"감탄만 해서는 결코 이길 수 없을 것이오!"

자운엽이 어서 공격해 보라는 듯 복면사내에게 눈짓을 했다.

"조심하시오!"

사내가 어지럽게 검을 흔들었다. 자운엽의 떨리는 연검을 상대하려면 자신의 칼 역시 어시럽게 휘두를 필요성을 느낀 모양이었다.

파앗!

복면사내의 신형이 순간적으로 옆으로 이동하며 칼을 뿌렸다.

그 자리에서 푹 꺼지듯 빠르게 이쪽저쪽으로 이동하며 예측 불가능한 방위로 공격해 들어오는 사내의 칼에 대응해 자운엽은 수운곡에서 익힌 혈접검법의 마지막 초식인 혈접장신(血蝶藏身)의 초식을 펼쳤다.

파르르르!

수없이 팔랑거리는 나비의 날갯짓 속에서 천천히 자운엽의 신형이 사라져 갔다. 한 자루의 검 속에 자신이 감춰지는 혈접장신의 초식에 복면사내가 더 이상 공격의 틈을 찾지 못한 듯 움직임이 둔해지며 빈틈을 보이기 시작했다.

파악—

은빛 광채 속에서 연검의 끝이 순간적으로 튀어나왔다.

째쟁!

복면사내가 급히 틀어 자운엽의 칼을 막았다.

차르르—

막아오는 칼을 휘감아 오르며 수운검이 용틀임을 하듯 복면인의 가슴으로 파고들었다.

휘리릭!

복면인이 대경하며 자신의 칼을 크게 허공에 휘둘러 검신을 타고 올라오는 연검을 털어냈다. 그리고 칼을 땅바닥으로 세차게 뿌렸다.

복면사내의 사력을 다한 뿌리침에 칼을 타고 오르던 연검 끝이 아래로 뿌려지며 잠시 땅바닥에 닿는 순간, 사내가 연검 끝을 무겁게 밟았다.

팽—

연검 끝에서 느껴지는 사내의 무게가 천 근 바위인 듯 굳건했다.

"정말 훌륭한 솜씨요. 이 칼이 그렇게 밟히리라고는 생각도 못했소."

자운엽이 여전히 팽팽하게 연검을 당기며 씨익 미소를 지었다.

"어린 시절 뱀을 잡을 때 써먹던 수법이오. 뱀은 대가리를 누르면 그걸로 끝이지요. 당신의 칼을 흡사 뱀과 같소."

사내가 가쁜 숨을 몰아쉬며 빠르게 답했다.

"아주 날카로운 지적이오. 나도 가끔은 이놈이 뱀과 같다는 생각을 하지요. 하지만 노형이 간과한 것이 있소."

자운엽이 슬쩍 입술을 비틀며 미소를 짓자 복면사내가 불안한 표정으로 자신이 밟고 있는 칼을 쳐다보았다.

"뱀은 대가리에만 이빨이 있지만 이놈은 온몸 전체에 독니가 있소."

짧은 미소가 사라짐과 함께 자운엽은 팽팽히 당겼던 연검에 힘을 뺐다. 그러자 연검의 몸체가 흐느적 바닥으로 내려앉았다. 그와 동시에 자운엽이 힘을 뺐던 연검을 무섭게 흔들었다.

파앗!

연검의 몸체에서 커다란 파도 하나가 해일처럼 복면사내에게로 덮쳐 갔다.

"위험해요!"

옆에서 지켜보던 여인이 뽀족하게 비명을 질렀다.

쩌엉!

해일처럼 밀려오는 연검의 몸체를 보고 급히 발을 들어 올린 사내가 혼신의 힘을 다해 그 파도를 쳐냈고, 두 개의 칼이 마주친 곳에서 둔탁한 금속음이 울려 퍼졌다.

"으윽!"

호구가 찢어지며 뒤로 주르르 밀려 나간 복면사내가 쿵 하고 바닥에 주저앉았다. 그리고는 한 모금 선혈을 토해냈다.

"괜찮으세요, 동호(東戶) 대장?"

복면이 이미 찢겨져 나간 여인과 나머지 두 사람이 급히 달려들어

내상을 입고 주저앉아 있는 사내를 부축했다.

"이젠 그만 나오시지요, 상관 대협!"

잠시 후 자운엽이 어둠 한구석을 보고 소리 지르자 상관진걸이 어둠의 장막 속에서 천천히 걸어나왔다.

"정말 명불허전일세."

상관진걸이 정말 놀랍다는 표정으로 자운엽을 쳐다보았다. 그동안 자신이 입수한 정보와 의형의 몸에 간직되어 있던 기이한 잠력, 그리고 의질 송여주와 송여훈에게서 들은 것보다 자신이 직접 확인한 자운엽의 실체는 몇 배나 더 놀랄 만했다. 무공도 그러하지만 순식간에 자신의 존재를 추리해 내는 두뇌는 오싹한 소름을 끼치게 하고도 남음이 있었다.

"괴상한 취미를 가지고 계시는군요."

자운엽이 약간은 심통난 듯한 표정으로 상관진걸을 쳐다보았다.

"미안하네. 큰 결례가 된다는 걸 알지만 나로서는 이 방법이 제일 확실했네."

상관진걸이 포권을 지으며 정중히 사과했다.

"괜찮나, 동호?"

상관진걸이 부축을 받고 있는 복면사내를 보고 물었다.

"지독하군요!"

사내가 복면을 벗으며 인상을 찡그렸다.

"사람, 엄살하고는……."

상관진걸이 말은 가볍게 했지만 눈빛에는 염려스러운 기운이 감돌았다.

"준비한 것을 가져오게."

상관진걸의 말과 함께 다른 두 사내도 복면을 벗고는 숲 속으로 뛰어들어 갔다. 그리고는 한 동이의 술과 미리 준비해 놓은 듯한 오리구이 안주를 들고 돌아왔다.

"싸움이 시작되고 어느 순간부터 식욕을 돋우는 냄새가 나더라니…… 어쨌든 잠은 다 잤군요."

자운엽이 코를 실룩거리며 오리고기에 시선을 던졌다. 아닌 밤중에 깨어나 한바탕 칼춤을 추고 나니 시장기가 느껴졌다.

"우선 한 잔씩 하며 목부터 축이세. 그리고 얘기를 해봄세."

상관진걸이 자운엽과 네 명의 수하들에게 일일이 술을 따랐다. 상관진걸의 술잔을 받는 삼남일녀의 태도가 더 이상 공손할 수가 없는 걸로 봐서 상관진걸과 그들의 관계를 미루어 짐작할 수 있게 했다.

"한 잔들 했으면 인사들 나누게. 이쪽부터 동호, 남호, 서호, 북호로 불린다네. 사적인 이름은 잊은 지 오랜 사람들이니 나 역시 알지 못하네."

상관진걸의 말과 함께 자운엽과 네 사람은 가벼운 목례를 나눴다.

"무슨 얘기부터 먼저 해야 하나……."

상관진걸도 한 잔 술을 마시고는 생각을 정리하는 듯 말꼬리를 흐렸다.

"우선 대협의 정체부터 밝히시는 게 어떤지요?"

자운엽이 상관진걸의 눈을 응시했다. 사람의 내면을 훑어내는 듯한 눈빛에 상관진걸이 움찔 시선을 돌렸다.

"그걸 말하는 순간 자네는 이 자리에서 죽어야 하네."

"못 들은 걸로 하십시오."

자운엽이 짐짓 겁먹은 듯한 표정으로 얼른 자신의 질문을 취소했다.

"하하! 그렇게 하지. 그렇지! 우선 감사하다는 말부터 하고 싶군."
상관진걸이 갑자기 생각난 듯 감사의 뜻을 표했다.
"제게 말씀이십니까?"
"그렇다네. 자네 덕분으로 내 의형께서 그간의 병마를 털고 회복되고 계시다네. 정말 고맙네."
상관진걸이 가볍게 고개를 숙였다.
"의형이시라면… 금성표국의 전 국주님을 말씀하시는 겁니까?"
"그렇다네."
"그런데 그분의 병세 호전이 저하고 무슨 상관이 있다는 건지요?"
자운엽은 도저히 이해할 수 없다는 표정을 지었다.
"내가 금성표국으로 돌아간 얼마 후, 형님께서 아주 위험한 상황을 맞이하셨네. 진기가 역류해서 목숨이 경각에 달린 상황이었지. 그래서 급히 명문혈에 손을 대고 진기의 흐름을 이끌었지만 그건 임시방편에 불과했지. 그런데 그 순간 의형의 몸속에 기이한 잠력 한줄기가 내재되어 있음을 느꼈네. 그것은 이제껏 들은 적도 없는 현묘로운 기운이었다네. 이것저것 생각하는 것은 뒷전이고 우선 그 기운을 평소 의형이 운기하던 내공심법의 경로를 따라 이끌어주자, 놀랍게도 의형의 막혔던 혈도들이 부드러운 물결에 굳은 흙덩이가 씻겨 나가듯 뚫리기 시작했다네. 정말 기이한 경험이었지. 의형의 혈도를 막은 탁기는 금강석만큼이나 단단해 보였는데 그 잠력에 마주치는 순간 굳은 탁기가 물에 젖은 흙덩이처럼 허물어지더구먼. 그리고는 뒤이어 밀려오는 한없이 부드러우면서도 무거운 기운에 의해 천천히 씻겨져 내려갔다네."
상관진걸은 그때의 감흥이 다시 떠오르는 듯 목소리에 흥분이 섞여 나왔다. 그러한 상관진걸의 모습을 바라보는 동, 서, 남, 북호라 불리는 사람들은 힐끔 상관진걸을 쳐다보며 이채로운 눈빛을 빛냈다. 어떤 일에 있어서도 태연자약하기 짝이 없던 자신들의 주군이 이런 감흥을 보인 적은 없었기 때문이다.

"정말 현묘로운 기운이었네, 그때 그 기운은……."

상관진걸이 다시 한 번 감탄의 소리를 내뱉고는 천천히 자운엽을 쳐다보았다.

"의형이 깨어나고 짧으나마 의사소통이 가능해지자 그 기운의 주인이 자네란 걸 알았네. 그리고 며칠 전 내 의질 여주를 통해서 재차 확인했다네. 그러니 고맙다는 인사를 안 할 수가 있겠는가?"

'어떤 노인네인지 대단한 노인이군!'

자운엽도 상관진걸의 얘기를 듣고는 적이 놀라는 심정이 되었다. 이름도 모르는 한 권의 토납경으로 몸 안에 다진 내력인지라 스스로도 그 힘의 근원을 정확히 모르는 상태이다. 물론 귀신 씨나락 까먹는 소리만 늘어놓은 그 책의 내용을 예사로이 보지 않고 산속에서 자나깨나 그 구절에 매달려 한시도 쉬지 않고 수련한 노력의 결실이었지만 상관진걸의 얘기를 듣고 나니 오히려 자신이 더 궁금해졌다.

이제껏 몇 번의 싸움과 며칠 전 당천의와의 내력 대결을 통하여 은연중 자부심을 가지고 있기는 했지만 범상치 않은 사람으로부터 또 한 번 확인을 받게 되니 그 책을 남긴 노인네에 대한 궁금증이 높아만 갔다.

'태을신군 원가후라……?'

자운엽이 스스로 지어낸 사부의 이름을 불러보았다.

'있지도 않은 사부가 몇 번씩이나 그리워지는군!'

자운엽은 얼핏 미소를 머금었다. 그리고는 재빨리 상념 속에서 현실로 돌아왔다.

"그래서 그 고마움의 표시로 이렇게 사람의 혼을 반쯤 빼놓는군요."

"하하! 그건 정말 미안하네. 내 다시 사과함세. 의형의 몸속에 있던 그 현묘로운 기운의 주인이 자네란 말을 들었지만 도저히 믿어지지가 않더군. 처음 봤을 때 자네는 어설프기 짝이 없던 삼류표사로밖에 보이지 않았으니까 말일세."

상관진걸은 약간은 쑥스러운 표정으로 자신의 눈이 틀렸음을 인정했다.

"그래서 이런 식으로 저를 시험하셨습니까? 하마터면 한쪽 어깨가 잘릴 뻔했습니다."

자운엽은 연사진에 걸려 어깨를 내어주고 등 뒤의 사내 목을 취하려 했을 때의 상황을 떠올리며 오싹한 표정을 지었다.

"그땐 나도 정말 놀랐다네. 자네가 그런 식으로 살을 내주고 뼈를 취하는 독한 방법을 선택할 줄은 몰랐지. 물론 서호가 임기응변으로 자네의 어깨를 칼등으로 치는 바람에 그 위험한 상황이 해소되었지. 그리고 그때 자네의 임기응변 또한 혀를 내두를 정도였네. 어찌 그 짧은 순간에 상대의 칼에 살기가 없다는 것을 파악하고 남호의 목을 베려던 칼을 비틀어 검신으로 가슴을 쳐버렸는가?"

상관진걸이 혀를 내두르며 자운엽을 쳐다보았다.

"전 받은 만큼은 반드시 돌려주는 성격입니다. 칼등이면 칼등으로, 칼날이면 칼날로."

자운엽은 대수롭지 않게 답했지만 하마터면 목이 잘릴 뻔한 남호란 사내는 자신도 모르게 목을 어루만졌다.

"이젠 어찌해서 내가 이런 일을 벌였는지는 설명이 되었다고 보네.

그런데 자네는 대뜸 이 일이 내가 꾸민 일인 줄 어떻게 알았는가?"

 싸움이 끝날 즈음에 자운엽이 자신을 불러낸 사실이 도저히 이해가 가지 않았기에 우선 그것부터 먼저 물어보았다.

 "글쎄요. 상관 대협께서 이런 일을 벌인 목적이 결코 그것만이 아니라고 짐작이 가지만 우선 그 질문에 먼저 답하지요. 상관 대협을 처음 봤을 때부터 관부나 비밀 기관에서 일하는 사람이란 느낌이 들었습니다. 공차표행의 진로가 남궁가로 바뀌고 대협께서 표행 행렬에 동행하면서부터 계속해서 제 신경을 건드렸지요. 그러는 와중에 결정적으로 저기 동호란 사람이 남들 잠든 시간에 자신들은 더 바쁘단 말을 했을 때 확신했지요."

 자운엽의 말을 들은 삼남일녀의 눈빛이 번쩍하고 빛났고 상관진걸 역시 침중한 표정으로 자운엽을 쳐다보았다. 단 몇 개의 단서로 자신들의 정체가 너무 쉽게 탄로나 버리자 허탈한 기분까지 드는 모양이었다.

 "표범의 발톱과 여우의 두뇌를 한꺼번에 갖춘 사람이라던 여주의 말이 한 치도 어긋남이 없구먼."

 상관진걸이 고개를 끄덕거렸다.

 "별 가치없는 몇 가지씩의 의문은 풀렸으니 이젠 진정한 목적을 밝히실 때군요. 설마 저의 내력만을 확인하시고자 이 자리를 만든 것은 아닐 테지요?"

 자운엽의 눈빛이 서서히 날카로워지고 있었다.

 "하하! 할 말이 없구먼! 자네 말이 맞네. 지금까지 우리가 나눈 얘기는 빙산의 일각일 뿐이지. 진짜 얘기는 지금부터라 할 수 있네."

 상관진걸이 말을 맺고는 엄중한 눈빛으로 수하들을 쳐다보았다.

"주변을 차단하게."

"존명!"

명령이 떨어지자마자 네 명의 호위들이 순식간에 사방으로 쏘아져 나가며 경계에 들어갔다. 그들의 능력으로 보아 지금부터 상관진걸과 자운엽은 아무 거리낌 없이 비밀 얘기를 나눌 수 있을 것 같았다.

"대단한 수하들이군요. 내 칼이 밟히리라고는 생각도 못했는데……."

자운엽은 조금 전 대결에서 자신의 칼끝을 밟아버린 동호란 사내가 쏘아져 간 방향을 물끄러미 바라보았다.

"대단하지. 그리고 복종심도 강한 사람들이고. 내 명령 한마디면 지금 바로 불속으로 뛰어들 수도 있는 저들 넷은 다시 각각 네 명의 수하들을 거느리고 있다네. 그들 역시 만만한 실력이 아니지. 그리고 그들 넷은 또 각각 열 명의 수하들을 거느리고 있다네."

상관진걸이 뭔가 흥정하는 자신의 물건을 자랑하듯 세세히 설명했다.

"계산이 복잡해지는군요. 그럼 상관 대협께선 최소한 백팔십 명의 수하들을 움직이고 계시는군요?"

"그, 그런가? 난 저들 네 명 외는 직접 명령을 내린 적이 없어서 그것까진 계산해 보지 않았네. 그러니까 저들이 또 각각 네 명이면 열여섯에다 그들이 또 열 명이면 백육십……."

"절 못 믿으시는군요."

자운엽이 한참 계산에 열중하고 있는 상관진걸을 보고 말했다.

"이런! 미안하구먼. 새삼스러워서 한번 계산을 해본다는 것이…쩝!"

상관진걸은 어색한 표정으로 입맛을 다셨다. 자신은 네 명의 호위에게만 명령만 내렸기에 그 외의 일은 상관할 일이 아니었다. 그리고 그들의 숫자가 얼마나 되는지도 신경 쓸 필요가 없었던 것이다.

"그런데 저들 넷은 앞으로 자네 하기에 따라 자네 부하들이 될 수도 있다네."

상관진걸이 뒤통수를 치듯 갑자기 본론을 끄집어내었다.

갑작스런 상관진걸의 말을 들은 자운엽의 눈이 가늘어졌다. 아닌 밤중에 홍두깨라더니 지금이 딱 그 상황이었다. 그리고 세상에 공짜란 없는 법이다. 특히 상관진걸같이 이런 일을 하는 사람에겐 더 더욱 그렇다.

저들 네 사람과 그들이 거느린 사람들의 힘을 모두 합친다면 작은 문파 하나에 비견될 것이다. 그런 힘을 자신에게 준다는 저의도 의심스러웠지만, 설사 그렇다 하더라도 분명히 그만큼의 반대 급부를 원할 것이다.

"무슨 말인지 이해가 가지 않는군요."

자운엽이 무표정하게 대꾸했다.

"그럴 걸세. 그 얘긴 잠시 미루고… 우선은 자네의 질문대로 왜 이런 자리를 만들었는지 진정한 이유부터 풀어 나가는 것이 순서겠구먼."

상관진걸이 한 모금 술을 마시며 목을 축였다.

"처음 마차 두 대로 표행을 하는 자네들을 보았을 때는 기가 막혀 말이 나오지 않더군. 그래도 마중 나온 사해표국의 무사들과 함께 그곳으로 간다기에 조금은 안심을 하고 나도 금성표국으로 달려갔지. 그런데 이후에 알아본 바에 의하면 자네들 세 사람은 한 사람 한 사람이 대단한 고수 수준이더군. 자네 동료 중 한 사람은 이미 그 이름이 온 하남 땅을 흔들고 있는 도귀 엄한필이라더군. 물론 자네도 알고 있는 사람이겠지?"

"알고 있습니다."

자운엽이 짤막하게 답했다.

"그리고 나를 만나기 직전에 자네들은 전대의 고수들인 고목신군과 적발노괴, 자비소면이란 세 노괴를 베어버렸더군. 그 후 사해표국을 무너뜨리려 하던 모종의 세력들 역시 자네들이 없애 버린 것으로 아네. 또한 서교영이란 낭자는 악명 높은 흑살을 풍비박산 내어버렸고. 물론 마무리는 자네가 했겠지만."

"철저히 조사를 하셨군요."

자운엽이 상관진걸의 말을 자르며 본론을 재촉했다.

"그게 우리 특기이지."

상관진걸이 자운엽의 생각을 알았다는 듯 고개를 끄덕였다.

"그런데 자네들의 그런 움직임은 앞으로 내가 하려고 하는 일들이 거의 일치하고 있네. 다시 말해 자네들과 나는 앞으로 어쩔 수 없이 같은 편의 입장에서 부딪쳐야 한다는 결론이 나온다네."

"금성표국의 공차표행이 끝날 때까지는 그렇겠군요."

자운엽이 일단은 수긍하는 표정을 지었다.

처음 만났을 때 금성표국과 의형 송일산의 얘기를 듣고 살기를 폭사하는 상관진걸의 눈빛으로 보아 무슨 수를 써서라도 자신의 의형이 받은 고통을 철저히 되돌려 줄 사람이란 느낌을 받았다. 유유자적하고 태연자약한 겉모습 뒤에는 한번 목표로 삼은 자들은 지옥 끝까지라도 따라가서 응징을 하고야 마는 집념이 엿보이는 사람이었다. 그러한 집요한 성격이 또 이런 종류의 일에 투신하게 만들었을 것이다.

"자네 동료 두 사람은 공차표행까지만 나와 같은 길을 걷게 되겠지만 자네는 그 후에도 계속 나와 같은 편에 서서 칼을 휘두르게 될 것이네."

상관진걸이 단언하듯 말하자 자운엽이 어이없는 듯 미소를 지었다.

"어떻게 그렇게 확신하십니까?"

"단편적인 정보들을 종합하여 다각도로 분석하다 보면 확신이란 추출물이 나온다네. 자네가 찾는 여자가 감숙설가의 장녀 설수연인가?"

"어헉!"

자운엽은 불식간에 비명을 내질렀다. 태어나서 이렇게 속수무책으로 놀라보기는 첫 번째… 아니, 두 번째였다. 첫 번째는 어린 시절 또래들과 저잣거리에서 수확을 하고 본거지로 돌아왔을 때 그곳에서 있던 큰공자가 자신의 행적을 낱낱이 열거할 때였다.

악마적인 기억력으로 자신이 수확한 먹거리들을 한 개도 틀리지 않고 그 출처를 집어낼 때 심장이 입 밖으로 튀어나올 듯 놀란 후 오늘 비슷한 정도의 경악을 다시 맛보게 된 것이다.

'대체 이 사람은?'

잠시 후 혼비백산한 마음을 다스린 자운엽은 빠르게 생각을 이어갔다. 자신이 한 여자를 찾고 있다는 사실은 같이 있는 사람들도 모두 아는 사실이니 놀랄 것도 없다. 그런데 그 여자가 설수연이란 것을 정확히 집어냈다는 것은 보통 놀랄 일이 아니었다.

상관진걸이 자신을 처음 만났던 날부터 조사를 하고 다녔다 하더라도 감숙성까지 거리가 얼마인가? 한시도 쉬지 않고 날아갔다 온다 해도 직접 조사하기에는 힘든 거리이다. 그렇다면 이 사람들은 이미 중원세가들에 대한 정보를 상세히 확보하여 관리하고 있었다는 것이다. 그리고 그 정보 속에서 결론을 추출했다는 말인데…… 아무리 그렇다고 하더라도 설수연이란 이름을 추리해 낸다는 것은…….

'어디에서 단서를 잡았을까?'

잠시 입을 다물고 현재의 시점에서부터 금성표국에 표사로 들어갔을 때까지의 자신의 행적을 반추하던 자운엽은 한 가지 결론을 끄집어낼 수가 있었다.

'추산미!'

사해표국에서 용조권을 쓰던 추달화를 제압한 후 살려 보내며 추산미의 이름을 거론한 적이 있었다. 그리고 황 노인의 복수에 관한 얘기도. 그것을 송여주나 송여훈, 아니면 다른 누군가가 기억했을 것이고 미리 확보하고 있던 자료에다 뛰어난 상상력을 발휘한다면 답을 얻을 수도 있었을 것이다.

'한 방 먹었군.'

자운엽은 소태 씹은 표정으로 입맛을 다셨다.

정확한 추리이긴 했지만 상관진걸의 입장에서는 어디까지나 직접적인 증거는 하나도 없는, 반은 추측이고 반은 넘겨짚은 결론일 것이다. 하나 너무 뜻밖의 상황에 속절없이 드러낸 자신의 당황한 표정은 그 추측에 명백한 확증을 던져 준 꼴이 되고 말았다.

아쉬운 한숨을 내쉬며 표정을 굳힌 자운엽은 천천히 상관진걸을 쏘아보았다.

"추산미라는 단어를 실마리로 해서 캐고 들었겠군요?"

"헉!"

이번에는 상관진걸이 경악성을 내질렀다. 지극히 짧은 순간에 생각을 되짚어 상황을 파악해 내는 자운엽의 능력에 경악을 넘어서 소름 끼치는 무서움이 엄습해 온 것이다. 자운엽의 정체를 캐기 위해 자신은 여러 날을 투자하고 송여주와 송여훈에게 표시나지 않게 많은 질문들을 하고 나서야 이만큼의 소득을 올릴 수가 있었다. 그런데 이 녀석은 자신의 그런 움직임들을 순식간에 추리해 내고 역습을 해왔다.

'무서운 놈이다!'

서서히 상관진걸의 눈빛이 엄중해졌다. 이런 인간이 흉심을 품고 세상 곳곳을 휘젓고 다닌다면 세상을 뿌리째 흔들 수도 있을 것이다. 다행히 아직까지는 그런 요소를 발견하지 못했다. 일단은 그것으로 위안을 삼아야 할 일이다.

"그렇다면 자넨 그 집의……."

"그걸 말하는 순간 저는 대인을 죽여야 합니다."

"못 들은 걸로 하게."

상관진걸은 자운엽이 좀 전에 한 말투와 행동을 그대로 흉내 내며 오싹한 표정을 지었다.

"서로 한 번씩 비명을 지를 정도로 치고 받았으니 화해주를 한 잔 더 마시고 다시 얘기를 해봄세."

상관신걸이 술동이로 잔을 가져가다 술동이가 바닥난 것을 보고는 놀란 표정으로 자운엽을 쳐다보았다. 둘만이 있는 자리에서 자신은 얼마 마시지 않았으니 나머지는 자운엽이 다 마신 것이다. 그런 뻔한 결론에도 불구하고 믿어지지 않는 사실이었다. 그만한 술을 마셨다면 아무리 고래라도 술기운에 혀가 꼬이고 눈이 풀릴 것인데 자운엽의 모습에서 처음과 달라진 점은 발견할 수가 없었던 것이다.

"술을 바닥으로 쏟았나?"

상관진걸이 바닥을 두리번거렸다.

"음식 버리면 천벌받습니다."

"그럼 자네 혼자 이 술을 거의 다 마셨단 얘긴데… 이런 말도 안 되는 경우가 있나?"

상관진걸은 도저히 믿지 못하겠다는 듯 술동이와 자운엽의 얼굴을 몇 차례나 쳐다보았다. 하지만 아무리 살펴보아도 자운엽의 얼굴 그 어느 곳에서도 취기를 발견할 수가 없었다.

"내 예상대로 술에도 효력이 있군요."

당천의가 준 피독주를 끄집어내며 자운엽은 득의에 찬 웃음을 지었다.

"뭔가, 그건? 아니? 그건 당가의 표식이 아닌가?"

상관진걸은 자운엽의 손에 든 백옥패를 바라보며 목소리를 높였다. 비록 어둠 속이었지만 자운엽의 손에 든 옥패는 당가 사람임을 나타내는 표식이 선명하게 양각되어 있었다.

그런데 그것이 이 녀석의 목에 걸려 있다면……?

'젠장! 그 인간들이 선수를 쳤군!'

상관진걸은 자신도 모르게 인상을 찌푸렸다. 며칠 같이 다니는 동안 그들도 이 녀석의 자질을 알아보고 당가의 신패를 목에 걸어놓고 자신들 사람으로 붙들어 매어놓은 것이다. 그렇다면 무림의 어느 세력과도 같은 거리를 유지하며 모든 일을 추진하는 자신들과 함께하는 데 제약이 생기는 것이다.

상관진걸은 잠시 난감한 표정으로 다시 한 번 자운엽의 손에 든 백옥패를 쳐다보았다.

의형 송일산의 일로 인해 자운엽의 정체에 관심을 가지고 이것저것 조사를 하다 여주와 여훈에게서 금성표국에다 인의 장막을 쳐놓은 일에서부터 그간 자운엽이 벌인 기상천외한 활약을 소상히 알게 되었을 때는 온몸에 전율이 이는 듯한 느낌을 받았다. 그리고 이 자리에서 직접 확인한 후엔 훨씬 더 큰 감동을 얻었다.

냉철한 성격과 소름 끼칠 정도로 빠른 두뇌 회전, 그리고 강호에 이름이 알려진 어떤 문파에도 속하지 않은 내력…….

그 모든 것들이 자신이 찾는 완벽한 조건이었다.

만약 이놈을 자신의 사람으로 끌어들여 후임을 맡길 수만 있다면 자신의 조직은 지금보다 열 배는 더 무서워질 것이라는 확신을 가졌다. 그런데 이놈이 당가의 사람이 되었다면……? 그야말로 닭 쫓던 강아지 신세가 아닌가?

"그럼 자넨 당문의 사람이 된 것인가?"

잠시 후 상관진걸이 김이 빠지는 목소리로 질문을 던졌다.

"미쳤습니까, 제가 당문 사람이 되게?"

자운엽이 펄쩍 뛰는 시늉을 했다.

"그건 당가 사람이란 표시가 아닌가?"

"전 이것을 단지 피독주로 선물을 받았을 뿐입니다. 여기 있는 술을 다 마셔도 취하지 않으니 이게 피독주란 것은 아시겠지요?"

"그렇겠군. 그 정도의 크기이면 상급일세. 아마도 웬만한 독은 걱정 안 해도 될 만한 위력을 발휘할 것일세. 하지만 그것을 자네가 목에 달고 다니는 이상 자넨 당문 사람일 수밖에 없지 않겠나?"

"전 절대로 당문 사람이 되지 않습니다!"

"그럼 그걸 버릴 셈인가?"

"왜 버립니까, 이 귀한걸? 그리고 그건 언제나 목에 걸고 다니겠다는 약속에 위배되기도 하지요."

혹시라도 상관진걸이 깨뜨려 버릴 것에 대비라도 하는 듯 자운엽이 얼른 피독주를 끌어당겼다.

"버리지 않는다면 자넨 당문 사람이 될 수밖에 없네. 설사 자네는 그렇게 생각지 않는다 하더라도 자네 목에 달린 그 백옥패를 한 번이라도 보는 사람은 모두 자네를 당문 사람으로 여길 걸세. 그럼 결과는 마찬가지라네."

상관진걸이 영 못마땅한 표정으로 피독주를 쳐다보았다.

"당가의 가주인 당천의 대협께서도 그런 의도로 제게 이걸 주는 듯하더군요. 그때 전 당 대협을 보고 무척 순진한 사람이라고 속으로 웃었는데 상관 대협 역시 비슷하군요."

"순진한 사람?"

상관진걸의 인상이 더욱 구겨졌지만 자운엽은 말을 이어갔다.

"이걸 제가 왜 보란 듯이 매달고 다닙니까?"

자운엽이 간단히 한마디 하고는 미리 준비한 듯한 주머니를 끄집어 내었다. 그리고는 당가 표식이 선명한 피독주를 그 주머니 속에 넣고는 주머니 목을 질끈 조여맸다. 목이 졸려진 피독주가 숨이 막히는 듯 주머니 속에서 요동 쳤다.

두 가닥의 줄을 몇 번이고 돌려서 튼튼하게 묶은 자운엽이 피독주를 다시 목에 걸었다.

"이젠 제가 당문 신패를 목에 걸고 다닌다는 걸 쉽게 짐작할 사람은 없겠지요?"

"하하하!"

상관진걸은 잠시 어이가 없는 듯한 표정을 짓다가 마침내 통쾌한 웃음을 터뜨렸다. 고정관념에 얽매여 잠시 무거웠던 마음이 뻥 뚫린 느낌이었다. 어린애 생각보다 더 단순한 생각이었지만 그러고 보니 가장 효과적인 방법일 것도 같았다.

"그 피독주 때문에 술은 의미가 없을 테니 그냥 얘기나 계속 나눔세."

잠시 후 상관진걸은 웃음을 멈추고 정색을 했다.

"공차표행이 끝나더라도 자네는 그 여자를 찾으려 할 것이고 그렇다면 나하고는 같은 길을 걷게 될 것이네. 현재 감숙설가와 감숙추가는 하나로 합쳐져 모종의 일을 꾸미고 있네. 그 두 가문이 합친다면 감숙 땅은 그들의 세력권이라 봐도 무방하네. 그리고 그들의 배후에 있는 힘은 상상할 수 없을 정도로 크다고 짐작하네."

상관진걸의 목소리가 조심스러워졌다.

"대인의 표정을 보니 꽤나 거대한 세력인 것 같군요."

자운엽은 곁눈질로 상관진걸의 표정을 살폈다. 자신 역시 지금까지 조사를 하고 무모하게 들쑤시며 느낀 점이 상관진걸과 일치했다.

"그렇다네. 상상외로 치밀하고 무서운 집단이라네. 몇 군데 냄새가 나는 곳이 있긴 한데 아무리 살펴보아도 아직까지는 결정적인 단서를 잡을 수가 없었다네. 그래서 나는 자네 같은 사람이 필요하다네. 다행히도 많은 부분 목적이 일치하기도 하고……."

상관진걸의 말을 모두 들은 자운엽은 이젠 충분히 말뜻을 알았다는 듯 더 이상 상관진걸의 설명에 대한 꼬투리는 잡지 않았다.

"그래서 저 보고 상관 대협의 수하가 되란 말씀이신가요?"

"아닐세."

"그럼 뭡니까?"

"내 대신 저들 넷을 지휘해 주게. 난 피치 못할 사정으로 당분간 다른 쪽을 조사해 보아야 하네. 이곳으로 올 때는 모든 것을 제쳐 두고 금성표국과 의형을 그렇게 만든 놈들부터 요절을 내려고 했네만 사정이……."

상관진걸이 말꼬리를 흐렸다. 필시 또 다른 중대한 명령을 받은 모양이다. 그러나 의형의 복수를 하는 일 또한 미루고 싶지 않은 모양이었다.

"의형은 내 생명의 은인이자 어린 시절의 우상이었다네. 그런 의형이 이 지경이 된 것을 절대로 묵과할 수가 없네. 하지만 최근의 상황이 내게 그럴 시간을 주지 않네. 그러니 자네가 저들을 지휘하여 그 일을 해주게. 물론 그 일과 함께 자네의 목적에도 충분히 저들을 활용할 수 있을 것이네."

상관진걸의 눈이 복수심 가득한 불을 내뿜고 있었다.

"말도 안 되는 일이군요. 저들이 제 말을 듣는다고 어찌 보장합니까?"

잠시 생각을 하던 자운엽이 반문했다.

"처음엔 저들도 펄쩍 뛰더군. 그래서 내기를 했네. 수단과 방법을 가리지 않고 자네를 제압해 내 곁에 데려오면 그 명령을 취소하고 그렇지 못하다면 무조건 명령을 철저히 따르기로 말일세."

"흠!"

자운엽은 이젠 완전히 모든 상황이 이해가 된다는 표정을 지었다. 자신의 숙소에 숨어들어 세침으로 자신을 공격하려 한 그들의 행동과는 달리 정작 싸움이 일어났을 때는 살수를 쓰지 않던 그들의 칼과 또한 이길 수 없게 되자 무슨 억울한 일이라도 당한 듯 마구잡이로 칼을 휘두르던 북호란 여인의 칼도 이해가 갔다. 꼼짝없이 자신을 상관으로 섬길 상황이 되자 북호란 여인은 그렇게 칼을 휘둘렀을 것이다.

"제가 거절한다면요?"

자운엽이 눈을 들어 상관진걸의 표정을 살폈다.

"그럴 수 없을 것이네. 난 자네의 약점을 잡고 있거든."

상관진걸의 입가에 미소가 번졌다.

"약점?"

자운엽의 시선이 어지럽게 흔들렸다. 지금 현재 자신의 약점이 어떤 것일지 도저히 짐작이 가지 않았다.

'종리재정?'

퍼뜩 떠오른 생각이지만 이내 고개를 저었다. 상관진걸이 아무리 대단한 사람이라도 당가와 원한을 맺을 수는 없을 것이다. 그랬다간 자손 대대로 음식을 먹을 때마다 은침을 사용해야 할 것이니까.

'설수연?'

설마 그녀를 찾아내어 볼모로 잡았단 얘긴가?

그것 역시 불가능한 일이다. 그가 설수연이란 이름을 알아낸 것은 최근의 일일 것이다.

"이리 가져오게!"

자운엽이 삼시 염두를 굴리는 사이 상관진걸이 어둠 속을 바라보고 소리를 쳤다.

휘익!

어둠 한쪽 끝이 길게 늘어나며 그 속에서 검은 인영이 쏟아져 나왔다. 다시 복면을 쓰고 사방을 차단하던 사내 중 하나였고 그의 손에는 보퉁이가 들려 있었다.

"이것이 자네 약점일세."

보퉁이를 받아 든 상관진걸이 그것을 바닥에 내려놓고는 천천히 매듭을 풀었다. 보퉁이 속에는 몇 권의 낡은 책이 들어 있었지만 흐릿한 달빛 아래서 그 책이 어떤 것인지는 확인이 불가능했다.

"무엇인가요, 이것이?"

자운엽은 자신의 약점이라며 나열해 놓은 책들을 의미심장한 눈으로 바라보았다. 상관진걸 같은 사람이 자신의 약점이라고 했다면 그건 허무맹랑한 말만은 아닐 것이다. 그러나 아무리 보아도 몇 권의 책일 뿐이었다.

"스스로도 모르는 자신의 약점이라 궁금한 모양이지? 하하!"

상관진걸이 껄껄 웃으며 자운엽의 표정을 살폈다. 그 웃음 속에는 확신이 담겨져 있어 자운엽을 더욱 궁금하게 했다.

"도귀 엄한필이 자네를 보고 무공광이라 하더군. 그리고 무공을 익히는 시간에는 그것에 빠져들어 침식마저 잊어버릴 정도라 했네. 그래서 나는 그것이 자네의 약점이라 생각하네. 하하!"

다시 한 번 득의에 찬 웃음을 터뜨린 상관진걸이 자신이 펼쳐 놓은 보자기로 눈길을 돌렸다.

"이 보자기 속에는 가히 천하 사대괴공(四大怪功)이라 할 수 있는 무공비급이 있네. 능히 자네의 흥미를 끌 만한 비급들이지. 내 보기엔 자네 무공은 이미 적수를 쉽게 찾지 못할 만큼 절정의 수준이지만 그럴수록 더 더욱 목말라 하는 것이 무인의 심리지."

상관진걸이 여전히 웃음을 머금고는 눈빛을 반짝이는 자운엽을 바라보았다. 천하 사대괴공이란 말을 듣는 순간부터 자운엽의 눈빛은 한시도 움직이지 않고 펼쳐 놓은 보자기에만 못 박혀 있었다.

"하하하!"

상관진걸이 자신의 짐작이 정확히 들어맞았음을 느끼고 통쾌하게 웃었다.

"그럼 이 책들을 소개하겠네. 하나는 삼백 년 전 희대의 음마(音魔) 손초기(孫焦技)란 괴인이 남긴 쇄혼마음(碎魂魔音)이란 음공일세. 그는 한 개의 피리로 수백 명의 고수를 미치게 하여 폐인으로 만들었다네. 나중에 어떤 신비고수에게 죽었다는 설이 있지만 이제껏 나타난 가장 지독한 음공일세."

상관진걸이 다시 한 번 자운엽의 표정을 살핀 후 설명을 이어갔다.

"다음은 동해 금종도(金鐘島) 타모율(打募率)이란 사람이 남긴 대해잠경(大海潛經)이란 수공일세. 설에 의하면 물속에서는 물고기 부럽지 않은 신위를 자랑한다고 알고 있네. 그리고 세 번째로는 환사(幻邪) 뇌종의(雷宗宜)가 남긴 환사삼결(幻邪三訣)이란 비급일세. 그런데 이것이 어떤 내용인지는 나도 모른다네. 아마도 최근에 입수한 것이 아닌가 싶네. 마지막으로 모산파(茅山派)의 노단시(盧單是)란 사람이 남긴 모산요록(茅山妖錄)일세. 모산파의 기상천외한 기공이 고스란히 담겨져 있다고 하네."

네 권의 비급에 대한 설명을 마친 상관진걸은 고개를 흔들며 자운엽을 쳐다보았다. 이제껏 여유있던 표정은 간 곳 없고 자운엽의 눈빛은 먹이를 노리는 승냥이의 눈빛처럼 이글거렸다.

"이것들은 어디서 나온 것입니까? 절대로 평범한 비급은 아니라는 생각이 듭니다."

자운엽은 여전히 비급들에 눈을 못 박은 채 질문했다.

"그렇지. 절대로 평범한 비급들이 아닐세. 이것들이 세상으로 나왔다는 사실이 알려지면 당장 피바람이 일어날 정도의 물건들이지."
"어디서 구했습니까?"
"황궁 비고일세."
상관진걸이 나지막하게 답했다.
"황궁 비고에까지 마음대로 들락거릴 수 있는 신분이십니까?"
"아닐세. 그건 황족들이나 가능한 얘기지. 난 이걸 구해오기 위해 이제껏 내가 이룬 공적과 앞으로의 내 장래까지 몽땅 걸었다네. 그만큼 위험하고도 가치있는 물건들일세."
잠시 말을 끊은 상관진걸이 다시 설명을 이어갔다.
"자네가 내 제의를 수락한다면 이 중 한 권을 가질 수 있다네. 시간이 별로 없네. 최대한 빨리 결정하도록 하게. 자네가 한 권을 갖든 갖지 않든 우리는 며칠 내로 이것을 있던 곳으로 갖다 놓아야 하네. 그러려면 일각이 여삼추로 달려가야 하네."
상관진걸이 비급을 쳐다보며 재촉했다.
"음공, 수공, 환술, 모산파 기공이라 하셨던가요?"
"그렇다네."
"좋습니다. 수락하지요."
자운엽은 들뜬 목소리로 답했다. 상관진걸의 말대로 자신도 모르고 있었던 자신의 최대 약점이 이것인 모양이었다.
"그래, 어떤 것으로 하겠나?"
상관진걸이 보자기 위에 네 권의 책을 펼쳐 놓았다.
"이것이 환사란 사람이 남긴 비급입니까?"
자운엽이 환사삼결이라고 쓰인 서책을 집어 들었다.
"그, 그렇네!"

상관진걸이 당황스런 표정을 지었다. 자운엽이 들어 올린 비급은 네 권 중 제일 볼품없어 보이는 것이기 때문이다. 다른 것에 비해 남긴 사람의 별호와 이름이나 겨우 알 뿐 내용도 모르는 것이다.

"이걸로 하지요."

자운엽이 들뜬 목소리로 환사삼결을 들어 올렸다.

"정말 그것으로 할 텐가? 한번 결정하여 펼쳐 보고 나면 절대로 바꿀 수 없다네."

상관진걸이 빠르게 말했다.

"왜 그러십니까? 이 책의 내용에 무슨 하자라도……?"

자운엽은 의문스런 표정으로 상관진걸을 쳐다보았다.

"그런 것은 아니네. 나 역시 그 책의 내용은 보지 못했네. 그리고 절대로 보아서는 안 되는 것이고. 하지만 다른 것은 어느 정도 이름이 알려진 것이고 그 위력도 짐작이 가는 것이라네. 그런데 자네 손에 있는 그것은 그렇게 유명한 것이 아니라네. 그런데도 그걸 택하겠나?"

상관진걸의 다짐에 자운엽이 스스럼없이 고개를 끄덕였다.

"왠지 이것이 마음에 드는군요. 이걸로 하겠습니다."

자운엽이 흥분한 목소리로 대답함과 함께 환사삼결을 품속에 넣었다. 그런 자운엽을 보고 상관진걸이 한숨을 내쉬었다. 자신이라면 쇄혼마음이나 모산요록을 취했을 것이다. 저 녀석의 자질이라면 그것을 십이성 연마할 수 있을 것이고, 그럼 웬만해선 적수를 찾지 못할 고수가 될 수 있을 것인데… 환사삼결이라면 어찌 될지 모르는 것이다.

"자네 생각이 그렇다면 어쩔 수 없지. 그런데 그걸 택한 이유나 들어봄세."

상관진걸은 못내 아쉬운 듯 느릿느릿 나머지 세 권의 비급을 다시

보자기로 싸며 말했다.

"이 책을 지은 사람 별호가 마음에 들었습니다. 환사란 별호…… 뭔가 사이한 기운이 느껴지는군요. 전 그런 사람들이 좋습니다. 후후!"

자운엽의 대답에 상관진걸이 잠시 멍하니 입을 다물지 못했다.

'사이한 기운이 느껴져서 좋다고? 대체 이놈은?'

상관진걸의 눈빛이 심하게 흔들렸다. 어찌 보면 순수한 면이 있는 듯하지만 또 어찌 보면 사마의 기운이 느껴지는 놈이었다. 이제껏 저지른 일들은 결코 사악하지 않았지만 충분히 그런 짓을 할 것 같은 놈이란 생각이 들었다.

'위험한 놈이로다.'

상관진걸은 내심 생각하며 마른침을 삼켰다. 어쩌면 고양이에게 생선을 맡기는 꼴이 될지도 모르는 일이다. 비록 지금은 서로의 목적이 같아 적대시하지는 않지만 그 길이 갈라지게 되면 어찌 될 것인지 쉽사리 판단이 서지 않았다.

'기호지세인 것이야!'

이미 자신의 정체를 어느 정도 밝혔고 비급까지 주고 말았으니 호랑이 등에 올라탄 형국이다. 어찌 됐든 이놈과 함께 금성표국과 의형의 원한을 갚고 그 이후의 일은 그때 가서 생각할 일이다.

"사술에 관심이 있는가?"

잠시 동안 자운엽을 쳐다보며 생각에 잠겼던 상관진걸이 조심스런 어조로 물었다.

"뭐, 꼭 그런 것은 아닙니다. 하지만 사(邪)나 마(魔) 속의 힘을 동경하는 편이지요."

"그럼 정(正) 속의 힘은 동경하지 않나?"

"그건 별로 구미가 당기지 않는군요."

"왠가?"

"체질인 모양입니다."

자운엽이 대수롭지 않은 듯 답하고는 주변을 두리번거리며 의미심장한 미소를 지었다.

"이젠 저 네 사람을 제가 마음대로 부릴 수 있는 것입니까?"

"세 가지만 약속해 준다면."

"말씀해 보시지요."

"첫째, 황실과 조정에 해를 입힐 목적으로 저들을 이용해서는 절대로 안 되네."

"다음은요?"

"다음은 저들을 움직임에 있어 양민의 재산이나 생활에 어떠한 피해를 주어서도 안 되네."

"훌륭한 관리시군요."

자운엽이 감탄했다는 표정을 지었다.

"마지막으로 혹시 내가 잘못되더라도 금성표국과 내 의형의 복수를 끝까지 해주게. 그럼 자네 마음껏 저들을 이용해도 되네."

상관진걸의 입이 굳게 다물어졌다. 아마 이번 임무가 목숨을 잃을지도 모를 만큼 만만치 않은 모양이었다.

"언제까지 저들을 부릴 수 있는 것입니까?"

자운엽이 빈틈없이 챙겼다.

"내가 이곳을 떠나는 날부터 돌아올 때까지이네. 남궁가에서 정세를 파악한 후에 곧 떠날 예정이니 그때부터는 자동적으로 저들이 자네를 상관으로 모실 걸세. 혹시 내가 못 돌아오고 죽음이 확인된다면 세 번째 약속을 지킨 후 저들을 해산시키게. 그럼 알아서들 할 것이네."

"그럼 떠나기 전까지는 제 주위에 얼씬거릴 이유도 없겠군요. 사실 문틈으로 대롱을 들이밀 때는 머리끝이 곤두섰거든요."

자운엽이 씨익 웃으며 머리털을 쓰다듬는 시늉을 했다. 지금 상황으로 봐서는 그 대롱 속에 든 것이 독침은 아니었으리라 짐작은 가지만 아까 그 순간에는 온몸의 신경이 아우성칠 만큼 놀랐다. 미세한 기척이라도 느낄 수 있을 만큼 잘 단련된 자신의 감각을 속이고 지척에까지 다가와서야 그들의 존재를 감지할 수 있었다는 것은 그들의 잠입술이 얼마만큼 은밀한 것인지 짐작이 가는 일이었다.

"그만들 이리 오게!"

상관진걸이 호위를 부르자 나머지 복면인이 순식간에 상관진걸과 자운엽이 앉은 자리 주변으로 날아 내렸다. 그들이 자리를 잡고 시선을 모았을 때 상관진걸은 품속에서 작은 단검 하나를 자운엽에게 내밀었다. 언뜻 보기에도 보통 물건이 아닌 듯 단검 자루에는 영롱한 빛을 발하는 보석과 황금색 용 무늬가 화려하게 장식되어 있었다.

"이건 이들 동, 서, 남, 북호 네 사람을 지휘할 수 있는 자격을 부여하는 황룡단검일세. 이 단검을 들고 내린 명령은 황실의 명령과 같은 것. 항명은 곧 대역죄에 해당하고 이 단검으로 즉결처분도 무방하네. 그러니 명령을 내리는 사람이나 명령을 받은 사람이나 추호도 소홀함이 없어야 할 것일세."

네 명의 호위들이 자운엽에게 충실히 복종할 수 있게끔 상관진걸이 단검의 권위와 황실의 무거움을 내세워 못을 박았다.

"명심하겠습니다."

북호를 제외한 세 명의 호위가 동시에 답했다.

"북호, 자넨 왜 대답을 안 하나?"

상관진걸이 홍일점인 호위 북호를 보고 빙긋이 미소 지었다. 네 명의 호위들 중 유일한 여자로 누구보다 자신에 대한 충성심이 강한 사람이었기에 자신보다 몇 살 적어 보이는 자운엽에게 이제까지와 같은 충성심을 요구한다는 것이 적잖은 무리가 있을 것이라 짐작하고 있던 일이었다. 그것을 해소시키고 예전과 같은 완벽한 조화를 이룰 수 있을지 없을지는 부리는 사람의 능력에 달린 것이다.

황룡단검에 실린 힘으로 강권에만 의존한 명령은 잘해야 액면상의 능력밖에 이끌어내지 못할 것이다. 아직 어린 나이인 이 녀석이 얼마나 이들을 잘 이끌어 상관진걸 자신이 바라는 바를 충분히 이루어줄 수 있을지는 미지수이다. 남궁가에서 일을 지켜보고 떠날 때까지는 시일이 있으니 그동안 최대한 측면 지원을 해주면 영리한 놈이니 충분히 잘 해낼 것이다. 상관진걸은 반신반의하는 심정으로 황룡검을 들고 있는 자운엽을 바라보았다. 그리고 슬쩍 시험을 해보기로 했다.

"물론 실질적으로 이들이 자네 명령을 따르는 시기는 내가 떠난 이후부터일세. 그러나 그 황룡단검을 지닌 이상 지금이라도 그 효력은 나타날 것이네. 어디, 시험 삼아 이 자리에서 명령 하나를 내려보게."

상관진걸이 자신이 보는 앞에서 확실히 권한을 넘겨주겠다는 뜻으로 자운엽에게 지시를 종용했다.

"정말 이것을 들고 명령하면 저들이 내 명령을 따른단 말이지요?"

"그렇다네, 처음에 말한 세 가지 조건만 준수한다면."

"신나는군요!"

자운엽이 들뜬 목소리를 지르자 네 명 호위들의 표정이 흑색이 되었

황궁의 고수 113

다. 그러나 이미 내기에 졌으니 할 말이 없었고, 공과 사는 철저히 구별하도록 훈련받은 그들이었다.

"그럼 명령을 내려보지요. 솔직히 말해서 난 당신들이 필요없소. 내가 탐나는 건 이 비급이지 당신들이 아니오. 그러니 앞으로 내 주변에서 얼쩡거릴 생각들은 아예 마시오. 난 내 방식대로 분명히 약속은 지킬 것이오. 그러니 상관 대인이 없는 동안 당신들은 휴가요. 마음껏 쉬며 고향에나 다녀들오시오. 이건 명령이오."

휘익―

자운엽이 황룡단검을 동호에게 냅다 집어 던졌다.

"상관 대인이 없는 동안은 당신이 그 단검의 주인이오. 잘들 쉬시오."

단검을 집어 던진 자운엽이 혹시라도 상관진걸이 비급을 빼앗지 않을까 두려워하는 듯한 표정을 지으며 서둘러 등을 돌리고는 숙소로 몸을 날렸다.

자운엽이 사라진 후 상관진걸과 네 명의 호위들은 한동안 넋을 잃고 있었다.

"푸하하하! 하하하!"

상관진걸이 마침내 앙천대소를 터뜨렸다. 그리고 그 웃음은 기침이 나올 때까지 계속됐다.

"이제껏 그런 생각은 못했구먼. 내 이제껏 자네들을 부려먹기만 했지 휴가 줄 생각은 못해봤네. 이 기회에 휴가나 다녀오게. 하하하! 그러고 보면 나도 참 못된 상관이었네. 정말 못된 상관이었어."

상관진걸이 여전히 실없다 싶을 정도로 웃음을 흘리며 자운엽이 사라진 방향으로 걸음을 옮겼다.

"빌어먹을! 알아서 기라는 얘기군."
똥 씹은 얼굴이 된 동호란 사내가 허탈한 목소리로 중얼거렸다.
"개자식!"
북호의 앙칼진 목소리가 밤하늘의 정적을 갈기갈기 찢어놓았다.

◆ 제25장

환사삼결(幻邪三訣)

환사삼결(幻邪三訣)

자운엽은 숙소로 돌아오자마자 상관진걸에게서 얻은 기서를 품에서 득달같이 끄집어내어 첫 장을 넘겼다. 새벽의 끝자락에서 숙소로 돌아왔지만 해가 뜨려면 아직 반 시진은 더 있어야 할 것이다. 그동안 황궁 비고에 엄중히 감춰져 있던 천하 사대괴서라 칭할 만한 것들 중 한 권을 차지하는 이 비급이 도대체 어떤 것인지 궁금해서 견딜 수가 없었다.

"이것이 내 약점이 확실하군."

자신도 모르게 맥박이 빨라지며 서둘러 책장을 들추는 모습을 자각한 자운엽은 쓴웃음을 지었다. 그 약점 중에 한 가지를 더 집어넣는다면 무공의 주인이 사마의 인물이란 것이다.

상관진걸의 말대로 다른 세 권의 기서가 오히려 내용이 확실했고 더 유용할 듯했지만 환사란 별호를 듣는 순간 다른 말들은 귀에 들어오지 않았다. 별호만으로도 뭔가 신비함이 느껴져 '이것이구나!' 하고 덥석 집어 든 자신이 좀 문제가 있는 것 같기도 했다.
 자운엽은 잠시 어이없는 표정을 짓고는 서둘러 책장 속으로 시선을 돌렸다.

환사삼결을 익히려면 우선 호흡과 맥박부터 비정상적으로 만들어야 한다.

 "뭐야, 이건?"
 첫 구절부터 엉뚱한 내용을 접하고 눈살을 찌푸렸다.
 황실 비고에 깊이깊이 감추어져 있다가 자기 손에 들어온 괴서 중의 하나라는 환사삼결의 첫 구절은 지극히 비정상적인 내용이었다.
 "정말 괴서답군. 하긴, 평범하고 정상적인 것이라면 괴서라 할 수도 없겠지. 역시 마음에 들어."
 잠시 눈살을 찌푸리던 자운엽은 곧 짓궂은 미소를 배어 물며 고개를 끄덕였다. 처음 태음토납경을 접했을 때도 이런 느낌이었다. 그러나 그 숨은 뜻을 파헤치고 오의를 깨쳤을 땐 말로 표현할 수 없는 엄청난 기운을 느끼지 않았던가? 이것 역시 마찬가지일 수도 있을 것이다.
 "흐음!"
 길게 한 번 숨을 내쉰 자운엽은 다음 구절로 눈길을 돌렸다.

 인간은 단 한 순간도 맥박이 뛰지 않고는 살 수가 없다. 그리고 호흡을 하지 않고도 마찬가지이다. 그러기에 튼튼한 심장의 고동에 의한 힘차고 규칙적인 맥박과 낮고 긴 호흡은 건강한 인간의 척도이다. 그러나 그 건강한 맥박과 호흡이야말로 인간의 한계를 결정짓는 족쇄인 것을 모르는 바보들이 너무 많다.

"이건 또 무슨 말인가……?"

한 구절의 내용을 더 읽은 자운엽의 미간이 다시 찌푸려졌다. 정말로 예상 밖의 내용이었다. 모든 것을 역으로 생각하고 삐딱하게 생각하는 데 일가견이 있는 자신마저도 이런 생각은 해보지 못했다.

태음토납경의 호흡 공부를 하면서 최대한 낮고 부드럽게, 그리고 최대한 규칙적인 호흡을 하는 것이 지상의 과제인 줄 알았다. 그런데 지금 펼쳐 놓고 있는 이 서책의 초반부 내용은 그러한 생각들을 완전히 뒤집고 있는 것이다. 정말 황궁 비고 사대괴공에 포함되기에 부족함이 없는 내용이었다.

다음의 내용은 또 어떤 것인지 한없는 기대감을 느끼며 자운엽의 시선은 다시 책 속으로 빨려들었다.

그 규칙적이고 강한 맥박과 호흡에 얽매여 인간은 얼마나 나약한 존재로 전락하고 말았는가? 정말 통탄할 일이다.

갈수록 가관인 내용이었지만 서서히 마음이 끌린 자운엽은 천천히 자신을 잊어갔다.

인간이 그러한 맥박과 호흡에서 완전히 자유로워질 수 있다면? 그것은 이미 인간이 아니라 소위 말하는 신선이나 뭐 그런 초월적 존재가 될 것이다. 그러나 그것은 가보지 못한 딴 세상 사람들의 얘기이니 그대들은 현혹되지 말지어다.

여기서 내가 말하고자 하는 내용은 어디까지나 인간 세상에서 인간의 능력을 구속하는 요소들을 최대한 떨쳐 버림으로써 능력을 극대화시키자는 말이다.

기억 이전부터 나는 배 위에서 살았고 세상 곳곳을 돌아다니며 인간으로서는 도저히 상상도 할 수 없는 능력을 가진 기물들을 많이 보았다. 그것이 내가 환사삼결을 탄생시킨 계기가 되었다.

환사삼결의 본격적인 내용이 서서히 펼쳐졌고 자운엽의 눈빛도 빛을 발해갔다.

그러한 기물들 중에서도 어느 한 무더운 마을에서 본 작은 물고기는 도저히 믿어지지 않는 능력을 지니고 있었다. 이제부터 하려는 얘기는 그놈에 대한 얘기이고, 그놈으로 인하여 난 지금까지 내가 알고 있던 모든 것들을 뒤집어 생각하며 환사삼결을 구상하게 되었다.

내가 그놈을 만난 곳은 이삼 년에 한 번씩밖에 비가 오지 않는 무더운 사막 지방이었다. 때로는 그보다 더 긴 기간 동안 비가 한 방울도 내리지 않기도 한다. 그렇게 몇 년을 가물다 한꺼번에 많은 비가 오고 나면 며칠간은 마른땅에 물이 고여 웅덩이가 생긴다. 마침 내가 그 지방에 갔을 때는 삼 년 만에 비가 와서 웅덩이에 물이 고였다. 그런고로 그 웅덩이는 삼 년 동안 메말라 있었던 곳이다. 내가 온몸에 소름이 돋을 정도로 놀란 것은 바로 그 웅덩이에서였다.

정말 오랜만에 보는 물 웅덩이라 반가운 마음에 흙탕물 속을 맨발로 거닐던 어느 순간, 발끝에 물컹한 감촉을 느끼고 혹시라도 맹독을 가진 희귀종의 뱀이 아닌가 하여 얼른 웅덩이 밖으로 뛰쳐나왔다. 그리고는 웅덩이 밖에서 흙탕물이 가라앉을 때까지 기다리며 나를 놀라게 했던 물체의 정체를 파악했다. 그런데 나를 놀라게 한 그 존재는 어이없게도 한 마리의 작은 물고기였다.

삼 년 동안 바짝 말라 있던 웅덩이에서 물고기가 헤엄을 치고 놀다니?

그건 도저히 말이 되지 않았다. 일순간 나는 바보가 된 기분이었다. 그랬기에 잠시 후 사방을 두리번거리며 누군가 이 물고기를 이곳에 가져다 놓은 것이 아닌가 의심했다. 그런데 그런 내 의심을 해소시키는 일이 곧 이어 일어났다. 놀랍게도 웅덩이 가장자리 한쪽 흙 속에서 또 한 마리의 물고기가 기어나오는 것이 아닌가!

이건 도대체?

난 뭐에 홀린 것이 아닌가 내 뺨을 세게 꼬집어보고 때려보고 하다가 저만치 흙 속에서 거품이 일어나는 것을 보고 급히 손을 넣어 주변의 흙을 파 뒤집었다.

그곳에 내 의식을 온통 흥분의 도가니로 빠지게 한 장본인이 있었다.

화석!

처음 그 물고기의 형상은 바짝 마른 흙덩이 속에 같이 말라붙은 딱딱한 화석이었다. 그런데 돌처럼 딱딱하게 굳었던 진흙더미 속으로 물이 스며들고 진흙더미가 물렁물렁해지자 그 화석도 같이 물렁물렁해지며 서서히 굳어 있던 생명이 깨어나더니 일순간 허물을 벗고 고기가 헤엄쳐 나오는 것이었다.

그때의 내 충격은 필설로 다 형용하지 못한다.

그래서 나는 그 마을 사람들에게 그 고기의 존재에 대해서 손짓 발짓 하며 질문을 던졌다. 내 흥분과는 달리 그들은 그것을 대수롭지 않게 생각했다. 그들에게 그런 것은 이미 일상사가 되어 별 흥미를 느끼지 못하는 모양이었다.

그때부터 며칠 동안 난 그 웅덩이에서 한 발짝도 떨어지지 않고 그놈들을 관찰했다. 그리고 며칠 후 웅덩이의 물이 조금씩 말라가자 그 물고기들은 진흙탕 속으로 파고들어 말라가는 진흙 속에서 같이 말라가며 다시 화석이 되어갔다. 그 동안 그 물고기들이 어느 위치에서 화석이 되어가는지 유심히 보아둔 나는 웅덩이가 완전히 마르고 난 다음 물고기가 파묻힌 흙을 파내어 그 딱딱한 흙덩이를 물통 속에 넣고 기다렸다.

돌처럼 굳은 흙에 물이 스며들고 다시 물렁해지자 어김없이 그 속에서 화석이 되어 있던 물고기가 허물을 벗고 튀어나왔다. 그것으로 이제껏 웅덩이에서 내가 본 사실이 착각이나 환상이 아니었던 것을 알았다. 난 그놈에게 며칠 동안 먹을 것을 주며 물통 속에서 살게 한 후 미리 준비한 진흙 속에 넣고는 뜨거운 태양 아래에서 진흙을 굳혀갔다.

그러자 어김없이 그 물고기는 화석이 되어갔고 진흙이 완전히 굳어 돌처럼 되었을 때 한 번 더 물 단지 속에 넣고 그 물고기의 생환을 확인하였다.

경이로웠다! 온몸에 소름이 돋을 정도로 신비로웠다! 그리고 이런 경악할 만한 능력에 비하면 인간의 생명력이란 얼마나 하찮은 것인가 하는 생각이 절로 들게 되었다.

그 물고기는 진흙 속에서 심장의 박동을 극한까지 멈추고 호흡 또한 극한까지 멈추며 흙 속에 스며드는 극미량의 대기만으로 몇 년을 살아남는 것이다.

그때 난 깨달았다.

강하고 규칙적인 맥박과 고른 호흡이 역으로 인간의 육체적 능력을 한정 짓는 족쇄라는 것을!

그 자리에서 난 가부좌를 틀고 진기를 조절하며 최대한 숨을 멈추었다가 극한의 순간에서 내가 익히고 있던 검초를 펼쳐 보았다. 그 순간 난 진기의 역류로 내상을 입고 쓰러졌다. 자칫했으면 주화입마에 이를 수 있는 위험한 상황이었다. 천우신조로 주화입마는 면했지만 심한 내상으로 한동안 고생했다.

내상이 치료된 후 숨을 최대한 멈추었다가 바위에 펼친 내 칼자국을 보고 격탕된 심정으로 또 한 번 주화입마에 이를 뻔했다.

이제껏 그렇게 고심을 해도 완벽히 펼쳐지지 않았던 검초가 바위 위에 완벽한 궤적을 그려내고 있었던 것이다.

희열이 온몸을 감쌌다.

내 생애에 도저히 이룰 수 없을 것 같았던 극한의 쾌(快)가 환상(幻想)처럼 이루어져 있었다.

그랬다. 그것은 쾌(快)를 넘어선 환(幻)이었다.

그때 난 인간의 맥박과 호흡이 인간의 육체적 능력을 한정 짓는 족쇄라는 것을 알았다. 그 생각이 환사란 이름의 탄생을 알리는 계기가 되었다.

그러나 나는 환사란 내 별호를 무척이나 싫어한다. 아니, 철저히 부정한다. 멍청한 인간들은 자신의 능력으로 쫓을 수 없는 빠름이나 변화를 보면 무조건 환술이나 어떤 못된 사교의 술법 정도로 치부해 버린다. 내 빠름을 본 그들 역시 환사라는 별호를 마음대로 갖다 붙이고 나를 사술을 쓰는 이상한 인간 정도로 치부한 것이다.

그러나 주술이나 눈속임에 의한 환은 모래 한 줌이면 그 진위가 판별되는 조잡한 술수일 뿐이다. 오로지 극쾌를 바탕으로 한 환(幻)만이 진정한 환인 것이다. 그리고 그 극쾌를 이루기 위해서는 정상적인 맥박과 호흡의 구속에서 벗어나야 한다. 그것이 내가 여기 남기는 환사삼결의 요지이다.

하나 그 한계를 뛰어넘기 위해서는 많은 위험을 감수해야 한다는 것은 자명한 일이다. 자칫 진기의 역류와 혈맥의 파손으로 심각한 결과를 초래할 수도 있다. 나 역시 마지막 단계에서 얻은 내상으로 인하여 내가 창안한 환사삼결을 세상 속에서 다섯 번도 제대로 써먹지 못하는 신세가 되고 말았으니 그대는 그 위험을 언제나 염두에 두고 신중을 기해 대성하기를 바란다.

환사삼결이란 심법의 본격적인 내용에 들어가기에 앞서 자신의 소견을 피력한 도입부는 그렇게 끝이 났지만 뚫어질 듯 책을 응시하는 자운엽의 시선은 그 후로도 한동안 거두어질 줄을 몰랐다.

"휴—"

마침내 자운엽의 시선이 서책에서 떨어졌다.

"사대괴공으로 분류되어 황궁 비고에까지 소장되어 있는 책이면서도 그 이름이 널리 알려지지 않은 데는 이유가 있었군!"

자운엽은 환사삼결의 긴 도입부를 읽고 난 후 고개를 끄덕거렸다.

무림 못지않게 기서들이 많이 간직된 황궁의 비고에서 사대괴공 중 하나로 치부될 정도라면 그 내용이 평범한 것은 절대로 아닐 것이고 명성 또한 자자할 것이다. 그런데 다른 세 권은 이미 명성이 높은 비급들이지만 환사삼결만은 이름이 거의 알려지지 않은 것이 이상했는데 그것은 아마도 도입부 마지막에 설명되어 있는 위험성 때문인 것 같았다.

환사라는 사람 자신이 그랬던 것처럼 다른 몇 사람들도 이것을 익히려다 폐인이 되고, 그래서 아직도 그 이름이 제대로 알려지지 못한 채 비고 속에 파묻혀 있었을지도 모르는 일이다.

"쿡쿡! 갈수록 마음에 드는군."

자운엽은 서책을 들고 괴소를 지었다.

처음 태음토납경을 마주했을 때와 같은 흥분이 온몸에 느껴졌다. 둘 다 이제껏 볼 수 없었던 괴상스런 내용의 책이었다. 그런 면에서는 비슷하지만 반면 서로 정반대의 느낌을 주는 책이었다.

태음토납경은 그 내용대로 워낙 허약하게 태어난 한 인간이 자신의 허약한 신체를 극복하려고 필사의 노력 끝에 터득한 치유의 성격이 강한 내용이라면 이 책은 인간 한계의 극한에 도전하려는 패도적인 기운이 느껴졌다.

"그래, 죽든 살든 끝까지 가보는 것이다. 그것이 살아 있는 보람인 것이고."

자운엽은 천천히 다음 장을 넘겼다.

환사삼결 제일결 화석심공(化石心功).
전신의 여러 혈맥을 폐쇄하고 진기를 제어하여 진흙 속에서 화석이 되는 화석 물고기와 같은 상태로 만든다. 그리하여 한계를 넘어선 상황에서 느껴지는 초월적인 힘을 끌어낸다.

제일결은 화석심공이란 명칭과 함께 개략적인 설명이 적혀 있고, 그 아래로 몸속의 여러 혈도를 하나하나 폐쇄해 가는 괴이하고도 복잡한 방법이 적혀 있었다.
"폐인되기 딱 좋은 심공이군."
한동안 미동도 않고 무섭게 빠져들던 자운엽은 고개를 들고 혀를 내둘렀다. 화석심공의 오의를 깨우치거나 깊이 터득하는 것은 한참 뒤의 얘기가 되겠지만 우선 일견하기에도 그 내용은 온몸의 생명 활동을 최대한으로 억제시켰다가 갑자기 격발시키며 그 순간의 폭발적인 힘을 이용하여 극쾌를 추구하고 나아가서는 환을 추구하는, 어찌 보면 역천에 가까운 심법이었다. 첫 시도부터 자칫 주화입마에 이를 뻔했다던 책 주인의 말이 실감나는 내용이었다. 그리고 결국에는 폐인이 되어 정작 자신은 제대로 펼쳐 보지도 못하고 한 권의 비급만 남길 수밖에 없었던 사연이 충분히 이해가 가는 내용의 괴서였다.
자운엽은 잠시 고개를 들어 뿌옇게 밝아오는 여명을 바라보았다.
날이 새긴 했지만 만물이 생동하려면 아직은 시간이 좀 더 남았다. 내용이 어떤 것인지 감을 잡았으니 천천히 여유를 두고 익힐 수도 있지만 자신의 성격상 도저히 기다릴 수가 없었다. 상관진걸의 말대로 그것은 자신의 분명한 약점인 모양이었다.

"호랑이를 잡으려면 호랑이 굴 속에 들어가는 수밖에!"

자운엽은 결심한 듯 가부좌를 틀고 앉았다. 더없이 위험하고 극단적인 방법으로 폭발적인 기운을 뽑아내는 구결이었지만 누군가 이루어낸 것이라면 자신도 할 수 있는 것이다.

"우선은 최대한 약한 기운으로 운기하여 그 맛만 보는 것이다!"

자운엽은 천천히 화석심공의 구결대로 혈도를 하나하나 제어해 가며 호흡을 잦아들게 했다.

"푸후!"

한참 호흡을 멈추던 자운엽은 벌게진 얼굴로 급한 숨을 토해냈다.

"젠장! 다 숨 잘 쉬고 잘 살자고 하는 짓인데 이건 뭐 완전히 죽자고 달려드는 꼴이 아닌가?"

숨이 가빠 구결 초반부도 제대로 못 따라 한 자운엽은 연신 투덜거리며 가쁜 숨을 몰아쉬었다.

"그렇다고 포기할 내가 아니지!"

몇 번의 심호흡으로 숨을 고른 자운엽은 다시 한 번 시도했다. 그리고 잠시 후 아까와 마찬가지로 억눌린 숨을 토해내며 캑캑거렸다.

"이젠 정말 오기가 생기는군."

자운엽은 다시 화석심공의 구결에 매달렸다.

매달리다 나가떨어지고 다시 매달리는 반복이 얼마나 이어졌을까. 어느 순간 심장의 박동이 미미해져 왔다.

'이럴 수가!'

짧은 순간이었지만 구결대로 운기하며 혈도를 막아가자 자연스럽게 맥박수가 줄어들기 시작했다. 그렇게 되자 억지로 참으려 했던 호흡 역시 자연스럽게 멈춰지며 전혀 불편을 느끼지 않는 상태가 되었다.

그리고 미약하나마 초월적인 힘 한줄기를 느낄 수 있었다. 그리고 어느 순간, 문득 그 초월적인 힘을 터뜨리고 싶어 아우성치는 혈기를 느꼈다. 그러나 지금은 그것을 터뜨려서는 안 될 일이다. 아직은 구결에 있는 모든 혈도를 다 점한 것도 아니고 설사 그렇다 하더라도 환사 뇌종의 당부를 생각하면 조심에 조심을 해야 하는 것이다.

느려지는 심장의 고동 소리가 서서히 빨라지며 이젠 한계에 이르렀는지 숨이 가빠옴을 느꼈다. 자운엽은 서서히, 그리고 최대한 조심스럽게 폐쇄했던 몇 개의 혈들을 역으로 하나하나 풀어 나가기 시작했다.

심장 박동이 정상적으로 돌아왔고 호흡도 정상적으로 돌아왔다.

"푸후—"

긴 숨을 토해낸 자운엽은 천천히 눈을 떴다.

처음보다 훨씬 오래 참았던 숨이었지만 처음처럼 그렇게 격하게 토해지지는 않았다. 그리고 극히 짧은 순간이었지만 그 끝에 느껴지는 힘 역시 분명히 느낄 수가 있었다. 지금은 그것만으로도 큰 수확이었다. 언젠가 완벽한 성취가 이루어지면 순식간에 정해진 순서대로 혈도를 폐쇄시켜 심장 박동과 호흡의 정지가 찰나의 순간에 이루어지고, 다시 그렇게 폐쇄된 혈도를 틔우며 심장 박동과 호흡을 정상으로 되돌릴 수 있으면 환사라는 사람이 말한 초월적인 힘을 마음먹은 대로 끌어낼 수 있을 것이다. 현재로써는 한 개의 혈도를 막는 데도 적잖은 시간이 걸리는 터이니 제일결이나마 성취를 이루려면 앞으로 얼마나 많은 공부가 있어야 할지 알 수가 없었다.

문득 수운곡의 물소리와 바람 소리가 그리웠다.

복우산 깊은 계곡 수운곡에서 태음토납경을 익혔듯이 만사를 제쳐놓고 파묻힌다면 훨씬 빨리 익힐 수 있을 것 같았지만 이젠 그런 복은 누릴 수가 없는 처지이다. 공차표행을 하면서, 그리고 싸움을 하면서 익혀가야 할 것이다.

잠시 생각에 잠기던 중 밖에서는 일찍 잠이 깬 사람들의 목소리가 두런두런 들려왔다.

자운엽은 급히 다음 장을 넘겨 내용을 눈으로 훑어 나갔다.

환사삼결 제이결 전이심공(轉移心功).
단전에서 끌어올린 기운을 정해진 혈도를 따라 손끝에 보내어 손을 움직이는 것은 거북이 걸음마나 마찬가지이다. 폐쇄한 혈도를 모두 무시하고 끌어올린 기운을 곧바로 움직이고자 하는 신체 말단으로 전이시켜라. 지극히 미세한 그 순간의 차이가 쾌를 넘어 환을 이룰 수 있을 것이다.

"갈수록 가관이군!"
환사삼결 중 제이결을 읽은 자운엽은 다시 어처구니없는 목소리로 중얼거렸다.

제이결은 중간 혈도를 무시하고 단전에서 끌어올린 진기를 곧바로 움직이고자 하는 신체 말단으로 보내는 요결과 운기의 방법을 적은 장이었다.

"이건 마치 입으로 삼킨 음식을 내장을 무시하고 바로 항문으로 보내라는 얘기나 마찬가지가 아닌가?"

아직 제일결인 화석심공의 혈도 하나를 봉하는 데도 한참이 걸리는 상태이니 직접 체험해 보는 것은 불가능했지만 눈으로 보는 내용으로는 분명히 그런 뜻이었다. 중간 혈도를 폐쇄시켜 버리고 그대로 말단으로 진기를 보낸다면 그 진기가 전해질 수도 없을 것이고, 또 효력을 발휘할 수도 없을 것이다. 그런데 어떻게 이런 해괴한 짓을 할 수가 있단 말인가?

"그러니 폐인이 되어 쓰러진 것이겠지?"

자운엽은 아직도 어이가 없는지 벌린 입을 다물지 못했다.

"그럼 마지막 장은 무엇이라고 써놓았는지 한번 볼까?"

제이결의 첫 부분만 훑어본 자운엽은 다시 책장을 넘겨 제삼결이 적힌 부분을 펼쳤다.

환사삼결 제삼결 환영심공(幻影心功).
두 개의 공부가 완전히 끝났다면 십 장 안에서는 마음과 동시에 몸이 움직이는 심즉동(心卽動)의 상태가 되어 환사란 별호를 얻게 될 것이다.

"휴―"

자운엽은 제이결과 제삼결을 눈으로만 훑어보고 한숨을 내쉬며 책장을 덮었다.

거의 생각의 빠르기로 몸을 움직일 수 있다면 보는 사람들로 하여금 사술이란 착각이 들게 할 수 있을 것이다. 제삼결은 그런 몸 전체의 움직임을 위한 요결들을 적어놓았다.

자운엽은 말도 안 될 것 같은 내용에 머리를 흔들다가 문득 자신의 몸속에 축적된 태음토납경의 부드러운 기운으로 환사삼결에 의해 폭주하는 기운을 통제한다면 환사삼결의 위험성을 제거할 수 있지 않을까 하고 생각해 보았다.

하지만 환사란 사람 자신도 폐인이 되어 몇 번 펼치지 못한 환사삼결을 제대로 익히고 펼칠 수 있을지는 미지수이다. 자칫 자운엽 자신도 폐인이 되어 환사와 같은 운명이 될 수도 있을 것이다. 하나 그 내용만으로는 더없이 괴이하고 엄청난 요결이었다.
"오늘은 이만 하자."
자운엽은 허리를 폈다.
가능성은 있겠지만 아직 누구도 성공한 것 같지 않은 이 심공을 더 이상 물고 매달릴 기분이 들지 않았다. 아무것도 모를 때라면 다르겠지만 이 심공은 아무리 보아도 위험천만했다.
"세상에는 모래알만큼 많은 기인이사들이 있다더니 틀린 말이 아니군."
책을 덮고 품속에 갈무리하자 어느덧 창밖이 훤하게 밝아지고 있었다. 자운엽은 그 상태에서 바로 가부좌를 틀고 태음토납경의 호흡 속으로 빠져들었다. 여덟 개 호흡을 한 번씩 하고 나자 초저녁부터 깊은 잠을 잔 듯 개운해져 왔다.
짹짹—
창문을 열자 지난밤의 어둠 속에서 무슨 일이 일어났냐는 듯 새들의 지저귐 소리가 새벽 햇살을 타고 방으로 흘러들었다. 그리고 부지런한 사람들의 움직임도 눈에 들어왔다.
"익히고 말고는 좀 더 생각해 볼 일이고, 오늘은 정말 화창한 날이군."
자운엽은 한껏 기지개를 켰다.

◆ 제26장

무영신개(無影神丐)

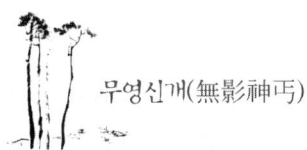
무영신개(無影神丐)

"역시 무영신개(無影神丐) 그 거지영감쟁이란 말이지?"
"그렇습니다."
야율사한은 앞에 선 중년인이 알아온 정보를 보고받고는 지그시 눈을 감으며 생각에 잠겼다. 감숙에 새로이 창건된 비천용문에 대해 중원무림이 의심의 눈초리를 돌리게 만든 장본인이 짐작대로 개방의 장로 중 한 사람인 무영신개인 것이다. 그렇다면 결코 쉬운 일이 아니다. 오죽하면 별호가 무영신개이겠는가?
쉽게 모습을 드러내지 않고 또 모습을 드러냈다 하더라도 바람같이 빠른 신법을 펼쳐 쉽사리 잡힐 인물이 아닌 것이다.
"그 거지 놈들이 뭘 얼마나 주워들은 것일까?"
한참 생각에 잠겼던 야율사한은 감았던 눈을 뜨고 앞에 선 중년사내 함진균을 보고 물었다.

"아직 그것까진……."

"그렇겠지. 비천용문에 의심을 품게 만든 장본인이 무영신개란 것을 알아낸 것만으로도 큰 수확이지."

야율사한은 두어 번 고개를 끄덕였다.

세상 곳곳에 퍼져 있는 거지 놈들이 물고 오는 정보를 모두 모으면 황후의 속옷 색깔까지 알 수 있다고 하더니, 결국은 그놈들이 감숙성에 창건되는 비천용문에 대해서도 무슨 냄새를 맡은 모양이다.

"그럼 이번 남궁세가의 잔치에서 은밀한 모임을 주도하는 자가 무영신개 그 거지인가?"

"그렇지는 않습니다. 모임의 주도는 남궁세가의 가주 남궁회준(南宮懷準)입니다. 무영신개는 뒤에서 모든 걸 조종하는 듯합니다. 그리고 이제껏 자신이 모은 증거들을 가지고 이번 모임에서 중지를 모아 어떤 결론을 내릴 듯합니다!"

"결론?"

야율사한의 눈살이 찌푸러졌다.

"최악의 경우 자신이 수집한 정보로 비천용문의 무슨 비밀을 폭로하든지, 아니면 최소한 비천용문을 흑도의 문파 정도로 모든 무림에 공표해 버리더라도 무림 내에서 비천용문의 입지는 한없이 좁아집니다."

함진균이 우려하는 표정으로 말했다.

"망할 거지영감!"

야율사한이 욕지거리를 내뱉었다. 미꾸라지 한 마리가 온 개울물을 흐린다고 하더니 지금 상황이 꼭 그 모양이다. 그동안 깊은 지하에서 은밀하게 움직이다 세상 밖으로 목을 내밀자마자, 세상에서 가장 많은 정보를 소유하고 있다는 거지영감쟁이가 훼방을 놓는 것이다. 최대한 은밀하고 철저하게 추진한 일인데 어디서 어떤 소문을 듣고 이런 짓을 벌이는 것인지 궁금했다. 하지만 무슨 일이 있어도 남궁세가 회동 이전에 그 거지를 붙잡아 회동 자체를 무산시켜야 할 일이다. 쉽지는 않겠지만 거지가 알고 있는 사항들을 토설받는다면 오히려 구멍 뚫린 담을 수리할 수 있는 기회가 될 수 있다.

우두둑─

야율사한이 양손 손마디를 차례로 꺾자 관절에서 경쾌한 소리들이 흘러나왔다. 사람의 전의를 불태우는 그 소리에 함진균의 눈이 번쩍하고 빛났다. 저 사내가 저렇게 손가락 관절을 우두둑 소리나게 꺾는 것은 뭔가 숨 가쁘게 몰아칠 준비가 됐을 때의 버릇이다. 아니나 다를까, 야율사한의 입에서 묵직한 목소리가 흘러나왔다.

"정체를 밝혔으니 이젠 사냥을 시작할 차례인가?"

"명령이 떨어지기만 기다리고 있습니다."

함진균이 빙긋 웃으며 답했다.

"탈백마검(奪魄魔劍) 염설비(廉說匕) 장로님께 이 일을 맡겨라. 되도록 생포하되 피치 못할 경우 죽여도 좋다."

야율사한이 자르듯이 말을 맺었다.

"존명!"

함진균이 짤막하게 답하고는 등을 돌렸다.

*　　*　　*

"당 소저, 그간 저놈과 같이 다니며 이상한 독을 쓰지는 않았소?"

엄한필이 당유화에게 다가가 심각한 표정으로 질문을 던졌다.

무영신개(無影神丐)

"무슨 말씀이신지요, 엄 공자님?"

당유화가 눈을 치뜨며 반문했다.

"저번에 사해표국에서 저 녀석이 당 소저와 떠난 후부터는 사람이 달라졌단 말이오."

"누구 말인가요? 자 공자를 두고 하는 말씀인가요?"

당유화도 궁금하다는 표정으로 엄한필을 빤히 쳐다보았다.

그러고 보니 금성표국 사람들과 중도에 합류하여 남궁세가로 향하는 며칠 동안 제대로 자운엽의 얼굴을 본 적이 없는 것 같다. 하루 종일 마차 안에 틀어박혀 뭔가 깊은 생각에 잠겨 있거나 객점에서 여장을 풀 때도 항상 외떨어진 방에서 혼자 자며 아침이 되면 창백한 표정으로 식탁으로 내려오곤 했다. 그런 모습을 생각하니 엄이라는 이 사내가 자신이 무슨 독을 쓴 것이 아닌가 의심하는 것도 무리가 아닌 것 같다.

"그러고 보니 그렇군요."

엄한필이 대답도 하기 전에 당유화가 먼저 자신의 질문에 스스로 답하고는 고개를 갸웃거렸다.

"정말 무슨 일이 있는 건가요?"

"허참! 질문한 사람이 누군데……."

엄한필이 입맛을 다셨다.

"무슨 독에 중독되었다면 내가 모를 리 없어요. 설사 백부님이나 할아버지께서 은밀히 무슨 독을 썼다 하더라도 내가 모를 독은……."

거기까지 말을 하던 당유화의 눈꼬리가 매서워졌다.

"이봐요, 엄 공자님! 우리 당가 사람들이 무슨 송충이라도 된단 말인가요? 만나는 사람마다 모두 독을 쓰게. 정말, 사람을 어떻게 보고 하시는 말씀인가요?"

 당유화가 눈을 하얗게 흘기며 엄한필을 쳐다보자 엄한필이 얼른 호흡을 멈추며 손사래를 쳤다.

 "누가 뭐라 그랬소? 당 소저 혼자서 북 치고 장구 치고 다 해놓고서는……."

 엄한필이 몇 발짝 물러서서는 눈치를 살피다 다시 말했다.

 "독에 중독된 것도 아니라면 무슨 일로 아침만 되면 얼굴이 백지장처럼 하얗게 되어 식탁으로 내려온단 말이오?"

 "그건 저도 궁금해요. 처음엔 무심코 넘겼는데 며칠 계속 그러는 것을 보니 무슨 일이 있나 봐요."

 당유화가 잠시 생각에 잠겼다가 다시 고개를 돌렸다.

 "하지만 무슨 독에 중독된 건 절대로 아니에요. 그러니 다른 방향으로 생각해 봐요."

 "다른 방향이라……?"

 엄한필이 중얼거리며 머리를 젖혔지만 자운엽을 생각할 때마다 머리가 아파오는 그였기에 숨 한 번 내쉴 시간도 생각을 이어가지 못하고 이내 고개를 흔들었다.

 "그만둡시다! 그놈만 생각하면 없던 두통이 생기오. 뭘 하든 간에 제 놈이 직접 입을 열기 전에는 우리로서는 상상도 못할 일을 꾸미고 있을 것이오. 그것을 알아낸다는 것은 거의 불가능하오. 저번에 사해표국에서도 당 소저와 무슨 일을 꾸밀 때 우리는 두 사람이 창고에서 신방을 차리는 것이 아닌가 의심을 했소. 설마 그곳에서 천리추종향과 쇄혼혈편독에 반응하는 약품을 만들리라고는 꿈에도 생각 못했소."

 "뭐라구요?"

신방이란 말에 당유화가 얼굴이 빨개지며 점점 표정이 험악해지자 엄한필은 얼른 등을 돌려 사라졌다.

"푸우— 빌어먹을! 정말 사람 여럿 잡을 괴공이군."

오늘도 저녁 식사 후 외떨어진 방에서 환사삼결 중 제일결인 화석심공을 수련하던 자운엽은 참았던 숨을 뿜어내며 중얼거렸다.

인체의 혈도 하나하나를 폐쇄하며 호흡과 심장 박동까지 멈추고는 말라가는 진흙 속에서 같이 말라 화석이 되어가는 화석물고기처럼 온몸을 화석으로 만드는 화석심공은 정상적인 인간으로서는 익히기 힘든, 아니, 어쩌면 익혀서는 안 되는 심공이었다. 한 번 그렇게 순서대로 혈도를 하나하나 폐쇄하고 나면 온몸이 마치 돌덩이가 된 것처럼 뻐근해져 왔다. 그러니 공부에 평생을 매달렸던 환사란 사람이 폐인이 되었을 것이다.

"휴우— 태음토납경의 부드럽고 섬세한 기운이 혈맥을 끊임없이 어루만지고 보호하지 않았다면 벌써 몇 번을 쓰러졌을지 모르겠군. 어쨌든 태음토납경의 부드러운 기운 덕분에 생각보다 훨씬 빠른 진전이 있게 되었다."

픗—

온몸을 툭툭 두드리며 창백해진 얼굴에 흐른 땀을 옷소매로 훔치던 자운엽은 신경을 자극하는 미세한 소리에 얼른 몸을 틀어 창문을 열었다. 흡사 여인의 속눈썹만큼 짧고 가는 세침 하나가 창틀에 박혀 있었다.

휘익—

세침을 확인한 자운엽은 바람처럼 몸을 날렸다.

"정말 대단하오. 인간의 감각으로 문밖에서 날아다니는 세침의 기척을 알아차릴 수 있다니 말이오."

얼마 떨어지지 않은 숲 속에서 동호란 사내가 믿기지 않는 표정으로 작은 대롱 하나를 들고 서 있었다. 그것은 며칠 전 자운엽의 처소로 은밀히 숨어들어 문틈으로 침을 날리려던 그 대롱이었다.

"내 곁에서 얼쩡거리지 말라고 했을 텐데요."

자운엽이 여차하면 수운검을 꺼낼 듯한 모습으로 동호를 쳐다보았다.

"황룡단검이 내 손에 있는 이상, 내 행동에 대한 명령의 주인은 나 자신이오. 그걸 모르셨소?"

동호가 품속에서 황룡단검을 꺼내어 빙글빙글 돌리며 즐거운 표정을 지었다.

"그걸 가지고 가고 싶은 곳으로 훨훨 떠나라고 던져 준 것이지 내 곁을 얼쩡거리라고 준 것이 아니오."

자운엽은 눈살을 찌푸렸다.

"상관 대인과 한 약속을 어길 참이오?"

동호가 의미심장한 표정을 지으며 말했다.

"구체적으로 무슨 약속을 말하는 것이오?"

"그러니까……."

말을 꺼내던 동호가 급히 제지하는 자운엽의 손짓에 입을 다물었다.

"따라오시오!"

나직이 외친 자운엽이 미세한 바람 소리마저 통제하며 몸을 날렸고 영문을 몰라 하던 동호도 기척을 최대한 죽이며 자운엽이 사라진 방향으로 몸을 날렸다.

"귀찮은 곰탱이 녀석!"

소나무 꼭대기로 날아오른 자운엽이 두리번거리며 은밀히 움직이고 있는 엄한필을 보고 쓴웃음을 지었다. 요즘 계속 혼자 지내며 환사삼결을 수련하는 자신에 대해 무슨 의심이 생겼는지 은밀히 뒤를 따라오고 있는 것이다.

"도귀 엄한필 아니오?"

동호가 이제야 자운엽의 행동을 이해한다는 듯 말했다.

"쉿! 조용히 하시오. 머리 쓰는 건 곰 수준이라도 몸 쓰는 데는 곰을 한참 능가하는 인간이오!"

"큭큭!"

동호가 흘린 불식 중의 웃음소리를 들었는지 엄한필은 최대한 엄폐물을 이용하면서 두 사람이 있는 소나무 쪽으로 방향을 잡았다.

휘익—

더 이상 안 되겠다 싶었는지 자운엽이 동호를 보고 여기 가만히 있으리라는 수신호를 한 후, 허공을 떠다니는 구름처럼 표홀하게 소나무 뒤쪽으로 날아 내렸다. 그리고는 얼른 수운검을 꺼내어 열심히 칼춤을 추었다.

잠시 후 은밀하게 다가오던 엄한필이 우뚝 몸을 세우고는 한심하다는 듯 자운엽의 검무를 바라보았다.

"휴— 지겨운 놈! 저런 칼을 가지고 있으면서 뭐가 더 부족해서 얼굴이 창백해지도록 밤마다 저 야단인가?"

고개를 가로저으며 자운엽의 검무를 지켜보던 엄한필이 지겹다는 표정을 지으며 왔던 길로 조용히 사라졌다.

"그만 내려오시오!"

엄한필이 사라진 후 자운엽은 노송 위를 쳐다보며 낮게 소리를 질렀고 동호가 사뿐히 바닥으로 내려섰다.

"동료인 줄 알았는데 감시자였나 보군요?"

동호가 엄한필이 사라진 방향을 쳐다보며 중얼거렸다. 방금 전 최대한 은밀히 자운엽을 미행하던 엄한필의 모습은 동료의 행동이 아니라 적을 염탐하는 모습이었기 때문이다.

"인간은 누구나 자기만의 흉심을 가지고 있는 것이 아니겠소? 당신들 역시도 마찬가지고."

"그야 뭐……."

동호가 할 말이 없다는 듯 시선을 외면했다. 행동에서나 말에서나 한 치의 틈도 보이지 않는 자운엽에게서 뭔가를 얻어내기란 호랑이 굴 속에서 새끼를 꺼내 오기만큼 어려운 일이란 생각이 들었다. 어쩌면 가장 위험한 인간과 동업을 하게 될지도 모른다던 상관진걸의 염려가 맞을지도 모른다는 생각이 들었다.

"그럼 아까 하던 말이나 계속해 봅시다."

"무슨?"

갑작스런 자운엽의 질문에 자신만의 생각에 잠겼던 동호가 언뜻 가닥을 잡지 못하고 눈만 껌벅거렸다.

"아까 여기로 왔다 간 곰탱이와 같은 대접을 받고 싶소?"

자운엽의 입꼬리가 말려 올라갔다.

"아차! 구체적으로 어떤 약속을 어기는 것인가 하는 얘기까지 했지요?"

"곰 신세는 면했소, 가까스로."

자운엽이 피식 웃음을 흘렸다.

"공자께서 우리같이 튼튼한 일꾼들을 몇 달간 방치하는 것은 황실과 조정에 대한 크나큰 손해를 입히는 것이오. 그리고 나아가서는 민초들에게 피해를 입히는 일이기도 하지요. 또 그것은 금성표국의 원한을 갚는 데 역행하는 처사이기도 하고."

동호가 하나하나 짚어가며 설명을 했다.

"오히려 나 혼자 움직이는 것이 더 큰 효과를 낸다면 그 약속들을 확실히 지키는 것이 아니오?"

"독불장군이란 말도 들어보지 못했소?"

동호가 절대로 자운엽의 말을 수긍할 수 없다는 듯 고개를 저었다.

'어둠 속에서 움직이는 사람치고는 의외로 유들거리는 성격이군. 피곤한 인간이야.'

자운엽은 한숨을 한번 내쉬고는 동호의 눈을 직시했다.

"오늘 내 앞에 나타난 용건은 무엇이오?"

"사람을 하나 구해주는 데 힘을 좀 보태주시오."

동호가 기다렸다는 듯 대답했다.

"백팔십 명이나 되는 당신들 힘으로도 벅찬 일이오?"

자운엽이 의심 가득한 표정으로 동호를 쳐다보았.

이들의 능력이라면 무력에 있어서는 그 누구도 부럽지 않을 것이다. 이들 넷과 상관진걸, 그리고 그들이 부리는 부하를 다 모은다면 쉽게 대적할 수 있을 곳이 몇 안 될 것이다. 그런데 자신을 보고 힘을 빌려 달라는 말은 도저히 이해할 수가 없다. 필시 무슨 꿍꿍이가 있을 것이다.

"그런 눈으로 쳐다보지 마시오. 다 모인다면 백팔십이지만, 그렇게 한가히 놀고만 있는 사람들이 아니오. 지금 현재 세상 곳곳에 퍼져 한 달도 넘는 거리에 있는 사람들이 반수 이상이고 나머지도 비슷한 입장이오. 그래서 당장 급히 모은 사람은 열다섯이 채 되지 않소. 그러니 공자 같은 고수가 절실히 필요하오. 아까 왔던 도귀라는 사내도 끌어들인다면 우리로서는 더 바랄 게 없을 것 같군요."

"아무 짓 않고 있어도 항상 의심의 눈초리로 뒤를 따르는 사람이오. 당신들 춤판에 같이 끼어들었다가 뒷일을 어떻게 감당하란 말이오? 황실 비슷한 곳에서 나온 사람들이니 인사나 나누라고 소개라도 해주길 바라오?"

자운엽이 정말 그렇게 하겠느냐는 표정으로 동호를 쳐다보자 동호가 손사래를 쳤다.

"무슨 그런 끔찍한 농담을…… 급한 마음에 생각이 짧았소. 그건 없던 일로 합시다."

"난 일없으니 그만 가보시오. 그리고 내 앞에 다시는 나타나지 마시오. 내가 한 약속은 내 방식대로 분명히 지킬 것이오!"

자운엽이 단호하게 내뱉고는 등을 돌리려다 저만치서 쏘아져 오는 인영을 보고 수운검을 빼 들었다.

"내 부하요!"

동호가 짤막하게 외치며 앞으로 나아갔다.

"시작됐습니다!"

날아온 사내가 가쁜 숨을 들이키며 소리쳤다.

"뭐야? 내일 새벽쯤이나 시작될 거라 하지 않았나?"

동호가 다급하게 외쳤다.

"놈들이 예상보다 빨리 움직였습니다. 미리 길목을 차단해서 벌써 싸움이 일어났습니다. 그리고……."

"그리고 뭐냐?"

동호의 목소리가 더 이상 급해질 수 없을 만큼 빠르게 끊어졌다.

"북호께서 상처를 입었습니다. 놈들의 무위가 생각보다……."

북호가 부상당했다는 말을 듣자마자 동호가 몸을 날렸다. 그와 동시에 소식을 전한 사내도 동호의 뒤를 따라 쏘아져 갔다.

"제길!"

자운엽이 멍하니 서서 사내가 전한 말을 되새겨 보았다.

뭔가 일을 꾸미다 예상보다 빨리 터진 모양이었고, 상대 역시 훨씬 막강한 모양이었다. 그리고 얼마 전 자신에게 죽자 사자 칼을 휘두르던 북호란 여자 호위가 다친 모양이었다. 네 사람 중 제일 무공이 떨어져 보이더니 결국은 상처 입은 암고양이 신세가 된 모양이다.

"조를 땐 언제고 막상 일이 터지니 일언반구도 없이 달려가는군. 악착같이 가자면 안 가겠지만 그렇게 싸가지없이 자기들끼리만 간다면 절대로 그냥 둘 수 없지."

휘익!

자운엽의 신형이 검은 비단천을 찢듯이 쭈우욱 어둠을 갈랐다.

"하앗!"

언뜻 보기에는 금방이라도 부서질 것같이 초라해 보이는 죽장이 한 왜소한 거지노인의 손에서 휘둘러지자 어떤 칼보다도 더 날카롭고 흉험하게 급소를 노리고 들었다. 이미 그 호리호리한 죽장 끝에 요혈을 공격당한 몇 명의 젊은이들이 정신을 잃고 시체처럼 쓰러져 있었다.

취팔선보의 보법으로 어지럽게 흐느적거리며 펼쳐지는 삼십육로 타구봉법은 보는 이의 안계를 넓혀주는 듯했다.

"감탄사가 절로 나오는구먼!"

멀찌감치서 지켜보던 다른 한 노인이 여유로운 미소를 지었다.

그러는 중에도 거지노인을 향해 달려드는 여러 젊은이들은 곤혹스런 표정을 지으며 거지노인을 제압하지 못하고 있었다.

"그만들 물러서라!"

느긋이 지켜보던 노인의 말에 한바탕 접전이 끝나고 조금은 대치 상태로 치닫던 싸움이 일시 중단되며 전열이 나누어졌다.

서른 명 가까이 되는 포위망과 그 포위망에 갇힌 열다섯 명 정도의 인원이 거친 숨을 내쉬며 대치하고 있었다. 얼핏 보기에도 포위망 속에 있는 인원들이 열세인 듯 상처를 입은 사람이 많았고 훨씬 더 지쳐 보였다.

"무영신개! 이제 애꿎은 부하는 그만 희생시키고 순순히 우리를 따라가는 것이 어떠냐?"

노인이 천천히 앞으로 나서자 노인의 일신에서 뿜어져 나오는 강한 압력이 공간을 가득 메우며 무영신개를 압박했고 무영신개가 그 압력에 밀려 주춤 한 발 물러섰다.

"우선 네놈이 누구인지 밝혀라. 어째서 길 가는 사람을 막고 다짜고짜 칼부터 휘두르는 것이냐?"

말은 그렇게 했지만 무영신개의 머리 속에는 이들이 누구일지 대충 짐작이 가고 있었고 앞으로 어찌 대응해야 할지 온갖 궁리를 다 짜내고 있었다. 놈들은 필시 비천용문과 관련이 있는 놈들일 것이고 이번 남궁세가의 회동에 대한 정보를 입수하고 미연에 회동 자체를 막으려 하는 것이다.

'어떻게 알았을까? 그리고 또……'

무영신개의 머리 속에 여러 개의 의문이 한꺼번에 떠올랐다.

우선 이들이 어떻게 이번 회동을 알았을까 하는 의문이었다. 그러나 그것은 제일 의문 같지 않은 의문이다. 자신이 비천용문에 대한 비밀스런 정보를 얻을 수 있듯이 그들 역시 자신들에게 위협을 끼칠 요소들에 대한 정보 정도는 쉽게 얻을 수 있었을 것이다.

그 다음으로는 그 정보를 무영신개 자신이 가지고 있다는 것을 어떻게 알았느냐 하는 것이다. 그것은 이번 남궁세가에 모이는 명숙들 몇 명밖에 모르는 일이었다. 하지만 그 정도까지는 또 양보할 수가 있는 문제다.

그런데 무영신개란 별호에 어울리게 그림자도 안 남기고 온 세상을 돌아다니는 자신의 앞을 어떻게 미리 알고 가로막을 수가 있는 것인가? 그건 도저히 납득이 가지 않는다. 처음부터 정해진 길을 따라 간 것도 아니고 가장 은밀한 길을 택한 자신과 두 명뿐인 호위 거지의 행적을 어떻게 미리 알고 가로막을 수가 있었을까?

이들은 자신의 생각보다 훨씬 무서운 인간들이다. 특히 이제껏 포위망 밖에서 관망만 하고 있는 한 명의 노인과 중년인은 더 더욱 무서운 인물일 것이다. 그들이 가세하지 않은 상황에서도 유리한 고지를 점하지 못했는데 저 두 사람이 가세한다면 상황은 순식간에 달라질 것이다.

그리고 그 의문들에 앞서 자신과 두 명의 오결제자가 포위망에 갇혀 백척간두의 위기에 처해 있을 때, 바람같이 달려들어 자신들의 편에서 같이 싸우고 있는 이 복면인들은 또 누구인가?

아무리 머리를 굴려보아도 쉽게 답이 나오지 않았다. 죽기 살기로 싸우고 나서 결판이 나봐야 모두 밝혀질 것 같았다.

"생각보다 훨씬 용의주도하군. 길목에 이런 조력자들을 배치할 줄은 몰랐는걸?"
 노인이 무영신개 일행들을 도와주는 복면인들과 무영신개를 번갈아 쳐다보며 혀를 찼다.
 '조력자?'
 무영신개도 자신들 옆에서 형형한 눈빛을 번득이며 칼을 들고 자신들을 도와주고 있는 흑의복면인들을 둘러보았다. 조직적이고 잘 훈련된 모습들과 공격을 함에 있어서는 물론이고, 상처를 입는 순간에도 일체의 신음성을 흘리지 않고 모든 의사 소통 역시 수신호로 하는 모습으로 봐서 이들은 결코 일반 무림인들이 아닌 것 같다. 정체와 목적이 무엇인지는 모르지만 지금은 이들에게 자신들의 운명을 의존할 수밖에 없다. 그러나 이들 개개인의 칼이 날카롭기는 하지만 아직 싸움에 참가하지 않은 저 두 사람을 막기에는 역부족인 것 같다. 무위로 보아 세 명만이 고수이고 나머지는 비슷한 수준들이다. 그 와중에 세 명의 고수 중 한 명은 부상까지 입었다.
 '천운에 맡기는 수밖에!'
 무영신개가 타구봉 역할을 하는 죽장을 더욱 굳게 쥐었다.
 "순순히 따라올 생각은 없는 것 같고… 귀찮긴 하지만 우리 두 사람이 거들지 않는다면 생각보다 오래갈 것 같으니 이젠 우리도 슬슬 나서서 끝을 내기로 하지."
 구경만 하던 노인과 중년인이 천천히 포위망에 가담하자 순식간에 포위망이 철옹성 같은 느낌을 주었다.
 ―북호! 괜찮겠나?
 두 사람의 가세에 긴장하던 서호가 전음으로 북호의 상태를 물었다.
 ―견딜 만해요.

무영신개와 동행하던 두 명의 호위 거지 중 한 명의 위험을 구해주다가 어깨에 상처를 입은 북호가 무겁게 고개를 끄덕였다.

이미 어깨에서 흐른 피가 손목까지 타고 내려와 칼자루까지 적시고 있었다. 계속해서 정신없이 칼을 휘두를 때는 몰랐는데 이렇게 잠시 숨을 돌리니 통증과 함께 힘이 다 빠져나가는 것 같다. 앞으로 얼마나 더 칼을 휘두를 수 있을지 의심스러웠다. 겨우 수비나 제대로 할 수 있으면 다행인 것이다.

ㅡ조금만 더 기다리면 동호 대장이 올 것이다. 그때까지 최대한 몸을 아껴라.

다시 한 번 서호의 전음이 귀에 들려오자 북호는 천천히 고개를 가로저었다. 이들은 자신들이 사력을 다해도 힘든 무리들이었다. 그리고 동호대장이 가세한다 해도 저 두 사람을 막을 가능성은 희박해 보였다. 명령 한마디에 죽고 사는 자신들이었지만 너무 갑작스런 지시에 철저한 준비를 하지 못한 것이 실수였다.

"뉘신지들은 모르겠지만 어려운 상황이오. 이제부터는 맞서 싸우기보다는 최대한 탈출구를 열고 몸을 뺄 궁리들을 해야 할 것이오. 기회가 닿으면 우리도 무조건 몸을 날릴 것이니 귀하들도 그렇게 하시오."

무영신개가 모깃소리만큼 가늘게 말했다.

"후후, 그렇게 쉽게 도망치게 놔둘 정도라면 애초에 일을 꾸미지도 않았을 것이네."

무영신개의 낮은 목소리도 노인의 청각을 속일 수 없었던지 노인이 너털웃음을 터뜨리고는 눈짓을 했다. 그와 동시에 잠시 숨 돌릴 틈을 가졌던 사람들이 다시 칼을 휘두르기 시작했다.

"우린 우리끼리 한번 어울려 보도록 하지. 난 탈백마검 염설비라고 하네. 그리고 이 사람은 내가 데리고 있는 사람이고 구절독편(九折毒鞭) 복승탁(卜承卓)이라 하지. 아마도 이 사람의 이름은 잘 모를 걸세."
 탈백마검 염설비가 무영신개를 직접 상대하겠다는 듯 앞으로 나섰다.
 '이런!'
 탈백마검이란 별호를 들은 무영신개의 눈이 크게 떠졌다. 그리고 그 눈빛에는 암울한 절망감이 번져 나갔다.
 '저 마두가 아직 살아 있었단 말인가?'
 무영신개는 자신의 행적을 정확히 예측하고 앞을 가로막은 인물들이라면 생각보다 훨씬 무서울 것이라 생각했는데 염설비라는 소리를 듣는 순간 온몸에 힘이 빠져나가는 듯한 느낌을 받았다.
 탈백마검 염설비라면 삼십 년도 훨씬 이전, 협서성 일대에서 한 자루 어린검(魚鱗劍)을 들고 악명을 떨치던 인물이었다. 그의 손에 쓰러져 간 절정고수들만 해도 열 명이 넘었다.
 "노선배께서 아직 살아 계시다니 놀라울 따름이오."
 무영신개가 짐짓 태연한 표정을 지었지만 가슴속으로는 커다란 바윗덩이 하나가 무겁게 짓눌러옴을 느꼈다.
 삼십 년 전의 그라 하더라도 도저히 당할 수 없는 상대인데 그동안 밥그릇만 축내고 나오지는 않았을 것이다.
 '어쩌면 오늘 이 자리에서 뼈를 묻어야 할지도 모를 일이다.'
 무영신개의 등줄기에서 식은땀이 흘러내렸다.
 "으흑!"
 "크흑!"
 옆쪽에서 다시 싸움이 시작되고 몇 합이 겨뤄지자 이곳저곳에서 비명 소리가 들려오기 시작했다. 다시 싸움이 시작되자 제일 먼저 서호와 남호가 탈백마검 염설비의 부하 둘을 베어넘겼다.

"자넨 저 두 놈을 제압하게. 그러면 이들은 문제가 안 될 것이네."

염설비가 구절독편 복승탁에게 명을 내리자 복승탁이 고개를 숙이고는 천천히 서호와 남호가 싸우는 곳으로 신형을 움직였다.

"자, 그럼 우리도 시작해 보지. 자네들은 같이 싸워도 무방하네."

염설비가 무영신개와, 무영신개의 양 옆에서 한 치도 떨어지지 않고 서 있는 개방의 오결제자 상소개(常笑丐)와 우문개(愚問丐)에게 고개를 끄덕였다. 어차피 그들 둘은 무영신개의 보호가 주 임무이니 일 대 일의 정정당당한 대결이라 해도 절대로 떨어질 수 없는 입장이었다.

쐐애액—

"크아악—"

다시 옆쪽 격전장에서 처절한 비명 소리가 들려왔다.

이번에는 흑의복면인 한 명이 구절독편 복승탁의 기병에 공격을 당하여 가슴이 쩍 갈라지며 저만치 날아가 땅바닥에 처박혔다.

복면을 한 동서남북호의 부하들은 탈백마검 염설비가 이끌고 온 부하들과 이제까지는 가까스로 호각세를 이루었지만 그것은 무영신개와 다른 두 명의 개방도가 합세했을 때의 얘기였다. 그러나 이제는 그들 세 명이 탈백마검을 상대하느라 빠지고 상대편은 오히려 이상하게 생긴 쇳조각 채찍을 휘두르는 구절독편 복승탁까지 가세하니 전세의 우열이 서서히 드러나기 시작했다.

"빌어먹을!"

서호가 이를 악물며 고개를 두리번거렸다.

그들이 급히 이곳으로 온 목적은 무영신개를 돕기 위함이었다. 그런데 도움은커녕 나이를 짐작할 수 없는 노괴물의 손에 꼼짝없이 무영신개를 내어주고 오히려 자신들의 목숨 하나 지키기에도 바쁜 입장이 되었다.

"휘익―"

"휘익―"

노괴물과 무영신개의 싸움에는 절대로 끼어들지 못하게 하려는 듯 포위망을 형성한 무리들은 천천히 자신들을 한쪽으로 밀어붙이며 무영신개와의 거리를 떨어지게 만들었다. 특히 긴 쇳조각 채찍을 휘두르는 사내의 가세로 그들 사이의 간격은 점점 더 멀어지기만 했다.

"이런 망할!"

남호 역시 이를 갈며 분통을 터뜨렸다.

아홉 조각의 쇠막대를 이어서 붙인 것 같은 구절독편이 서, 남, 북호 세 사람을 자신의 동료들에게서마저도 떼어놓기 시작했다.

전갈의 독침같이 쉴 새 없이 말아지고 휘어져 들어오는 공격에 쉽게 틈을 찾지 못하고 수비에만 전념하던 세 명의 호위가 어느새 동료들과도 격리되었다.

"우선 이놈부터 쓰러뜨리자!"

서호의 외침과 함께 세 명의 호위가 구절독편 복승탁의 주변을 둘러쌌다. 벌써 저만치 떨어진 남은 부하들과 무영신개 일행의 안위가 신경 쓰였지만 이놈의 쇳조각 채찍을 무력화시키지 못한다면 아무것도 할 수 없는 지경이었다. 그리고 계속 이렇게 떨어져서 싸우게 된다면 일각이 지나기 전에 부하들은 모두 쓰러지고 말 것이다.

"파팟―"

마음이 급한 서호의 칼이 어지럽게 움직이며 구절독편 복승탁을 향해 공격해 들어갔다.

끼리리리릭―

구절독편이 괴이한 소리를 지르며 방어막을 펼쳤다.

쨍쨍―

서호와 남호의 칼이 구절독편과 마주치며 불꽃을 튕겼지만 좀처럼 틈을 발견하지 못하고 소강 상태를 맞았다. 상처를 입은 북호도 이따금씩 칼을 휘두르며 공격했지만 현저히 무디어진 칼은 속절없이 튕겨나가기만 했다.

"잘하는군!"

잠시 옆쪽의 싸움을 쳐다본 탈백마검 염설비가 미소를 머금고는 어린검을 빼 들었다.

"조심하게!"

한줄기 경고성과 함께 어린검이 직선으로 무영신개의 심장을 향해 찔러들었다.

순간적으로 공간을 점하며 찔러온 어린검이 긴 낚싯대만큼 늘어난 듯한 착각을 느끼게 하며 무영신개의 심장을 공격했다.

"으흑!"

무영신개가 대경하며 죽장을 흔들어 어린검을 쳐냈다.

파앗―

무영신개의 죽장이 어린검을 쳐내려는 순간, 어린검의 칼날이 번쩍하고 빛을 반사하며 직각으로 옆으로 쓸어갔다.

"크윽!"

무영신개의 옆에서 긴장하고 있던 상소개가 답답한 신음을 지르며 몇 걸음 옆으로 밀려났다. 동시에 상소개의 옆구리에서는 선혈이 분수처럼 터져 나왔다. 무영신개를 공격한 탈백마검 염설비의 방금 공격은 허초였고 실초는 옆에 있던 상소개의 허리를 쓸어간 것이다. 탈백마검의 전광석화 같은 공격에 상소개는 방어할 생각도 못한 채 꼼짝없이 허리를 베였다. 내장이 드러날 정도로 깊은 상처에서 연방 터져 나오는 핏물은 그의 생명이 경각에 달렸음을 알려주었다.

"교활한 늙은이!"

무영신개가 턱을 부르르 떨며 이빨을 갈았다.

이제껏 수많은 날들을 자신과 함께하며 자신의 신변을 보호하던 개방의 제자였기에 상처를 돌보고 싶었지만 탈백마검 염설비가 겨누고 있는 어린검의 검극은 한 치의 틈도 허락하지 않았다.

"흐흐! 월척을 낚는데 잔챙이가 옆에서 얼쩡거리면 재미가 반감되는 것 아니겠나? 그러나 자네도 곧 동료를 따라 저승으로 가게 만들어주지."

염설비가 잔인한 웃음을 흘리며 무영신개 옆에 있는 우문개를 쳐다보았다.

"개소리!"

우문개가 이를 앙다물며 거무튀튀하게 때가 묻은 타구봉을 휘둘렀다. 무영신개의 죽장과는 달리 우문개의 타구봉은 그 재질이 금속인 듯 염설비의 칼과 마주치는 곳에서 무거운 금속성이 들렸다.

"타앗!"

무영신개도 곧 이어 염설비의 측면을 파고들며 빈틈을 노렸다. 촌각이라도 틈을 주면 우문개, 저놈마저도 상소개의 뒤를 따를 것이 틀림없었다.

한편 구절독편 복승탁과 치열한 접전을 벌이고 있는 서, 남, 북호는 서서히 싸움의 가닥을 잡아가고 있었다.

아홉 조각의 쇠막대가 자유로이 꺾이면서 영활하게 움직이고 있었지만 며칠 전 자운엽의 수운검 통해 비슷한 움직임을 겪어본 경험이 있었기에 훨씬 빨리 적응할 수 있었다. 지금 이 구절독편은 무겁기로 따진다면 그때 겪은 연검의 무게보다는 몇 배나 더 무거웠지만 영활한 맛은 나비의 날갯짓처럼 팔랑거리는 연검에 비할 바가 못 되었다. 그리고 연검에 실렸던 가공할 내력 또한 느껴지지 않았다. 비록 지금은 그때 네 명이 펼치던 것과 같은 짜임새있는 공격도 하지 못하고 상처 입은 북호의 움직임에 신경이 쓰여 확실한 우위를 점하지 못하지만 조금만 더 지나면 이놈은 제압할 수 있을 것 같았다. 복승탁 역시 그것을 느꼈는지 틈틈이 염설비 쪽으로 신경을 쓰며 염설비의 싸움이 끝나기를 기다리는 듯했다. 그러나 불행하게도 무영신개의 표홀한 신법은 아직까지 염설비의 공격을 무위로 돌리고 있었다.

'안 되겠다. 우선 움직임이 굼뜬 저놈부터 해치워 나머지 놈들의 심기를 어지럽혀야 되겠다.'

복승탁이 북호에게로 신경을 곤두세우며 틈을 노렸다. 훨씬 전에 입은 어깨의 상처로 인하여 제대로 공격을 못하는 저놈부터 먼저 해치우고 두 놈만을 상대하여 시간을 끌겠다는 의도를 품은 것이다.

파파팟—

구절독편의 움직임이 갑자기 강맹해지며 서호와 남호의 신형을 향해 그물처럼 덮쳐 갔다.

째쟁—

갑자기 두 사람을 향해 강맹하게 휘둘러 오는 구절독편을 보고 서호와 남호가 한 발짝씩 뒤로 밀리며 수비를 펼쳤다.

"어헉!"

두 사람의 칼과 강하게 부딪치며 반탄력을 이용한 구절독편이 더없이 빠른 움직임으로 뒤에서 주춤하는 북호의 목을 노리고 들었다.

"위험해!"

남호의 목소리가 다급하게 울려 퍼지자, 잠시 방심하며 고통스런 표정으로 호흡을 가다듬던 북호가 화들짝 놀라며 칼을 들어 올렸다.

"멍청하군!"

대경한 북호가 절망적인 눈빛으로 칼을 휘두르는 순간, 등 뒤에서 한줄기 책망의 목소리가 들리며 상처 입은 북호의 어깨 너머로 은빛 비단천 한 조각이 나풀거리며 날아 나왔다.

미풍에 하늘거리는 듯한 비단천 조각이 북호의 목을 향해 날아드는 구절독편을 가볍게 쳐올렸고, '차악—' 하는 경쾌한 격타음과 함께 구절독편이 출렁 허공으로 튕겨져 올랐다.

"대장!"

뒤이어 나타난 동호를 보고 서호와 남호가 반색을 했다. 그러나 동호의 눈은 서호와 남호의 반가움에는 아랑곳없이 자운엽의 모습을 멍하니 쳐다보았다. 자신이 부하의 보고를 받고 쏜살같이 몸을 날리는 순간에도 자운엽의 표정은 조금도 자신의 얘기에 반응을 보이지 않고 있었다. 그렇다면 자신이 몸을 날린 후에도 한참 동안 그렇게 서 있었을 텐데 어찌 자신보다 먼저 이곳에 도착했단 말인가? 또 여기까지 오는 동안 누군가 뒤를 따르는 어떠한 낌새도 느끼지 못했다. 아무리 경황 중이라 하지만 어이가 없는 일이었다. 그러나 길게 놀랄 새도 없이 자운엽의 목소리가 귓전을 때렸다.

"이자는 내가 맡을 테니 당신들은 알아서 할 일들을 하시오."

자운엽의 목소리에 퍼뜩 상념이 깬 동호가 주변을 인식했다. 우선 제일 급한 곳은 자신들의 부하들 쪽이었다. 수적 열세와 무공의 열세로 부하들의 숫자는 반으로 줄어들어 있었다. 무영신개도 연신 밀리고 있기는 하지만 아직 부하들만큼은 급박하지 않았다. 고수들의 대결은 조금 불리하더라도 그렇게 쉽게 결판이 나지 않을 것이니 우선 부하들을 구하고 그쪽은 다음에 생각할 일이다.

"우선 조원들을 구해라!"

동호가 명령과 함께 쏜살같이 몸을 날리자 세 명의 호위들도 몸을 움직였다.

"자넨 여기서 지혈부터 시키게."

서호가 같이 몸을 날리려는 북호를 제지하고는 신형을 날렸다.

"비슷한 무기인 것 같은데 어디 색다른 기술 구경 좀 해볼까?"

구절독편 복승탁과 일 대 일로 대치하게 된 자운엽은 정말 흥미진진하다는 듯한 미소를 지으며 자신의 병기와 복승탁의 병기를 번갈아 쳐다보았다.

비록 재질과 생김새는 많이 달라 보였지만 움직임과 공격, 수비의 방식에는 많은 공통점을 가진 병기들이었다. 복승탁 역시 그것을 느꼈는지 한동안 멍하니 허공 중에 팔랑거리고 있는 수운검을 쳐다보았다.

파르르―

쉴 새 없이 팔랑거리며 비단천같이 하늘거리던 연검이 어느 순간 주르륵 땅바닥에 내려앉았다. 그 모습은 마치 강한 바람에 허공으로 날아올라 펄럭거리던 비단천이 바람이 뚝 그치자 펄럭 떨어지며 땅바닥으로 내려앉은 모습과 흡사했다.

팔랑거리던 연검의 움직임을 한동안 쳐다보던 복승탁이 도저히 이해가 안 간다는 듯한 표정으로 연검의 끝을 살폈다.

아무리 보아도 비단천 조각처럼 얇고 부드럽게 낭창거리는 연검인데 조금 전 그 연검에 부딪친 구절독편의 끝에서 전해져 오던 느낌은 철퇴에 부딪친 듯했다.

비단천 조각에 철퇴 같은 힘이라니?

복승탁의 표정이 어느덧 돌처럼 굳어졌다.

"비슷한 병기를 만나니 전의를 상실한 것이오?"

자운엽이 입술을 비틀며 다시 손목을 미약하게 흔들었다.

파르르―

땅바닥에 길게 누워 있던 수운검이 가볍게 몸을 일으키며 허공으로 떠올랐다.

끼리릭!

복승탁 역시 손목을 움직이자 구절독편이 털썩 하고 요동을 쳤다.

"후후! 아무리 해도 그 쇠막대기들은 이렇게 간단히 날아오를 수는 없겠지, 안 그렇소? 그렇다면 그만큼 느려지게 되겠지."

파앗―

자신이 한 말을 증명이라도 하듯이 자운엽은 미세하게 흔들던 손목을 앞으로 쭈욱 내밀었고, 팔랑거리던 수운검이 독사출동(毒蛇出洞)의 수법으로 튀어나왔다. 그리고는 복승탁의 어깨를 가볍게 물어뜯고 지나갔다.

"으윽!"

예상치 못한 자운엽의 기습에 속절없이 어깨에 상처를 입은 복승탁이 놀람과 고통이 반반씩 섞인 비명을 질렀다.

자신의 애병인 구절독편은 채찍만큼이나 긴 병기였기에 언제나 거리를 두고 상대를 공격했고, 그 거리가 유지되는 한 수비는 크게 신경 쓰지 않아도 되었다. 그러나 자운엽의 수운검 역시 쭈욱 뻗어 나오자 자신의 구절독편 못지않게 길었다. 그것을 깨닫는 순간 먼 거리를 무시하고 공격해 온 수운검의 날카로운 이빨이 순식간에 어깨를 갈랐다.

주르르—

복승탁은 등에서 식은땀이 흐르는 것을 느꼈다.

방금 어깨를 가른 연검이 목을 노렸다면 목줄기 한곳 역시 꼼짝없이 잘렸을 것이다. 자신의 구절독편으로는 이런 식의 공격은 꿈도 꾸지 못했기에 방심한 순간 날아든 연검의 공격은 절로 식은땀을 흐르게 만들었다.

연검의 영활한 움직임과 함께 순간의 방심을 가차없이 파고드는 상대의 영악함에 복승탁의 내심은 여태껏 느껴보지 못한 최고조의 긴장을 느끼고 있었다.

"이놈! 갈기갈기 찢어 죽이겠다."

자신의 내부에서 일어나는 긴장을 분노의 불길로 녹여 버리려는 듯 복승탁이 이빨을 갈며 구절독편을 든 손목을 움직였다.

끼리리릭—

구절독편의 마디마디에서 울리는 기분 나쁜 마찰음이 사방으로 울려 퍼졌다. 공격하기에 앞서 공력이 실린 기분 나쁜 마찰음으로 상대의 진기를 흐뜨리기 위한 탁음미혼(濁音迷魂)의 수법이었다.

차르르륵—

자운엽의 손목이 미세하게 움직이자 수운검에서도 수십 마리의 나비가 한꺼번에 날아오르는 듯한 음파가 퍼져 나갔다.

"하앗!"

자신의 구절독편에서 나온 탁음이 연검의 날갯짓 소리에 묻혀 깡그리 소멸되자 복승탁이 기합성을 지르며 어지럽게 구절독편을 휘둘러 갔다.

파파파곽!

수운검이 아홉 개의 파도를 만들며 구절독편의 마디마디를 하나도 남김없이 막아갔다.

'으윽!'

마치 아홉 개의 칼이 동시에 구절독편의 마디를 때리는 듯한 느낌을 받은 복승탁이 내심 신음성을 흘렸다.

아무나 쉽게 사용하지 않는 괴병이었기에 처음 마주하는 사람들은 당황하기 일쑤였고, 처음부터 이런 완벽한 차단을 당해본 적도 없었다. 그러나 그 사실에 앞서 방금 한 번의 격돌로 자신의 병기에 대한 공부가 자운엽에 미치지 못한다는 사실을 뼈저리게 느꼈다.

자신은 이미 만들어져 있는 아홉 개의 마디도 하나하나 이렇게 완벽하게 제어해 본 적이 없었는데 상대는 극히 짧은 순간에 아홉 개의 마디를 만들고, 또 그것을 완벽하게 제어했던 것이다.

'기병의 유리함만 믿고 너무 나태했었다.'

뼈저린 후회감이 밀려왔지만 너무 늦은 것 같았다.

이제 구절독편이 저놈의 연검에 비해 나은 점이 있다면 훨씬 무겁다는 장점 하나밖에 없었다. 그것을 최대한 이용하며 최대한 시간을 끌 수밖에 없다.

불끈!

복승탁이 손아귀에 힘을 주었다.

끼리릭!

구절독편이 묵직한 신음을 내질렀다.

"차앗!"

기합성과 함께 복승탁이 구절독편을 강하게 휘둘렀다. 복잡한 변화를 최대한 생략하고 무거움에만 역점을 둔 공격이었다.

"후후!"

휘둘러져 오는 구절독편의 모양새에서 복승탁의 의도를 읽은 자운엽이 조소를 흘렸다.

파앙—

자운엽 역시 팔랑거리는 작은 변화를 지워 버리고 큰 파도 하나만을 만든 채 수운검을 크게 휘둘렀다.

펑!

육중해 보이는 구절독편과 비단천처럼 얇아 보이는 수운검이 허공에서 부딪치며 큰 폭발음이 터져 나왔다.

쇳조각과 비단천이 강하게 부딪치면 미세한 파열음과 함께 당연히 비단천이 찢어져야 한다. 그러나 상황은 정반대로 흘러가고 있었다. 강한 폭발음과 함께 무거운 철편이 가닥가닥 끊어져 허공에 흩어졌고, 철편이 끊어지기 직전 팔을 타고 스며든 강한 충격파에 내상을 입은 복승탁이 선혈을 내뿜으며 바닥에 뒹굴었다.

후두두둑—

뒤이어 조각나며 허공으로 솟구친 구절독편이 바닥으로 떨어져 내렸다.

"크윽!"

다시 한 번 울컥 선혈을 내뿜은 복승탁이 눈을 하얗게 까뒤집으며 혼절했다.

"말도 안 돼!"

 상처를 지혈하며 멍하니 두 사람의 대결을 바라보던 북호가 자신도 모르게 나직이 신음성을 내뱉었다. 이건 마치 흙덩이와 돌덩이가 부딪쳐 돌덩이가 박살이 난 상황이 아닌가? 용도가 끝났을 땐 돌돌 말아서 가슴속에 갈무리하는 저 연검은 아무리 잘 쳐주어도 피를 토하고 쓰러져 있는 저놈이 휘두른 철편의 십 분지 일의 무게도 되지 않을 것이다. 그런데 그 가벼운 병기로 철편의 무거움을 누르고 병기 자체를 박살 내버렸다면 그 안에 담긴 힘은 얼마나 될지 상상이 가지 않았다. 처음 상관 대협과 내기를 하고 네 사람이 합공을 하며 부딪쳤을 때보다 한참 더 무거운 힘을 느낄 수 있었다. 그러한 생각은 옆에서 쳐다보는 북호뿐만 아니라 칼을 휘두른 당사자인 자운엽도 확연히 느끼고 있었다. 순간적인 내공의 격발이 이전보다 한층 더 거세어진 것이다.

 '이건?'

 목구멍에서 밀려오는 비릿한 피 냄새를 느낀 자운엽이 급히 진기를 다스렸다.

 "화석심공!"

 자운엽이 불식 중에 소리를 질렀다.

 무거운 구절독편과 부딪치며 최대한의 내력을 끌어올리는 순간, 반사적으로 환사삼결의 제일결인 화석심공의 구결을 운용한 것이다. 그 순간 폭발적인 내력이 뿜어지며 구절독편을 산산조각 냈다. 그러나 아직 제대로 익히지 못한 상태에서 무리한 운용으로 어느 한곳의 혈맥이 파손되었는지 목구멍에서 비릿한 피 냄새가 밀려 올라왔다.

 '낭패다!'

 자운엽은 끓어오르는 진기의 역류를 간신히 진정시키며 주위를 둘러보았다. 동호를 비롯한 호장들의 가세로 염설비의 수하들은 추풍낙엽처럼 베어지고 있었다. 그와 함께 여유롭게 싸움을 이끌어가던 염설비는 갑작스레 역전된 주변 상황의 변화에 심기가 흐트러진 듯 좀 전처럼 기세등등하게 무영신개를 압박해 가지 못했다.
 "파아앗!
 무영신개의 죽장이 잠시 흐트러진 염설비의 옆구리를 후려쳤다.
 "휘이익—
 염설비가 회선보(回旋步)를 밟으며 몸을 피했지만 옆구리의 옷자락이 길게 찢어지며 맨살이 드러나고 곧 이어 가는 혈흔이 번졌다.
 "이런 개 같은 경우가 있나?"
 염설비는 자신의 허리에 흘러내리는 피를 불신 가득한 눈으로 쳐다보았다. 이제껏 단 한 차례 공격도 당하지 않고 여유있게 공격하며 무영신개의 몸 곳곳에 많은 상처를 남겼고 그를 따르던 젊은 거지 한 명을 저승으로 보냈다. 그리고 다른 한 명도 피투성이로 만들어놓았다. 이젠 조금만 더 몰아붙이면 무영신개라는 대어를 포획할 수 있었는데 갑작스런 두 놈의 가세로 상황이 이상하게 흘러가고 있었다.
 "이젠 생포고 뭐고 없다. 모조리 쓸어버리겠다!"
 살기를 가득 피워 올린 염설비가 어린검을 미친 듯이 휘둘렀다.
 "크윽!"
 우문개의 어깨가 쩍 갈라지며 스르르 무너졌다.
 "어헉!"
 뒤이은 어린검의 날카로운 공격이 무영신개의 이마에 긴 칼자국을 남겼다. 조금만 늦게 고개를 숙였으면 어린검에 목줄이 잘렸을 것이다.

"도와주어야 하지 않나요?"

북호가 자운엽을 쳐다보며 다급하게 재촉했다. 내부가 진탕되고 겨우 기혈을 가라앉힌 자운엽의 상태를 알 리 없는 북호로서는 자운엽이 자신의 상대만을 해치우고 느긋이 여유를 부린다고만 생각하고 있었다.

"젠장!"

염설비의 독랄한 공격에 연방 밀리고 있는 무영신개를 바라보며 자운엽이 천천히 걸음을 옮겼고 그 뒤로 칼을 다잡은 북호가 힘겹게 따랐다.

휘리릭!

무영신개를 향해 어린검을 무자비하게 휘두르던 탈백마검 염설비가 뒤통수로 날아드는 연검의 공격을 느끼고 얼른 고개를 숙였다.

"이런, 건방진 하룻강아지 놈이?"

염설비가 두어 발 옆으로 물러나며 자운엽을 향해 맹수처럼 으르릉거렸다. 이미 자운엽이 휘두르는 연검의 위험성을 짐작하고 있던 터라 고개를 숙이면서도 끝까지 주의를 늦추지 않았는데 고개를 숙임과 동시에 그 끝이 휘어지며 그대로 자신의 뒷목을 찔러온 것이다. 얼른 신법을 펼쳐 연검끝의 공격을 피했지만 뒤통수 머리칼 몇 가닥이 잘려져 허공에 날리고 있었다.

"내 이 거지 놈은 내버려 두더라도 네놈만큼은 죽이고 말겠다."

이제껏 한 치의 틈도 없이 무영신개를 겨누고 있던 어린검의 검세가 자운엽에게로 돌려졌다. 그와 함께 검세에서 벗어난 무영신개가 훌쩍 신형을 날리며 멀어져 갔다.

"이런 교활한 놈!"

"이, 이봐요!"

 염설비와 북호가 동시에 소리를 질렀다. 잠시 상황이 바뀐 짧은 순간을 틈타 까마득히 사라져 버리는 무영신개의 모습은 그의 별호를 그대로 대변해 주고 있었다.

 염설비가 잠시 자책하는 듯했지만 앞에서 연검을 흔드는 이놈을 처치하지 못한다면 어차피 잡지 못할 거지 놈이라는 생각과 함께 이를 으드득 갈았다.

"무슨 저런 인간이 다 있어!"

 북호가 반사적으로 무영신개를 따르려다 한줄기 전음을 접하고는 신형을 굳혔다.

 ─그냥 놔둬! 그의 안전만 확보하면 우리의 임무는 끝난 것이다. 더 이상은 우리가 관여할 일이 아니다.

 염설비의 부하들과 싸우는 동호가 한 명의 칼을 쳐내며 전음을 날렸던 것이다. 그들은 위험에 처한 무영신개를 구해주란 명령만 받은 것이고 그 외 어떤 다른 행위는 해서는 안 된다. 그들의 신분도, 오늘 일의 내막도, 어떤 것도 필요 이상 알려고 해서는 안 되고, 이 시간 이후로는 오늘 일이 일어났단 사실까지도 잊어버려야 한다. 그것이 어둠 속에서 움직이는 자신 같은 사람들의 행동 철칙인 것이다. 어쩌면 순간적인 틈을 타 현재의 상황에서 몸을 빼낸 무영신개 역시 같은 부류의 사람이기에 오늘 일을 모르는 일로 치부하고 도피한 것일지도 모른다.

'깜박했어!'

 북호가 등을 돌리며 한숨을 내쉬었다. 이런 상황에서 자신들은 언제나 있어도 없는 존재인 것이다.

있어도 없는 이름없는 존재들!

왠지 오늘은 그 사실이 가슴을 찔러왔다.

"이렇게 된 이상 네놈들은 모조리 죽이고 가겠다!"

애초의 목적을 완벽히 실패한 염설비가 악에 받친 목소리로 검을 쥔 손에 힘을 주었다.

"타아!"

어린검이 흐릿한 달빛을 반사하며 수십 변을 일으켰다.

휘리리리릭—

수운검이 물살을 가르는 잉어의 꼬리처럼 어지럽게 움직이며 어린검의 검세를 차단해 갔다.

파파파파팍—

고막을 후벼 파는 듯한 타격음과 함께 수운검이 만든 수많은 날갯짓들을 하나하나 짓누른 탈백마검이 마지막 날갯짓 하나까지 부숴 버리며 자운엽의 가슴으로 찔러들었다.

"우욱!"

자운엽은 대경을 하며 어린검에 의해 모두 제압된 수운검의 칼날 중 제일 안쪽 부분으로 무거운 파도 하나를 만들어냈다. 공격을 할 때는 나비의 날갯짓처럼 팔랑거리며 사방으로 날아들다가도 이렇게 수비를 할 때는 파도를 만들어 상대의 검을 쳐내는 자운엽의 검법을 꿰뚫고 있다는 듯, 마지막 순간에 강하게 내력을 불어넣은 염설비의 어린검이 수운검의 파도를 그대로 쳐 나갔다.

펑—

구절독편과 부딪쳤을 때보다 몇 배는 더 큰 폭발음이 울려 퍼지며 마주친 칼에서 불꽃이 튀었다.

"크윽!"

울컥 선혈을 토한 자운엽이 주르륵 뒤로 밀려났다. 무영신개라는 고수를 쉽게 밀어붙이던 노괴인지라 결코 만만치 않으리라 생각했지만 막상 부딪친 탈백마검 염설비의 내공이 상상을 초월할 정도였던 것이다. 구절독편과 충돌하며 진탕된 기혈을 겨우 진정시켜 두었으나 염설비의 칼을 막으며 다시 혈도가 터지며 선혈이 입으로 뿜어져 나왔다.

'빌어먹을!'

자운엽은 울렁거리는 속을 억지로 진정시켰다.

화석심공의 계속된 수련으로 손상된 혈도를 제대로 단속하기도 전에 충돌한 노괴의 칼로 인하여 혈도가 견디지 못하고 터지며 계속해서 선혈이 목구멍으로 치솟아올랐다.

"망할 영감쟁이!"

북호는 무영신개가 사라진 방향을 쳐다보며 욕지거리를 퍼부었다. 자기를 위해 목숨을 걸고 싸워주었으면 최소한의 몫은 해주고 가야 할 것이 아닌가? 이젠 자신이 다시 나서 미력이나마 보태야 될 상황이었다.

"가소로운 놈들!"

북호가 서서히 다가들자 염설비가 코웃음을 쳤다.

"비키시오, 당신 상대가 아니오!"

왈칵 목을 타고 넘어오려는 선혈을 겨우 진정시킨 자운엽이 이를 앙다물며 손을 내저었다.

"그건 당신도 마찬가지야."

북호가 자운엽을 쳐다보지도 않고 걸어나갔다.

"이런 가소로운 놈들. 오냐! 모두 한꺼번에 덤벼라. 둘 다 한 번에 베어주마."

염설비의 눈빛이 혈광을 뿜어냈다.

"하앗!"

염설비의 칼이 다시 어지럽게 북호를 공격해 왔고, 북호가 연신 뒤로 밀리며 어린검을 막았다. 그러나 그녀가 막은 칼은 요혈을 파고드는 치명적인 것들일 뿐, 그 외 여러 곳에는 어린검의 이빨 자국이 시뻘겋게 새겨졌다.

'단 일 격에 끝을 내야 한다.'

자운엽은 독심을 머금었다.

환사삼결의 제일결인 화석심공 때문에 몸이 이 지경이 되었지만 지금 이 순간 이판사판으로 그 심공을 써먹을 수밖에 없었다. 그로 인해 폐인이 되든 시체가 되든 선택의 여지가 없었다. 세 명의 호위가 가세했지만 염설비의 수하들을 완전히 다 처치하려면 아직은 좀 더 기다려야 할 것이고, 북호란 여인 역시 상처투성이가 되어 몇 번이나 더 칼을 막을지 의문이다.

자운엽은 빠르게 화석신공의 구결을 떠올리며 혈도를 봉쇄해 나갔다. 그와 동시에 심장의 박동과 호흡이 서서히 느려지기 시작했다.

째째쨍—

다시 한 번 북호를 향한 어린검의 공격이 펼쳐졌고 북호가 비틀거리며 뒤로 물러섰다.

'조금만, 조금만 더!'

염설비를 가렸던 북호의 신형이 옆으로 벗어나며 탈백마검 염설비의 상체가 시야에 들어왔다.

"하앗!"

심장도, 호흡도 모두 멈추고 화석이 되는 순간, 자운엽의 신형이 포탄처럼 튀어 나가며 뻣뻣하게 서서 창대처럼 길어진 수운검이 염설비의 심장을 향해 쾌속하게 찔러 나갔다.

"어헉!"

북호의 심장을 노리던 어린검을 거두며 염설비가 경악에 찬 비명을 질렀다. 자신의 내력을 가득 실은 칼에 내상을 입고 선혈을 토하는 자운엽의 모습을 보았을 때, 염설비는 자운엽을 베는 것은 시간문제라 생각했다. 옆에서 달려드는 계집을 먼저 처치하고 차례로 처치할 생각으로 크게 신경 쓰지 않고 있었는데, 어느 순간 칼과 거의 일직선이 되어 도저히 인간의 움직임이라고 생각할 수 없을 정도로 무섭게 쏟아져 오는 자운엽의 공격에 반사적으로 어린검을 쳐올렸다.

파아악!

"어, 어떻게?"

염설비의 입에서 불신 가득한 외침이 흘러나왔다.

아무리 내력을 집중했다 할지라도 연검은 연검일 뿐 결코 현철로 만든 칼이나 창이 아니었기에 염설비는 심장으로 파고드는 연검을 자신의 어린검으로 충분히 쳐낼 수 있으리라 생각했다. 그리고 다음번 공격으로 자운엽의 목을 확실히 벨 준비를 했다.

그러나 자신의 갈비뼈를 부수며 심장을 관통한 연검에는 상상도 하지 못할 가공할 힘이 서려 있었다. 그리고 자신과는 달리 다음번의 공격 같은 건 완전히 무시한 일격필살의 처절한 독기가 담겨 있었다.

"쿨럭!"

남은 모든 내력을 화석심공으로 증폭시켜 폭발적으로 뿜어낸 자운엽이 피분수를 내뿜으며 천천히 뒤로 넘어가자, 염설비의 심장을 꿰뚫고 장창처럼 길게 뻗어 있던 수운검도 물먹은 빨래처럼 철퍼덕 무너졌다.

"이, 이놈!"

염설비가 부들부들 떨리는 손으로 자신의 심장을 관통한 수운검을 잡아당겼지만 긴 연검은 끝이 보이지 않는 듯했다.

파아악—

염설비의 심장이 더 크게 쩍 갈라지며 피분수가 터져 나왔다. 뒤이어 심장에서 전해오는 불에 데인 듯한 통증이 온몸을 경직시켜 갔다.

"크으윽! 이 애송이 놈!"

염설비가 부들부들 떨리는 손으로 어린검을 들어 올려 자운엽을 찌르려는 듯 사력을 다해 쓰러진 자운엽 쪽으로 다가갔다.

"하앗!"

넋을 놓고 서 있던 북호가 풀쩍 날아오르며 염설비의 가슴을 다시 찔렀다.

쿵—

눈을 부릅뜬 염설비가 천천히 무릎을 꿇었다. 검은 머리털 하나 보이지 않는 나이임에도 무슨 미련이 그리 많은지, 흡사 육신을 빠져나가는 영혼을 붙잡으려는 듯 칼을 들지 않은 한 손으로 연신 허공을 움켜쥐며 허우적거리다 마침내 바닥에 풀썩 쓰러졌다.

일순 격전장의 모든 움직임이 뚝 그쳤다.

염설비의 칼에 온몸을 난자당해 쓰러질 듯한 북호나, 염설비의 부하들과 마지막 접전을 벌이던 세 명의 호위들도 모두 멍하니 선 채 쓰러진 두 사람을 쳐다보았다.

"모두 꺼져라!"

동호가 이젠 열 명도 채 남지 않은 염설비의 부하들에게 나직이 으르렁거리자 잠시 눈치를 보던 사내들이 신속히 숲 속으로 사라졌다. 무영신개도 놓치고 우두머리마저 잃은 그들은 더 이상 이곳에서 칼을 휘두를 용기가 없는 모양이었다.

"공자!"

자운엽에게로 급히 달려온 동호가 자운엽의 손목을 들어 올리고는 맥을 짚었다. 바닥이 붉게 물들 정도로 많이 뿜어낸 선혈과 진기가 제멋대로 폭주하는 듯 덜덜 떨리는 입술은 더없이 심각한 상태를 나타내 주고 있었다.

"주화입마!"

동호의 입에서 최악의 상태를 알리는 단어가 튀어나왔다. 자운엽의 몸 상태는 심맥이 제멋대로 뒤틀리고 터지며, 진기가 격탕되어 들끓는 전형적인 주화입마의 전조였다.

"어, 어떻게 하지요, 대장?"

북호가 파랗게 질리며 동호를 바라보았다. 이대로 대책없이 둔다면 자운엽은 진기의 폭발을 이기지 못하고 시체가 될 것이다. 운이 좋아 최소한의 폭발만으로 그친다 해도 영원히 무공과는 담을 쌓고 살아야 하는 불구의 몸이 될 것이었다.

"뭐라 말 좀 해봐요? 어떻게 해야 하나니까요?!"

북호의 목소리가 절규에 가까워졌지만 동호 역시 어떻게 할 방도가 없었다.

진기가 역류하는 정도가 경미하다면 몇 군데 혈도를 점하고 미봉책을 강구한 후에 무슨 다른 수를 써보기라도 하겠지만 지금 자운엽의 상태는 모든 혈맥이 한꺼번에 뒤틀리고 그 안에서는 역류하는 진기가 들끓고 있는 것이다. 그 내재된 잠력이 크면 클수록 그 폭주하는 힘 역시 큰 것이다. 이런 상황이라면 자신들의 공력으로써는 말 그대로 속수무책이었다.

"안 돼, 북호!"

난감함에 어쩔 줄 몰라 하던 서호가 깜짝 놀라며 북호를 제지하려 했지만 북호의 쌍장은 어느새 자운엽의 명문혈에 닿아 있었다.

"이대로 둘 순 없어요. 죽든 살든 해볼 거예요."

북호가 급히 진기를 끌어올리기 시작했다.

"그만둬, 북호! 이 사람은 우리 네 사람이 모두 달려들어도 감당하기 힘든 내공을 지니고 있어. 이러다간 십중팔구 같이 주화입마에 빠질 거야."

동호 역시 북호를 만류하려 손을 뻗으려다 흠칫 동작을 멈추었다. 자운엽의 등에 닿은 북호의 쌍장에서 붉은 기운이 전해지고 있었다.

이젠 북호의 몸은 자운엽의 몸과 하나로 이어진 것이나 마찬가지이다.

"으흑!"

북호가 진탕하는 자운엽의 내력을 이기지 못하고 답답한 신음성을 흘렸다.

"어차피 이름도 없이 사라질 인생, 같이 죽기로 하지."

이번에는 동호가 북호의 명문혈에 쌍장을 밀착시키며 공력을 운기했다. 그에 따라 서호, 남호도 일렬로 앉으며 앞 사람의 명문에 쌍장을 밀착시켰다.

"모두 호법을 서라."

살아남은 몇 명의 부하들이 한 사람의 명령에 따라 한 덩어리가 된

다섯 사람 주변에서 호법을 섰다.

"이 아이의 이름은 자운엽이라 한다오. 나이는 세 살이지요! 내 잠시 뒷간에 갔다 올 테니 이 아이를 좀 안고 있으시오."
"요악스러운 놈! 날 형이라 한번 불러줄 수 있겠느냐?"
"깔깔깔! 이 자식 눈 좀 봐, 완전히 풀렸어. 꼭 썩은 물고기의 눈 같아!"
"어서 가지 못해! 이 개, 돼지만도 못한 놈아!"
"내 생을 되돌아보아 후회는 하지 않는다. 하지만 누군가 나처럼 살려고 하는 놈이 있다면 몽둥이를 들고 쫓아다니면서 말릴 테다."
"너무나 허약하게 태어났기에 강함을 추구하려 한평생을 바쳤다."
"깔깔깔! 이 개, 돼지만도 못한 자식. 눈이 꼭 썩은 물고기 눈 같아."
"깔깔깔! 이 개, 돼지만도 못한 자식……. 이 개, 돼지만도 못한 자식."

"크윽!"
자운엽의 등 뒤에서 일렬로 쌍장을 대고 있던 네 명의 호위가 비명을 지르며 선혈을 토해냈다. 자운엽의 몸속에서 폭주하고 있는 기운이 네 사람의 내력을 모조리 덮어 누르며 같이 진탕시키고 있는 것이다.
"이런!"
다섯 사람이 한 덩어리가 되어 생사의 기로에 선 격전장에 한 인영이 날아 내리고는 다급성을 질렀다. 무영신개와는 조우할 수 없는 처지였기에 부하들만 보냈지만 최악의 경우 자신도 같이 뛰어들기 위해 예측한 장소에서 기다리다, 한참 이전의 장소에서 격돌이 벌어진 것을 알고 급히 달려온 상관진걸이었다.
여기저기 시체들이 즐비했지만 무영신개의 모습은 보이지 않았다.

일단 안심을 했지만 자운엽과 네 명의 호위들이 처한 상황에 상관진걸은 입을 딱 벌릴 수밖에 없었다.

"쉿!"

호법을 서던 한 사내가 무엇인가 보고를 하려 하자 급히 제지한 상관진걸이 다섯 명의 상태를 살폈다. 지금 이 순간은 사소한 소음 하나라도 치명적인 결과를 야기시킬 수 있는 일이다.

'위험하다!'

땀 범벅이 되어 같이 피를 토하고 있는 호위들과 자운엽을 보며 상관진걸이 갈등에 빠졌다. 자신 역시 똑같은 상황으로 뛰어든다면 다섯 명의 진탕된 내력을 한꺼번에 마주해야 할 것이다. 자신으로선 자운엽 한 사람도 자신이 없는 것이다.

'의형의 몸속에 흐르던 그 기운을 이끌어낼 수만 있다면······.'

상관진걸의 머리 속에 한 가닥 가능성이 스쳐 갔다.

의형 송일산의 몸에 자운엽이 불어넣어 주었던 그 부드럽고 심유한 기운을 이끌어낼 수만 있다면 현재의 위험에서 벗어날 수 있을 것 같았다.

'내 너희들을 잃고 무슨 낯으로 하늘을 보고 살아가리!'

상관진걸이 제일 마지막에 앉은 남호의 등에 쌍장을 밀착시켰다.

"이 아이의 이름은 자운엽이고 나이는 세 살, 우리는 도저히 키울 수 없어 버리고 갈 테니 이 집 하인으로 키워주시구려."

"깔깔깔! 개, 돼지만도 못한 자식! 눈이 꼭 썩은 물고기 눈 같아. 깔깔깔!"

"하인 놈 주제에 어디서 낮잠이냐! 어디 맛 좀 보아라. 에잇!"

"이 아이를 버리고 갈 테니 하인으로 삼아 키우구랴."

"깔깔깔! 개, 돼지만도 못한 자식! 깔깔깔!"

'으윽!'
 남호의 등에 쌍장을 밀착시키고 공력을 불어넣던 상관진걸도 신음성을 삼키며 비 오는 듯 땀을 흘렸다. 다섯 명의 진탕된 기운들을 억누르며 그때 느낀 한없이 심유한 기운을 이끌어내기 위해 온 힘을 다하는 상관진걸의 얼굴에는 온통 굵은 힘줄이 불거졌다.

"깔깔깔! 개, 돼지만도 못한 하인 놈 주제에 어디서 낮잠이야! 어디 맛 좀 보아라. 에잇!"

"크으윽!"
 마침내 상관진걸도 선혈을 토해냈다. 자신의 혈맥으로 노도같이 흘러드는 물결이 온 세상을 집어삼키는 듯한 느낌이 들게 했다.
 우우웅—
 상관진걸이 사력을 다해 마지막 남은 내력을 쏟아 부었다.

"많이 고통스러운 것이냐? 조금만 참거라. 황씨 할아범이 오면 치료를 해주마. 아니다, 지금 바로 고통을 덜어주마."

'우웃!'
 마지막을 의식하던 상관진걸이 쌍장을 통해 느껴지는 이질적인 한 줄기 기운에 온 정신을 집중시켰다.
 '바로 이 기운이다!'

의형 송일산의 몸속에서 느꼈던 이루 말할 수 없이 청량하고 심유로운 기운을 드디어 찾아낸 것이다. 이제 이 기운을 이끌어 진탕되고 있는 기운들을 진정시켜 나가면 가능성이 있는 것이다.

"많이 고통스런 모양이구나. 조금만 참거라."
"어디 팔을 내밀어보거라. 내상을 입지는 않았는지 혈을 좀 짚어보자꾸나."
"이 알약을 매끼 식사 후 빠짐없이 챙겨 먹도록 하여라."
"상일이 그 녀석 성미가 불 같아 그런 것이니 너무 마음에 두지 말거라. 내가 대신 사과할 테니 용서하려무나."

"후후! 살려 드리지요. 아가씨를 봐서 목숨만은 붙여놓겠습니다."
"이 친구! 잠꼬대도 살벌하게 하는구먼."
상관진걸이 혀를 차며 자운엽을 내려다보았다.
온 밤을 꼬박 새워 죽음의 격전을 치르고 주화입마 직전에서 살아나온 상관진걸 등은 아직도 의식이 돌아오지 않은 자운엽을 무슨 괴물 내려다보듯 쳐다보고 있었다. 도저히 적수가 되지 않을 것 같았던 탈백마검 염설비를 무참히 찔러 버리고 다섯 사람이 모두 달려들어도 속수무책일 만한 엄청난 기운으로 다시는 밝은 태양을 못 보는가 싶게 만들더니, 마지막 순간에는 너무나 청량한 기운으로 모두의 혈맥을 깨끗이 씻어주었다. 괴물로 치자면 이런 괴물이 또 없을 것이다.
"왜 그러나, 남호?"
품속을 뒤지며 연신 고개를 갸웃거리는 남호를 보고 상관진걸이 물었다.

"몇 년 동안 뭉쳐 있던 갈비뼈 아래의 멍울이 사라졌습니다. 하룻밤 새에 이럴 리가 없는데… 어디로 숨었나, 이게?"

남호가 다시 한 번 갈비뼈 주변을 쓰다듬으며 부지런히 멍울을 찾았다.

"사람 참! 사라졌으면 '이게 웬 떡이냐?' 할 일이지, 뭐가 아쉽다고 그렇게 애써 찾는가?"

"온갖 약을 써도 안 없어지던 것이 이렇게 하룻밤 새에 사라져 버렸으니 더럭 겁이 나지 않습니까? 그래서……."

남호가 정말로 겁먹은 표정을 지었다.

"하하! 그렇게 겁낼 것 없네. 이제야 말이지만 이 친구 몸에 내재된 기운은 내 의형의 혈도를 막고 있던 엄청난 탁기도 간단히 허물어 버리는 정도였다네. 그러니 그런 별거 아닌 멍울 정도는 소리 소문 없이 태워 버렸을 것이네."

상관진걸이 기분 좋게 설명해 주었다.

"별거 아니라니요? 그동안 그놈의 멍울 때문에 얼마나 고생이 심했는지는 대인께서 더 잘 알지 않습니까?"

남호가 억울한 표정을 지었다.

"어쨌든 이제 다시는 그 멍울 신경 안 써도 될 것이네. 내 이름을 걸고 장담하지."

상관진걸이 만면 가득 미소를 떠올리며 확언했다.

"그것참! 가끔씩 주화입마에 빠질 만도 하군요."

동호가 입맛을 다시며 느물거렸다.

"농이라도 그런 말 하지 마시오, 대장. 십년감수한 기분이오!"

서호가 진저리를 치며 고함을 질렀다.

"어찌 된 일이오?"

주변에서 두런두런 환담을 주고받는 소리에 의식이 돌아온 자운엽은 이리저리 두리번거리며 몸을 일으켰다.

"이, 이 사람 깨어났구먼."

"우와!"

상관진걸과 네 명의 호위가 한마디씩 소리를 지르며 자운엽의 주위로 모여들었다.

"괜찮은가?"

상관진걸이 제일 먼저 자운엽의 몸 상태부터 살폈다.

"글쎄요. 가뿐한 것이 오랜만에 단잠을 잔 듯하군요."

자운엽이 팔, 다리, 허리, 목을 움직이며 개운한 표정을 지었다.

"그런데 어찌 된 일입니까? 노마두를 향해 뛰어든 것까지는 기억이 나는데……."

자운엽이 궁금하다는 표정으로 상관진걸을 쳐다보았다.

"정말 아무것도 기억나지 않는가?"

상관진걸의 질문에 자운엽이 묵묵히 고개를 끄덕거렸다.

"무슨 일이 있긴 있었군요? 표정들을 보니."

모두들 한참 동안 자신을 쳐다보며 말이 없자, 자운엽은 눈을 가늘게 뜨며 다섯 사람을 번갈아 쳐다보았다.

"내려가지! 산을 내려가며 천천히 얘기하세. 아마 숙소에 도착할 때까지 쉬지 않고 얘기해도 모자랄 걸세."

상관진걸이 앞장을 서서 천천히 걸음을 옮겼다.

"이번에 자네를 살리는 데는 북호의 공이 가장 컸네. 북호가 즉시 자네 명문혈에 쌍장을 대고 자기 생명을 도외시한 채 모험을 하지 않았더라면 다른 사람들은 엄두를 내지 못했을 것이네. 내 보기에 그때 자네의 몸 상태는 그 누구도 다스릴 수 없는 상태였다네."
 상관진걸은 자운엽이 염설비의 심장을 찌르고 주화입마의 위기에 빠진 상황을 제일 먼저 얘기하고 넌지시 북호를 쳐다보았다.
 "제가 뭘 했다고 그러세요? 대인께서 마지막으로 모든 기운을 이끌지 않았나요?"
 북호가 얼굴이 빨개지며 대꾸했다.
 "솔직히 그런 상태에서 나라면 절대로 그런 짓을 하지 않았을 것이네."
 상관진걸이 단호하게 답했다.
 "참고로 하지요!"
 상관진걸의 말에 자운엽이 피식 웃으며 말했다. 정말 그럴 생각이라면 끝까지 달려들지 말았어야 할 것이다.
 "큰 신세를 졌소!"
 자운엽이 북호를 보고 고마움의 뜻을 전하자 북호가 홍시처럼 붉어진 얼굴로 손사래를 쳤다.
 '어쩔 수 없이 여자인 것이야.'
 상관진걸이 쓸쓸한 미소를 지었다.
 "그런데 그 거지영감쟁이는 누구기에 이렇게 위험을 무릅쓰며 구하려 한 겁니까?"
 자운엽은 상관진걸에게 차가운 기색으로 질문을 던졌다.
 아까 상황으로 미루어보아 그 영감은 상관진걸이 보낸 사람들을 모르는 것 같았다. 그리고 이들의 도움을 고마워하지 않고 탈백마검이란 노괴의 관심이 흐려지는 틈을 노려 자신의 안위만을 챙겨 바람처럼 사라졌다. 자세한 내막은 몰라도 비겁하기 짝이 없는 행동을 하는 노인네인 것 같은데 상관진걸이 그를 도와주려는 이유가 자못 궁금했다.
"그 노인은 개방의 무영신개일세. 개방의 명숙으로 별호에도 알 수 있듯이 거의 모습을 드러내지 않은 채 백도무림의 안위에 관한 모든 정보를 다루는 사람이지. 그런 사람들은 강호무인의 협의나 호기보다는 자신이 판단한 상황과 그에 따른 우선순위를 근거로 행동하는 사람이지. 아까 상황에서도 자네들을 돕는 것보다는 자신이 목적한 곳으로 최대한 빠른 시간 안에 도착하는 것이 가장 시급한 일이었을 걸세. 그 점을 이해해 주게."
상관진걸이 자운엽은 물론 비슷한 표정을 짓고 있는 네 명의 호위들을 번갈아 쳐다보며 설명했다.
"별 더러운 우선순위도 다 있군요!"
자운엽은 상관진걸의 말에 조금도 수긍하는 빛을 보이지 않고 내뱉었다.
"어둠을 벗삼아 움직이는 사람들의 일이 다 그런 것이지."
상관진걸의 목소리에 자조감이 묻어 나왔다.
"하지만 말일세, 그런 사람들의 보이지 않는 처절한 희생으로 인하여 많은 혼란을 미리 막을 수 있었다네. 이미 싸움이 벌어진 상태에서 보란 듯이 칼을 휘두르며 이름을 날리는 일이야 그리 어려울 게 없지. 아니, 어쩌면 신나는 일일 수도 있겠지. 많은 사람들의 경탄 어린 눈빛을 한 몸에 받으며 자신의 솜씨를 아낌없이 보여주는 일은 혈기 왕성한 젊은이들에게는 몽매에도 바라는 일이기도 하니까……."
말을 멈춘 상관진걸이 네 명의 호위들에게 잠시 눈길을 주었다.
"저들 네 사람도 어둠을 털고 밝음 속으로 나간다면 지금 당장이라도 크게 이름을 날릴 수 있는 사람들일세. 하지만 그 모든 것을 포기하고 이름도 잊은 채, 대혼란의 싹을 사전에 자르기 위해 고독한 투쟁을 하고 있지. 그것 한 가지만 헤아려 준다면 자네와는 좋은 조력자가 될 수 있으리라 보네."

상관진걸이 자운엽과 네 사람을 믿음직스런 눈으로 바라보았다.

"전 입장을 분명히 했습니다. 그리고 황룡단검도 돌려주었고요. 그러니 다시는 내 앞에서 얼쩡거리지 마십시오. 두 번 다시 이런 더러운 일은 겪고 싶지 않으니까요."

자운엽이 단호하게 말을 맺으며 당장이라도 자리를 뜰 듯한 자세를 잡았다.

"무영신개는 감숙에 세워진 비천용문에 대한 정보를 가지고 이번 남궁가의 잔치에서 비밀 회동을 주도한 사람일세. 그리고 비천용문은 자네가 잘 아는 감숙설가와 추가가 주축이 되어 만든 문파이고······."

상관진걸이 자운엽 행동을 미리 막으며 말했다.

'비천용문에 대한 정보?'

자운엽의 눈이 순간적으로 빛을 발했다.

비천용문이라면 낙양루에서 만난 위지종현에게서 들은 적이 있는 이름이었다. 그리고 감숙제일가인 감숙설가와 감숙추가가 그 문파의 창건에 주축을 맡고 있다는 말도 들었다. 그런데 무영신개란 거지가 그 문파의 창건에 관련된 비밀을 캐냈다는 것인가? 그렇다면 오늘 새벽에 싸웠던 탈백마검이란 노괴는 비천용문이나, 아니면 자신이 찾으려 하는 그 거대한 힘과 관련이 있을 것이다.

'약간은 구미가 당기는군!'

자운엽은 나 몰라라 떠나려던 걸음을 멈추고 상관진걸을 바라보았다.

"그런데 무영신개라는 그 거지를 황실과 관련있는 대협께서 보호하려는 이유는 무엇입니까?"

자운엽의 질문에 상관진걸이 잠시 생각에 잠겼다. 필시 밝혀도 될 사항과 그렇지 못한 사항들을 정리하는 것이리라.

"감숙은 서역으로 가는 통로가 되는 변방으로, 예로부터 중요시된 곳이지. 그래서 옥문관과 가욕관 등을 설치하기도 했고. 그런데 그곳의 가장 크다고 할 수 있는 양대 가문이 힘을 합해 뿌리가 의심스런 문파를 창건한다면 그것은 조정에서도 신경을 곤두세울 일이지. 그래서 암암리에 여러 가지 사항들을 조사했을 것이고… 그건 중원무림 역시 마찬가지일 걸세. 그런 중에 무영신개가 개방문도들이 모아온 정보들을 토대로 뭔가 비밀을 캐냈고, 이번 남궁세가의 잔치 자리에서 대책을 세우려 한다는 것도 알게 되었다네. 우리로서는 손 안 대고 코 푸는 일이 벌어진 것이지. 그렇다면 우리가 할 일은 뻔하지 않겠나? 그것이 어제 새벽부터 오늘 새벽까지 일어난 일일세."

상관진걸이 태연한 표정으로 간단하게 설명했지만 그 이면에는 얼마만큼 치열한 정보전이 있었는지 짐작이 갔다. 위로 드러난 작은 사건 아래에는 빙산의 몸통 같은 음모가 도사리고 있는 것이 강호이고 더 나아가 세상이리라.

"그 과정에서 우리의 예측보다 일찍 부딪쳐 아차 싶었는데, 자네 때문에 깨끗이 해결되어 얼마나 다행스러운지 모르겠다네."

상관진걸이 자운엽을 보고 안도의 미소를 지었다.

'비천용문이라……?'

이제껏 모습을 드러내지 않던 놈들이 공식적으로 힘을 드러낸 첫 번째 장소가 감숙성의 비천용문인 것 같다. 그렇다면 이번 남궁가의 비밀 회동은 폭풍의 눈이 될 수도 있을 것이다. 그건 그렇고…….
 "어쨌든 망할 놈의 거지영감쟁이였소!"
 "킥—"
 잠시 생각에 잠겼던 자운엽이 벌컥 고함을 지르자 북호가 실소를 터뜨렸다.

 "그래, 상관 대협의 심부름은 잘 끝낸 거야?"
 하룻밤과 또 반나절을 꼬박 사라졌다 돌아온 자운엽을 보고 엄한필이 별 대수롭지 않은 표정으로 물었다.
 자운엽은 엄한필의 말을 듣고 잠시 어리둥절한 표정을 지었다. 하룻밤 반나절을 아무 연락도 없이 사라졌으니 좀 시끄러워야 하는 것이 옳은 일인데 엄한필의 표정에는 전혀 그런 기미가 보이지 않았다.
 "심부름?"
 "상관 대협께서 너에게 급한 심부름을 보냈으니 오후쯤에 돌아올 거라는 기별을 보내왔더군. 그래서 모두 출발을 미루고 하루를 더 여기서 머물기로 했지. 덕분에 여독이 싹 풀렸어."
 엄한필이 기지개를 켰다.
 '영락없는 곰이군.'
 자운엽은 상관진걸의 간단한 한마디에 아무런 의심도 없이 속 편하게 쉬며 늘어지게 기지개를 켜는 엄한필의 모습에서 큰 곰을 연상하고는 내심 중얼거렸다.
 "그러면 오늘 저녁도 여기서 쉰단 말이지?"
 "그래. 지금 출발해 봐야 산속에서 밤을 맞을 것인데, 그럴 필요까지는 없으니 내일 아침에 출발하기로 했어."

"잘됐군!"

숙소에 틀어박혀 이것저것 생각할 것이 많았던 자운엽은 서둘러 숙소로 들어와 가부좌를 틀었다.

밤새 주화입마의 위험을 겪었으니 몸 상태가 어떤지 궁금한 것이다. 물론 산에서 잠시 운기를 해보아 별 이상이 없는 것을 확인했지만, 몸 구석구석 세혈까지 진기를 유통시켜 더 자세히 상태를 살펴보아야 할 것이다.

우선 태음토납경의 여덟 개 호흡을 순서대로 해보았다.

세혈 구석구석 진기가 막힘없이 흘러드는 것을 느끼며 여덟 개 호흡이 순조롭게 끝이 났다. 비 온 뒤에 땅이 굳듯, 예전보다 오히려 더 빨리 여덟 개의 호흡을 끝낼 수 있었다. 무심코 그것을 생각하던 자운엽은 순간적으로 번쩍하고 뇌리를 스치는 생각에 얼른 눈을 떴다.

'혹시?'

자운엽은 다시 눈을 감고 환사삼결 중 제일결 화석심공을 운기했다.

"이럴 수가!"

순간적으로 모든 혈도가 봉해지며 심장 박동과 호흡이 멈추어졌다.

화석심공이 이전과 비교해 몇 배의 빠른 성취를 이룬 것이다. 온통 땀을 뻘뻘 흘리며 한 개, 한 개 혈을 봉하던 것이 며칠 전이었는데 지금은 비교도 할 수 없이 빠르게 화석심공을 운기할 수 있는 것이다. 이런 상태라면 환사삼결의 제일결은 머지않아 완벽한 성취를 이룰 수 있을 것이다.

몇 번을 반복해 운기해 보아도 순식간에 혈도가 봉해지며 심장과 호흡이 멈춰지고 파괴적인 힘이 느껴졌다. 그리고 반대로 순식간에 봉했던 혈도들이 트이며 처음의 상태로 돌아왔다.

그 상태에서 진기를 유통시켜 혈도의 손상 여부를 살펴보았다.

이전에는 한 번 화석심공을 운기하고 나면 막혔던 혈도에 적지 않은 무리가 느껴졌고 온몸이 돌이 된 듯 무거워져서 태음토납경을 몇 번이나 운기하여 혈을 씻어주어야 했다.

그러나 지금은 전혀 그런 느낌이 들지 않았다.

"어디 다시 한 번!"

순간적으로 모든 혈도가 봉해지며 심장 박동과 호흡이 멈추어졌다. 그 상태에서 손가락 하나를 세워 순간적으로 침상 모서리 찔렀다.

푸욱!

예전과는 비교할 수 없는 힘이 손가락 끝에서 느껴졌다.

호흡을 멈추고 육체적 한계를 뛰어넘는 그 순간에 휘두른 칼이 증폭된 내력의 격발과 함께 그때까지는 도저히 펼칠 수 없었던 쾌검을 가능케 해주었다는 환사의 글귀가 머리 속에 맴돌았다. 그때 환사 역시 주화입마의 위기에 빠졌다고 했다. 그런 위험을 겪으며 환사 뇌종의가 절치부심으로 고안한 환사삼결의 제일결이 자신의 손에서 고스란히 되살아난 것이다.

"정말 한번씩 주화입마에 빠질 만하군. 큭큭!"

자운엽은 동호가 했던 말과 똑같은 말을 하며 억눌린 웃음을 흘렸다.

털썩—

아찔한 위험 속에서 뜻하지 않은 행운을 얻은 자운엽은 온몸의 긴장을 풀며 침상에 벌러덩 드러누웠다. 그리고 간밤의 일을 반추해 보았다.

'꿈이었지만 너무 생생했다!'

자운엽은 주화입마에 빠지려던 순간 동안 심마에 시달리던 상황을 떠올려 보았다.

어린 시절의 아픈 기억에서부터 모든 과거가 한꺼번에 머리 속을 스쳐 지나갔었다.

그리고 마지막 순간에 떠오른 설수연의 모습!

그 자애로운 눈빛이 온 뇌리 속에 가득 차 올랐다.

한없는 인간애!

황씨 할아버지가 돌아가신 설가 노마님의 눈빛을 그렇게 표현했다. 그리고 그 눈빛을 떨치지 못해 평생을 노마님 주변에서 그림자 같은 삶을 살았다.

자운엽은 자신 역시 황씨 할아버지의 전철을 그대로 밟고 있는 것이 아닌가 하는 생각이 들었다. 그리고 그런 황씨 할아버지와 연결된 자신의 운명이 묘하다는 생각도 들었다. 그와 함께 가슴속에 한동안 접고 있었던 설수연에 대한 그리움이 천천히 되살아났다.

어디에 있는 것일까?

설마 잘못 되지는 않았겠지?

내가 준 일기를 읽고 모든 상황을 냉정히 파악하고 설가를 떠나 몸을 숨긴 여자라면 그렇게 호락호락 추산미의 마수에 당하지는 않았을 것이다.

한없는 부드러움 속에 과감한 결단성과 단호함을 갖춘 외유내강형의 여인!

그런 여인이라면 어떠한 어려움이 있어도 자식을 남의 집 하인으로 던져 주어 개 맞듯이 맞고 살게는 만들지 않을 것이다.

언젠가 그녀가 날 다시 만나면 어떻게 대할까?

예전과 마찬가지인 하인 놈으로?

아니면 한 명의 남자로?

다시 만났을 때 그녀가 날 여전히 보잘것없는 하인 놈으로 대접한다면……?

악인이 될 수도 있겠지!

세상을 피로 물들일 대악인이…….

내가 보기에도 난 그럴 가능성이 충분히 있는 놈이다. 쿡쿡!

그땐 나보고 형이라 불러달라고 했던 큰공자와도 적이 되어 맞서게 될 것이다.

"후우—"

세차게 머리를 흔들며 긴 상념을 떨쳐 버린 자운엽이 이불을 목까지 끌어 올렸다.

몇 년이 한꺼번에 흐른 듯한 느낌을 주는 하루였다.

머리 속이 복잡해 오는 것을 느낀 자운엽은 누운 자세로 태음토납경의 호흡 속으로 빠져들었다.

◆ 제27장

남궁세가(南宮世家)

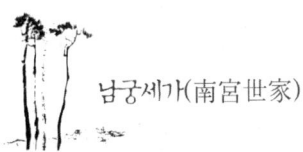

남궁세가(南宮世家)

"이, 이게 누구냐? 사천당문의 노괴물이 아직 살아 있었구나."

"예끼, 이놈! 형님을 봤으면 냉큼 절부터 할 일이지, 뭘 멀뚱하게 쳐다만 보는 것이냐?"

당가 일행과 금성표국의 마차 두 대에 타고 있던 사람들이 드디어 남궁세가에 도착했고, 세가의 대문 앞에서 당천의가 방명록에 기록을 하자 눈빛이 확 변한 사내 하나가 안채로 뛰어들어 갔다. 그리고 일행들이 세가의 안채 문턱을 넘기도 전에 남궁가의 가주와 이번 잔치의 주인공인 남궁 노인이 바람처럼 달려나왔다.

거기까지는 더없이 좋은 풍경이었는데, 팔순에 이른 양가의 노인들이 서로의 얼굴을 보자마자 마치 열 살 먹은 어린애들처럼 이놈! 저놈! 하며 고래고래 고함을 지르며 난리를 피웠다.

놀란 당가의 가주 당천의와 남궁세가의 가주 남궁회준(南宮懷準)은 서로 인사도 나누지 못하고 멍하니 자신들의 부친을 쳐다보았고, 남궁가의 며느리와 당유화 등도 얼굴을 붉히며 주위 사람들의 시선을 의식한 듯 주위를 두리번거렸다.

그러나 주위 사람들 역시 장님과 귀머거리도 아닌데 어찌 이 광경을 놓칠 리가 있겠는가?

허연 수염을 휘날리며 신발도 신지 않고 달려가는 남궁가의 최고 어른을 보고 모두 칼집에 손을 대며 뛰쳐나왔고, 비슷한 계피학발의 노인과 마주치자마자 이놈! 저놈! 하는 일촉즉발의 상황에 바짝 긴장했지만 그 상대가 당가의 전가주 당문정인 것을 알고는 소리를 죽인 채 대안대소를 터뜨렸다.

당문정과 남궁선유!

그들 두 사람은 한때 중원무림 최고의 괴걸들로, 두 사람이 같이 나타나는 곳에는 누구든지 날벼락 맞을 가망성에 전전긍긍해야 했고, 실제로 그런 일을 당한 사람들은 한동안 온 중원의 술자리에 요절복통할 웃음을 선사하는 소재가 되었다.

두 사람은 근처에서 제법 근엄하게 무게를 잡는 인사들은 누구를 막론하고 엉뚱하고 짓궂은 장난의 표적으로 삼았다. 그런 만큼 당문정과 남궁선유, 두 사람이 어슬렁거리며 활동하는 곳에서는 스스로 돌이켜보아 조금이라도 근엄한 행동을 했다고 의심이 가는 사람들은 일찌감치 꼬리를 말았다. 그러나 개중에는 설마 하며 여전히 근엄한 표정을 지으며 무게를 잡고 다니다가 두 사람의 흉계에 말려들어 날벼락을 맞는 사람들이 꼭 한두 명씩은 있었다.

그렇게 날벼락을 맞은 후에 그들은 원통함에 이를 갈았지만 그 누구도 그들의 하소연을 들어주는 사람이 없었다. 오히려 악의없는 통쾌한 두 괴걸의 장난에 승(僧), 도(道), 속(俗), 남녀노소(男女老少) 어떤 사람들도 공통의 반응을 보이며 자신이 그 자리에서 직접 그 광경을 보지 못한 것을 안타까워할 뿐, 누구 하나 당한 사람의 억울함을 동정해 주지 않았다.

칼을 들고 피바람 속을 긴장으로 살아가는 사람들은 언제나 그런 통쾌한 웃음에 목말라 있었기에, 당사자가 자신이 아닌 이상 그런 일은 많이 일어날수록 좋은 것이었다.

혈기 왕성할 시절, 그들 두 사람은 그렇게 기인행각을 벌이다 각각 자신들 가문의 가주가 되어 가문을 이끌고 가세를 넓혀 나가는 데 온 힘을 기울였다. 그리고 실로 수십 년 만에 다시 만난 것이다.

"이 노괴야! 한 삼십 년 틀어박혀 있었으면 사람 좀 될 줄 알았더니 어째 여태껏 변한 것이 하나도 없느냐? 세월이 아깝다, 아까워……."

남궁선유가 만면 가득 희열을 감추지 못하고 당문정을 향해 다시 고래고래 고함을 질렀다.

"어허! 이놈 보게. 철드는 날이 죽는 날이라더니 죽기 전에는 철들 기미가 안 보이는 놈이로세."

당문정도 지지 않고 고함을 지르며 그동안의 회포를 한껏 풀어댔다.

"아버님! 제발 그만 하시고, 어서 안으로……."

"아버님! 남들 눈도 있고, 모두들 긴 여행에 피곤하실 터인데 그만 안으로 모시지요."

급기야 양가의 가주들이 나서서 뜯어말리자 허연 수염을 휘날리며 삿대질을 하던 양가 노인들의 기행이 일단 막을 내렸다.

"여긴 내 손녀와 손녀사위가 될 아이이네. 그리고 이 젊은이는 내 사돈 총각이고 또 그들 일행들일세."

당문정이 금성표국 사람들을 사돈 측 일행들로 간단히 소개해 버리는 바람에 금성표국 사람들은 남궁가에서 당가 사람들과 거의 같은 수준의 특급손님으로 분류되어 그에 합당한 숙소가 배정되었다.
 "어마어마하군!"
 한동안 양가 식구들의 인사가 오가고, 자리를 옮겨 다시 일전을 벌이는 두 노인들의 대결을 지켜보다 여장을 푼 송여훈이 남궁세가의 건물들을 바라보며 감탄사를 내질렀다.
 금성표국의 건물도 많은 표사들의 숙소와 마사, 창고 등으로 결코 작은 규모가 아니었지만 남궁세가에 비하면 조족지혈이었다.
 우람한 규모의 전각들과 많은 일꾼들, 그리고 깎아 만든 듯 예리함이 느껴지는 가내 무사들……. 어느 하나 세가의 위명에 어긋나는 것이 없었다.
 "뭘 그렇게 넋을 잃고 감상하는 거야?"
 서교영도 여장을 다 푼 듯, 숙소에서 나오며 연방 감탄사를 내지르는 송여훈을 쿡 찌르며 말했다.
 "으리으리하잖소, 교영 누이! 난 이제껏 우리 집이 제일 큰 줄만 알았더니 여긴 아예 비교가 안 되는 곳이군요!"
 "중원세가의 수위를 다투는 남궁세가인데 오죽하겠어? 우리 어서 한 바퀴 돌며 구경해 보자."
 서교영이 안달이 난 듯 송여훈의 팔을 끌며 걸음을 옮겼다.
 "어딜 가는 거야, 둘 다?"
 송여주도 방문을 열고 나오며 두 사람을 보고 고함을 질렀다.
 "세가 안 곳곳을 구경 좀 하러……."
 "그럼 나도 같이 가."

송여주가 얼른 두 사람을 따라나섰다.

"눈치도 없으서, 언니는……. 이 사이에 끼일 틈이 어디 있다고 따라온다는 건가요?"

서교영이 송여훈의 곁에 더 바짝 붙으며 답하자 뛸 듯이 다가오던 송여주가 우뚝 걸음을 멈추었다.

"마침 언니 좋아하는 곰 사형이 저기 오네. 킥킥!"

서교영이 송여훈의 등을 떠밀며 얼른 사라졌다.

"뭐라는 거야, 저 녀석은?"

엄한필이 얼핏 곰이라는 소리를 듣고 고개를 갸웃거렸다.

"송 소저만 남겨두고 어딜 간다고 저렇게 휑하니 가버리는 거요?"

엄한필이 서교영과 송여훈이 사라진 방향을 쳐다보다 송여주를 바라보며 물었다.

"이곳 세가 안을 구경한다고 저 난리군요."

송여주가 기대 어린 눈으로 엄한필을 쳐다보았다.

"그럼 송 소저도 데리고 갈 것이지, 왜 자기들끼리만 도망치듯 가버리는 거요?"

엄한필이 이해가 안 간다는 듯 두 사람이 사라진 방향과 송여주의 얼굴을 번갈아 쳐다보았다.

'멍청이! 곰탱이!'

송여주의 표정이 독살스러워졌다.

"왜 그러시오? 내 어서 가서 동생과 사매를 다시 불러올까요?"

엄한필이 당장이라도 달려갈 듯한 모습을 했다.

"누가 이 집 구경하고 싶다고 했어요?!"

급기야 송여주가 고함을 질렀다.

"이거야 원! 동생한테 따돌림당하고 왜 나한테 화풀이오?"

엄한필이 억울한 표정으로 혀를 찼다. 그 표정에는 여전히 송여주의 마음을 조금도 읽지 못했다고 쓰여 있었다.

'쿡쿡! 저 곰은 언제쯤 사람 되려나?'

자운엽이 두 사람 뒤에서 피식 웃음을 흘렸다.

"이것 봐, 도선생!"

"저 자식이?"

자운엽이 목소리를 들은 엄한필이 고개를 돌리며 도끼눈을 했다.

"표사 노릇 그 정도 했으면 알아서 곡주를 모시는 법도 배워야 할 것 아니야? 천둥벌거숭이가 여훈 공자를 모시면 국주는 당연히 도선생이 모시는 것이 제대로 된 모양새가 아닌가?"

"모양새?"

잠시 눈을 굴리던 엄한필이 아차 하는 표정을 지었다.

"아이구! 우리 국주님! 내 죽을죄를 지었소. 때와 장소를 봐가며 알아서 챙겨야 하는데 눈치가 없어서……."

엄한필이 싹싹 빌며 아양을 떨자 표독스런 표정을 짓고 있던 송여주도 그만 실소를 터뜨렸다.

"어서 앞장이나 서요!"

송여주가 꽥하고 고함을 지르자 엄한필이 혹시라도 송여주의 맘이 바뀔까 냉큼 앞장을 섰다.

"저 곰은 싸우는 것 빼고는 일일이 가르쳐야 한단 말이야. 정말 피곤하군!"

자운엽이 고개를 가로저었다.

"나도 슬슬 한 바퀴 돌며 어떤 얼굴들이 모여 있나 살펴볼까?"

자운엽도 천천히 엄한필과 송여주가 간 방향으로 걸음을 옮겼다.
"어머나!"
특급 귀빈들이 묵는 건물을 돌아 나오자마자 들리는 날카로운 여자의 목소리에 자운엽이 고개를 돌렸다.
'저 소녀는?'
자운엽의 걸음이 우뚝 멈추어졌다.
목소리의 주인공은 낙양루에서 만났던 팽가삼화라는 세 명의 팽씨 소녀 중 한 명이었다.
비슷한 연령의 세 소녀였지만 그중 제일 막내 위치에 있는 듯한 행동을 하던 그 소녀였다.
"그때 낙양루에서……."
소녀가 벌린 입을 다물지 못했다.
"그렇군요! 하북팽가의… 팽은리 소저."
자운엽이 빠르게 소녀의 이름을 떠올렸다.
"네! 그래요."
자신의 이름을 금방 기억해 내는 자운엽을 보고 팽은리가 발갛게 옥용을 물들이며 손으로 입을 가렸다.
"다시 만나뵙게 되어 반갑습니다, 은리 소저."
자운엽이 포권을 지었다.
"네, 정말 반가워요!"
팽은리도 가볍게 목례를 했다.
"그런데 여긴 어쩐 일이세요? 무슨 표행을 한다고 들었는데……."
팽은리가 눈빛을 반짝이며 자운엽을 바라보았다.
"소저의 말대로 표행을 하는 중이오."

"여기 온다는 말은 없었잖아요? 그랬으면 같이 왔을 텐테?"

팽은리가 기억을 더듬은 듯 잠시 눈동자를 한 바퀴 돌리며 말했다.

"나야 뭐 삼급표사이니 국주님 명령에 따라야지요. 우리 국주님께서 이곳으로 방향을 잡았지요. 그래서 좀 전에 도착한 것이오."

"그렇군요! 아유~ 잘됐…… 어머머!"

팽은리가 반색을 하다가 화들짝 놀라며 얼른 손을 올려 입을 막았다.

그런 팽은리의 모습을 보며 자운엽은 기대감 가득한 표정을 지었다.

'팽가삼화가 한 자리에 모이면 꼭 큰 싸움이 일어난다고 하던데. 다시 흥미진진해지는군!'

내심 중얼거린 자운엽이 슬쩍 주위를 두리번거리며 나머지 두 팽화(烹花)를 찾았다. 그러나 주변에 그들 두 소녀는 보이지 않았다.

"하하! 나야말로 잘됐소. 그러지 않아도 이 넓은 집 안에서 외톨이가 된 기분이었는데……."

얼른 고개를 돌린 자운엽이 짐짓 명문정파의 귀공자다운 몸짓으로 인사를 차렸다.

"어쩌다 그렇게 불쌍하게……."

팽은리도 미소를 머금으며 억지로 불쌍하다는 표정을 지었다.

"그런데 소저는 혼자서 여기 어쩐 일이요? 언니들은 모두 어쩌고?"

자운엽이 다시 주변을 두리번거렸다.

"집안 어른들께서 같이 다니지 말라고 하셔서……."

팽은리가 고개를 숙이며 말끝을 흐렸다.

팽가삼화가 같이 모인 곳에는 꼭 큰 싸움이 일어난다는 요상스런 전례가 무척 신경 쓰이는 모양이었다.

"귀신도 두려울 것 없다는 무림인들이 그런 말도 안 되는 미신에 전전긍긍하다니… 깨끗이 잊어버리시오. 그러면 다시는 그런 일 없을 것이요!"

자운엽이 내심과는 달리 팽은리를 안심시켰다.

"그러니까… 그때… 자 공자님이라 하셨죠?"

팽은리가 기억을 더듬다 손뼉을 치며 소리를 질렀다.

"기억력이 좋으시군요."

자운엽이 고개를 끄덕이며 미소를 지었다.

"심심해서 바람이나 쐴까 나온 중인데 같이 구경해요! 괜찮죠?"

팽은리가 거침없이 자운엽의 팔을 끌며 깡총거렸다.

'거침없는 행동으로 봐서는 무가의 여식답군! 그런데 나머지 이화(二花)는 어디로 가야 만날 수 있을까?'

자운엽이 천천히 걸음을 옮기며 다시 이화를 찾았다. 자신은 체질적으로 그런 미신은 믿지 않지만 아니 땐 굴뚝에 연기가 나는 법은 없다. 우연을 넘어선 뭔가가 있기에 그런 소문이 온 중원에 퍼진 것이리라. 이곳 남궁가에서, 그것도 온 중원의 한다 하는 집안 사람들이 모인 곳에서 그런 일이 또 일어난다면 그야말로 자신이 제일 좋아하는 강 건너 싸움 구경을 할 수 있는 것이다. 그러나 그 강 건너에서 싸움을 벌이는 당사자가 사신이 될 수도 있다는 사실은 자운엽도 전혀 상상해 보지 않았다.

"아니, 이게 누구시오? 금성표국의 괴물 표사님 아니시오?"

자운엽이 팽은리와 함께 유유자적 남궁세가의 정원을 거닐다 귀에 익은 목소리에 얼른 고개를 돌렸다.

'위지종현!'

자운엽이 사내의 이름을 떠올리며 옅은 미소를 피어 물었다.

낙양루에서 만난 유쾌한 사내 위지종현이 정말 뜻밖이란 표정으로 자운엽을 바라보고 있었다. 여전히 여유로운 표정과 몸짓은 보는 이로 하여금 편안한 미소를 머금게 해주는, 특별한 능력을 가진 사내였다.

"다시 뵙는군요, 위지 공자."

"이거 정말 뜻밖이오! 그런데 여긴 어쩐 일이시오? 설마 은리 네가 이 표사님을 낚아온 건 아니겠지?"

위지종현이 빙글거리며 팽은리에게 짓궂은 농을 걸었다.

"어머머! 오라버니는? 내가 무슨 낚시꾼인가요? 금성표국의 표행길이 이곳으로 바뀌었고 그래서 이리로 오게 된 것이래요."

팽은리가 자운엽을 대신해서 설명을 했다.

"으윽, 아이고!"

팽은리의 설명을 듣고 고개를 끄덕이던 위지종현이 갑자기 비명을 지르며 가슴을 부여잡았다. 갑작스런 심장 발작이라도 일어난 듯, 금세 얼굴이 붉어지며 고통스런 표정을 짓는 모습은 몹쓸 독에라도 당한 모습이었다.

"왜? 왜 이러세요, 오라버니? 점심 먹은 것이 잘못되기라도 한 것인가요?"

팽은리가 파랗게 질리며 위지종현에게로 다가들었고 자운엽도 흠칫 놀라며 위지종현의 안색을 살폈다. 용을 써서 그런지 얼굴은 제법 붉게 달아올랐지만 중독되었다든지 하는 기색은 보이지 않았다.

"아이고, 가슴이야! 저번에 자 공자에게 한 방 맞아 엉킨 가슴 혈이 갑자기 뒤틀려 오는군요."

위지종현이 점점 더 못 견디겠다는 표정을 지었다.

"세상에…… 간 떨어질 뻔했잖아요! 어떻게 그렇게 천연덕스럽게 사람을 놀릴 수가 있어요, 정말?!"
 팽은리가 깜박 속은 것을 느끼고는 발을 구르며 고함을 질렀다.
 '정말 엉뚱한 친구로군!'
 자운엽은 고소를 삼켰다. 무거운 듯하면서도 경쾌하고, 그러면서도 때때로 깊이를 알 수 없게 하는 사내라는 생각이 들었다. 옆에 있는 사람을 편안하게 해주어 자신 역시 그 기운에 불식 중에 마음이 편안해지지만 뭔지 모를 두꺼운 장막 하나는 언제나 드리워져 있어 절대로 만만치 않음을 느끼게 해주는 사내였다.
 '명문세가의 전통이란 것이 결코 만만하지가 않군. 정말 좋은 경험이 되겠어. 후후!'
 자운엽은 편안한 마음 속에서 한 가닥 호승심이 솟아오르는 것을 느끼며 입술을 비틀었다.
 "그때 당문 사람들과 함께 누군가를 찾는다더니, 그 사람은 찾은 것이오?"
 한참 동안 장난기를 발동시키며 주위 사람을 정신없게 하던 위지종현이 예전의 기억을 떠올리며 자운엽에게 질문을 던졌다. 유쾌하고 짓궂은 장난기 속에서도 사소한 것 하나 놓치지 않는 날카로움을 보여주는 성격이었다.
 "우여곡절 끝에 그 사람을 찾았습니다. 그리고 당가의 최고 어른들과 상봉했고 당가의 사위로 내정되었지요."
 자운엽이 종리재정의 존재를 간단히 설명했다.
 "아니? 그럼, 그때 만난 당유화 소저와 그 사람이 맺어진단 말인가요?"

순간적으로 위지종현의 눈빛이 빛났다.
"그렇게 되어가는 중이오."
자운엽이 위지종현의 표정을 유심히 살피며 짤막하게 답했다.
"멍멍멍!"
잠시 눈빛을 빛내던 위지종현이 갑자기 개 짖는 소리를 구슬프게 질러댔다.
"뭐, 뭐 하는 짓인가요, 오라버니?"
팽은리가 눈을 등잔만하게 뜨며 위지종현을 쳐다보았다.
"닭 쫓던 개 지붕 쳐다보며 짖는 소리지 무슨 소리겠느냐?"
위지종현이 온몸의 기운이 다 빠진 듯한 목소리로 주절거렸다.
"당 소저에게 관심을 가지고 계셨소? 그럼 진작에 무슨 수를 냈어야지, 그렇게 무덤덤하게 갈 길로 가게 내버려 두니 남에게 빼앗긴 것이 아니오?"
자운엽이 위지종현의 말에 슬쩍 맞장구를 쳤다.
"남의 집 데릴사위가 될 입장은 못 되는 터라 이리저리 궁리만 거듭하던 중이었는데 그리 되어버렸군. 쩝! 인연은 정해져 있다더니 그 말이 맞는 모양이오."
여전히 입맛을 다시며 위지종현이 기운 빠진 모습을 했다.
"당 소저가 몽매에도 그리던 손재주를 가진 청년을 붙잡았으니 당문은 멀지 않은 장래에 중원제일가로 발돋움할 것이 틀림없는 일이고, 그럼 우리 위지가는 또 얼마나 땅을 치며 고군분투를 해야 할지 안 봐도 눈에 선하구만. 이제 한 몇 년간은 바깥출입을 다 했구나. 아이고, 내 팔자야……."
위지종현이 한숨을 내쉬었다.

"그때 당 소저를 붙잡아 딴생각을 못하도록 막아야 했는데, 이놈의 우유부단한 성격이 그만 당문을 중원제일가로 올려놓을지도 모를 불상사를 만들고 말았군. 쯧쯧!"

위지종현이 장탄식을 하며 앞으로 자신에게 부가될 가문의 임무를 생각하면 치가 떨린다는 듯 죽을상을 했다.

'정말 종잡을 수 없는 친구로군!'

자운엽이 잠깐 이마에 주름살을 만들며 위지종현의 말과 행동을 되씹어보았다.

종리재정이 당유화의 짝이 되었다는 말을 듣고 번쩍 안광을 빛낼 때는 순간적으로 위지종현의 흉중을 짐작할 수 있었다. 비록 겉모습은 여유롭고 천하태평스러웠지만 속에는 깊은 심계와 야망을 가진 인간이란 자연스런 판단이 들었다. 그런데 자신의 그런 판단을 비웃기라도 하듯 위지종현이 뒤이어 탄식조로 중얼거리는 말들은 자신이 짐작한 바로 그 내용이었다.

당유화가 종리재정을 당가 사람으로 만들었으니 당가는 위지종현의 짐작대로 한 단계 더 위상을 끌어올릴 것이고, 그럼 비슷한 위치의 다른 세가들은 반대로 한 단계 위상이 떨어지게 된다. 그 점을 정확히 꿰뚫고 있으면서도 대수롭지 않게 주절거리며 오히려 자신에게 떨어질 무거운 짐만을 걱정하는 모습은 어떤 것이 진심인지를 짐작하기 힘들게 만들었다.

"은리야, 아무래도 이번 나들이가 내 마지막 유람이 될 것 같다. 할아버님, 아버님께서 당가의 소식을 듣게 되면 돌아가자마자 온갖 비급들을 꺼내놓고 한시라도 빨리 대성하라고 소리소리 지르실 텐데, 그럼 한 오 년은 연공실에 갇혀 바깥출입은 다 했다고 보아도 무방하겠구나.

그럼 내 우리 은리 보고 싶어서 어떡하느냐?"
위지종현이 금세라도 눈물을 떨어뜨릴 듯 탄식을 하자 팽은리도 비슷한 표정이 되어갔다. 서로를 대하는 모습들로 봐서는 아주 어릴 때부터 친남매처럼 살아온 것이란 짐작이 가는데, 그런 위지종현의 갑작스런 이별 선언 같은 말에 팽은리가 울상을 지었다.
"은리야! 우리 어디 도망이라도 가버릴까?"
잔뜩 슬픈 표정을 짓고 팽은리를 쳐다보던 위지종현이 빙긋 웃으며 얼굴을 디밀자 팽은리가 깜짝 놀라며 미혹(迷惑) 속에서 깨어났다.
"무슨 소리예요, 정말? 아휴! 내가 못살아. 단 하루라도 장난치지 않는 날이 없다니깐."
팽은리가 얼굴이 발갛게 되어 도망을 갔다.
"하하하!"
도망을 가는 팽은리의 뒤에서 위지종현의 호쾌한 웃음소리가 길게 울려 퍼졌다.
"상당히 짓궂은 성격이시오."
자운엽이 위지종현을 쳐다보았다.
"저곳을 좀 보시오. 내가 왜 안 그러겠는지."
위지종현이 손가락으로 한곳을 가리켰고 그곳에는 두 명의 월궁항아(月宮姮娥) 같은 소녀가 빠르게 걸음을 옮기며 다가오고 있었다. 팽가삼화 중 나머지 두 명이었다.
"이곳에 셋이 함께 모인다면 싸울 사람은 나하고 자 공자뿐이지 않소. 그건 나보고 여기서 맞아 죽으란 얘기가 아니오?"
위지종현이 잔뜩 겁먹은 표정으로 느물거렸다.
"위지 공자도 그것을 믿으시오?"

자운엽도 믿지는 않지만 안광을 빛내며 물었다.
"실제로 그런 일이 일어나는 걸 어쩌겠소. 저번 낙양루에서도 설마 하고 있다가 자 공자에게 정통으로 한 방 맞고 피를 한 사발이나 토하지 않았소. 그때 입은 내상이 아직도 쑤셔서 잠을 못 이루고 있는 중이오."
"어디까지가 진실이고 어디까지가 농담인지 이젠 구별이 힘드오."
자운엽이 고개를 흔들고는 다가온 이화에게로 시선을 돌렸다.
"아니?"
"그때 낙양루에서……?"
두 소녀도 자운엽을 알아보았고 자운엽이 가볍게 인사를 했다.
"여긴 어쩐 일이신가요?"
"정말 뜻밖이군요."
같이 목례를 하며 두 소녀는 팽은리와 비슷한 반응을 보였다.
자신들이 철썩같이 믿고 있는 위지종현을 한 손으로 벽에 처박아 버린 자운엽에 대한 그녀들의 인상은 깊다 못해 경악스러울 정도였으니 짧은 만남이었지만 뚜렷이 기억하고 있는 것이다.
"너희들 눈에는 이제 나는 보이지도 않는 모양이구나?"
위지종현이 볼멘소리를 질렀다.
"위지 오라버니야 하루에 몇 번씩 보는데 뭐 특별할 게 있겠어요?"
제일 언니 격인 팽은설이 간단하게 답하며 생글거렸다.
오뉴월 하루 볕이 무섭다고 팽은설이란 소녀는 막내 팽은리와 같이 위지종현의 장난에 대책없이 당하지만은 않을 것 같았다.
"그래서 이젠 아예 아는 척도 않겠다 그 말이지? 후후! 그럼 내게도 생각이 있지."

위지종현이 의미심장한 미소를 짓고는 자운엽을 바라보았다. 그 표정에는 어찌해 볼 수 없는 악동의 모습이 고스란히 나타났다.

"자 공자! 내 아주 재미있는 얘기를 하나 해주겠는데 들어보시려오?"

"위지 공자께서 재미있다고 하는 얘기라면 졸라서라도 듣고 싶군요."

자운엽은 팽가삼화가 한 곳에 모이지 않고 흩어진 것이 내심 무척 아쉬웠지만 겉으로는 흥미진진하겠다는 표정을 지으며 위지종현의 말을 기다렸다.

"그러니까 한 십 년 전에 말이오. 내가 저들 삼화와 함께 뒷동산에 올랐던 적이 있었소. 근데 제일 큰 꽃이 배가 아프다고……."

"꺄아악!"

"이크!"

위지종현이 몇 마디 풀어놓기도 전에 팽은설이 비명을 지르며 위지종현에게로 달려들었고 위지종현이 팽은설의 손톱을 피하면서 다급성을 내지르며 도망을 쳤다. 아마도 어린 시절 약점 하나를 들추어내려고 한 모양이었다.

"휴우— 단 하루도 저렇게 사람을 골탕 먹이지 않는 날이 없다니까, 정말!"

잠시 후 팽은설이 위지종현을 쫓아버리고 씩씩거리며 돌아왔다.

"그런데 여긴 어쩐 일이신가요?"

팽은설 역시 똑같은 질문을 하였고 자운엽은 다시 한 번 같은 대답을 되풀이해야 했다.

"그런데 저……."

같이 이야기를 듣고 있던 팽은지(烹銀池)가 뭔가 궁금한 것이 있는 듯한 표정으로 자운엽을 쳐다보았다.
"정말 표사가 맞나요? 아무리 보아도 표사 일이나 할 사람이 아닌 것 같은데……."
팽은지가 자운엽의 반응을 살피며 눈을 반짝거렸다.
어린 시절, 아니, 태어나서부터 거의 형제처럼 같이 자라다시피 한 위지종현이 누구에게 지는 것을 본 적이 없는 그녀였다. 천성이 짓궂고 노는 걸 좋아해서 무공 수련에 악착 같은 열의를 보이지 않았지만 뛰어난 오성과 재질을 갖춘 터라, 위지세가의 역사상 가장 빠른 성취를 보이는 사람이라 듣고 있었다. 그런 사람이 한 방에 나가떨어지는 것을 뻔히 두 눈으로 보았지만 도저히 믿을 수 없는 사실이었다. 그때 벽 구석에 처박히던 위지종현에 대한 안타까운 마음이 깊어갈수록 자운엽에 대한 궁금증도 커져 갔다.
"저번에 낙양루에서 위지 공자와 내가 일장을 교환하고 위지 공자가 내상을 입은 것 때문에 그러시는 모양인데, 그땐 내가 아니라 소저께서 내 위치에 있었더라도 위지 공자는 그렇게 상처를 입었을 것이오."
팽은지의 내심을 읽은 자운엽이 천천히 설명을 해 나갔다.
"그건 무슨 말씀이신가요?"
팽은시가 별빛 같은 눈으로 자운엽을 바라보았다.
"오랜 세월 같이 자란 사이인 것 같으니 위지 공자의 성격을 잘 알 것 아니오? 내가 보기에 위지 공자는 쉽게 누구와 싸우거나 함부로 주먹을 휘둘러 누군가를 상하게 하는 사람이 아닌 것 같은데, 그렇지 않소?"
자운엽의 질문에 팽은지가 서둘러 고개를 끄덕거렸다.

"그건 그래요. 오히려 한 대 맞고 참았으면 참았지, 함부로 주먹을 휘두르지 않아요. 그리고 어릴 적에는 날개를 다친 새를 한 달이나 넘게 보살펴 날려 보내 준 적도 있어요."

"그렇다면 쉽게 설명이 되겠군요. 낙양루에서 만났을 때 우리는 어떤 무리들로부터 괴롭힘을 당해 신경이 극도로 날카로워져 있던 상태라 조금이라도 이상한 낌새가 느껴지는 사람들은 모두 적으로 생각했지요. 그랬기에 소란이 일어났을 때는 당문 사람들이나 위지 공자나 모두 한패로 우리를 죽이려는 사람인 줄 알았소. 그래서 자연히 최대한의 내력을 쏟아 부은 것이오. 반면, 위지 공자는 갑작스레 싸우는 두 사람을 말리려 최소한의 힘만을 써서 일장을 날린 것이오. 그러니 자연히 손해를 보는 쪽은 위지 공자가 아니었겠소? 만약 같은 힘으로 마주쳤다면 벽 구석에 처박혀 피를 토한 사람은 나였을 것이오."

자운엽이 설명을 끝나자 시시각각으로 변하던 팽은지의 표정이 먹구름이 걷히듯 환하게 밝아왔다.

"정말, 정말 그런 것이죠? 위지 오라버니는 그때 최소한의 내력을 뽑아내 그런 것이 맞죠?"

팽은지가 이제껏 가슴속을 짓누르던 큰 바위 하나를 들어낸 듯 환호했다.

'이 아가씨, 위지 공자를 꽤나 좋아하고 있군!'

자운엽이 슬쩍 미소를 지었다.

"아무렴요! 세가의 대공자가 삼급표사에 밀린다는 게 말이나 되오?"

자운엽이 다시 확인해 주자 깡충거리며 좋아하는 팽은지와는 달리 팽은설은 깊숙한 눈으로 자운엽을 쳐다보았다. 그리고 자운엽의 고개가 자신 쪽으로 돌아오자 얼른 시선을 거두었다.

"다시 만나 반가웠소. 난 이곳 구경을 좀 더 해야겠으니 소저들도 가던 길을 가보시오."

자운엽이 포권을 지으며 인사를 한 후 등을 돌렸다.

"우리도 산책 중이었어요. 그러니 같이 가요."

팽은설이 급히 자운엽을 따랐다.

"언니! 그럼 백부님 심부름은……?"

"나중에 해!"

팽은설이 짤막하게 고함을 지르자 말도 다 꺼내지 못한 팽은지가 멍한 표정을 짓다가 자신도 종종걸음으로 자운엽과 팽은설의 뒤를 따랐다.

남궁세가의 웅장함은 직접 견식하고 보니 훨씬 더 대단했다. 잘 정돈된 정원수며, 큰 연못에 노니는 여러 색깔의 비단잉어들, 그리고 기이한 모양의 암석들……. 구석구석 작심해서 다 돌아보고 느긋이 그 풍광을 모두 음미하려면 하루 종일이라도 모자랄 것 같았다.

'감숙설가가 아무리 크다지만 중원 한복판의 남궁세가에 비한다면 그 격이 다르군!'

자운엽은 남궁세가 이곳저곳을 구경하며 자신이 자란 감숙설가를 떠올려 보았다.

'기이한 기질을 지닌 사내야! 야수 같은 흉맹함이 느껴지면서도 때때로 왠지 모를 끈끈한 협의를 동시에 느끼게 해주는 사람이야. 낙양루에서 위지 오라버니와 부딪쳤을 때, 그 폭발음으로 봐서 위지 오라버니도 최소한 팔성 이상의 내력을 내뻗었어. 그건 내가 잘 알아!'

옛 생각에 잠기며 남궁세가의 전각들을 유심히 구경하는 자운엽의 옆얼굴을 유심히 바라보며 팽은설도 깊은 생각에 잠겼다.
"언니! 뭐 하는 거야?"
너무 열심히 빠져들었든지 팽은지가 동그란 눈으로 팽은설의 허리를 쿡 찔렀다.
"으응! 내가 뭘?"
팽은설이 얼른 고개를 돌리며 시치미를 뗐다.
"왜 저 사람 옆얼굴을 그렇게 빤히 쳐다봐?"
"내가 언제? 그냥 저 사람이 너무 진지하게 전각을 쳐다보기에 뭔가 싶어 나도 그랬지."
팽은설이 얼렁뚱땅 둘러대자 팽은지도 반신반의하며 자운엽에게로 고개를 돌렸다.
그때까지도 자운엽은 깊은 생각에 잠긴 채 전각 한곳에 시선을 고정시키고 있었다.
"저 사람도 옛날에는 이런 대가댁에 살았나 봐. 그래서 감회에 젖나 봐."
팽은지도 자운엽의 표정에서 뭔가 느꼈는지 자신의 생각을 말했다.
"그런데 저곳 대문 앞은 왜 저리 떠들썩한 것이지? 누구 새 손님이라도 오는 모양이야."
팽은설이 남궁가의 대문 쪽을 쳐다보며 시선을 모았다. 남궁세가의 많은 식솔들과 벌써 와 있는 여러 손님들이 대문 쪽으로 천천히 걸음을 옮기고 있었다. 아마도 다른 세가에서 손님들이 도착한 모양이었다.
자운엽도 웅성거리는 소리를 듣고 정문 쪽으로 고개를 돌려 문턱을 넘고 있는 손님들을 쳐다보았다.

"저 사람들은 호남성의 공야세가(公冶世家) 사람들인데……. 저들이 왜 여길?"

공야세가의 표식인 검은색 표범 문양을 본 팽은지가 나직이 중얼거렸다. 호남성의 공야세가는 세가라기보다는 흑도문파에 가까웠다. 동정호 일대의 수적들과도 많은 교류가 있어 검은 거래에 손을 대고 적지 않은 이권을 남겼으며, 장강 일대를 무대로 하는 염효(鹽梟)들과도 충돌하여 잦은 분란을 일으키며 검은 돈을 축재하고 있는 사람들이었다. 그렇게 세를 불리고 나서는 자신들이 흑도 무리로 낙인찍히는 것을 저어하여 그들 스스로 공야세가란 간판을 걸고 가문을 이루었지만 그 세가 안의 구성원이나 그들이 벌이는 일들을 봐서는 흑도의 한 문파에 가까웠다. 그런 그들이 남궁가의 잔치에 사람을 보낸 것은 무척이나 이례적인 일이다.

"저들이 무슨 꿍꿍이로 이곳에 나타난 것이지?"

팽은설도 눈빛을 빛내며 공야세가의 마차에서 사람들이 내리는 모습을 지켜보았다.

"왜 그러시오? 아는 사람들이오?"

자운엽이 두 소녀의 표정을 살피며 물었다. 이제껏 활짝 핀 꽃처럼 화사하던 두 소녀의 표정이 약간은 겁먹은 듯하면서도 맹수를 구경하는 듯한 호기심을 동시에 드러냈다.

'이거 슬슬 재미있는 일이 벌어지려 하는 분위기인데?'

자운엽은 여전히 경계하는 얼굴을 하고 있는 소녀들을 무시한 채 성큼 걸음을 옮겨 남궁세가의 정문 쪽으로 향했다. 두 소녀가 화들짝 놀라며 자운엽을 제지하려 했지만 자운엽은 벌써 저만치 공야세가의 일행들이 있는 곳으로 다가가고 있었다.

"공야가주께서 이 먼 곳까지 직접 와주시다니 정말 뜻밖이외다."

남궁가의 가주 남궁회준이 공야인낙(公冶引洛) 일행을 안으로 맞아들이며 인사를 차렸다.

"그동안 흠모해 마지않던 남궁 대협의 팔순 잔치인데 같은 세가의 가주로서 어찌 모른 체할 수 있겠소? 만 리 길이라 하더라도 의당 달려와야지요. 하하하!"

공야인낙이 호기로운 웃음을 터뜨리며 응수했다.

'도적놈 소굴인 주제에 같은 세가라고?'

남궁회준이 내심 콧방귀를 뀌었다. 그러나 겉으로는 자기 가문의 잔치를 축하해 주러 온 손님을 맞이하는 자세를 잃지 않았다.

"고맙소! 우리 남궁세가는 공야가의 그 뜻을 감사히 받겠소!"

남궁회준이 자신의 가문은 우리 남궁세가라 부르고 공야세가는 그냥 공야가라 불러, 두 가문이 어깨를 같이하는 것은 도저히 용납할 수 없다는 뜻을 분명히 했다.

"크, 흐음! 남궁세가에서 그렇게 생각해 주시다니 우리 공야세가도 즐거운 마음으로 잔치에 동참한 후 돌아가겠소. 크, 흐흠!"

공야인낙이 몇 번을 헛기침을 하고는 배정받은 숙소로 향했다.

"가관이군!"

자운엽이 공야세가의 가주를 따르는 무리들을 보며 나직이 중얼거렸다.

아들인 듯한 두 명의 젊은이는 스스로 자신들 가문의 위상을 뽐내기라도 하듯, 한껏 기름을 바른 머리에 화려한 옷차림을 하였지만 어쩐지 돼지 목의 진주 목걸이 같은 느낌을 주었다. 그리고 그 뒤를 따르는 열 명 정도의 식솔들은 '나 산적, 도둑놈이오!' 하고 온몸으로 외치고 있었다.

그중에서도 공야인낙 바로 뒤를 따르는 두 명의 거인은 엄한필의 덩치를 훨씬 뛰어넘는 거구로, 한 명은 양 어깨에 삼, 사십 근은 족히 나가 보이는 도끼를 쌍으로 메고 있었고, 다른 한 명은 쌍도끼보다 결코 가벼워 보이지 않는, 사슬이 달린 철추를 허리 옆으로 늘어뜨리고 있었다. 그들 뒤로 쭉 늘어서서 따라가는 나머지 무리들 역시 커다란 덩치에 폭이 넓은 도나 기형의 병기들을 들고 있어, 칼이나 도를 가장 많이 사용하는 강호인들과는 뭔가 다른 분위기를 풍겼다.

'저 두 놈과 곰이 한판 붙으면 볼 만하겠는걸!'

자운엽이 엄한필과 저만치 멀어져 가는 공야가의 식솔들이 싸우는 모습을 상상하며 고소를 떠올렸다.

"뭐가 그리 우스운가요?"

옆에 서 있던 팽은설이 자운엽의 표정을 보고 질문을 던졌다.

"아, 아무것도 아니오. 그런데 세가의 잔치에 웬 산적들이 득실거리는 것이오?"

"산적?"

자운엽의 말을 들은 팽은설의 입 끝이 말려 올라갔다.

"까르르!"

"깔깔깔!"

팽은설과 팽은지가 배를 잡고 주저앉았다.

주위 사람들이 두 소녀의 포복절도하는 모습을 힐끔거리며 쳐다보았지만 한번 터진 소녀들의 웃음은 쉽게 그칠 줄을 몰랐다.

"그런데 그 산적들이 일반 산적 수준을 훨씬 뛰어넘는 힘을 소유하고 있는 외공의 고수라면 그렇게 웃을 일이 아닐 텐데."

언제 나타났는지 위지종현이 약간은 핀잔기 섞인 목소리로 체통을 잃고 웃는 두 소녀를 보고 말했다.

"푸후후! 그래도 너무 우스운 걸 어떡해요."

팽은설과 팽은지가 겨우 웃음을 멈추며 눈가에 맺힌 눈물을 찍어냈다.

"아까 그 산적들이 꽤 무서운 인물들인 모양이오?"

자운엽이 불쑥 위지종현에게 질문을 던지자 위지종현이 흠칫 놀란 표정을 하며 누가 들을세라 고개를 좌우로 돌렸다. 언제나 태평스럽고 장난기 많은 위지종현도 이런 표정을 지을 수 있구나 하는 생각에 자운엽은 강한 호기심이 솟아올랐다.

'역시 사람은 큰물에서 놀아야 한다니까. 그래야 저런 괴물들도 만날 수 있고, 잘하면 저들의 힘이 얼마만한지 볼 기회도 있을 것이고……'

자운엽의 눈빛이 반짝거렸다. 외공의 고수라는 위지종현의 말에 두 거한에 대한 강한 호기심이 이는 것이다.

"자 공자는 공야세가에 대해서 관심이 많은 모양이구려?"

자운엽의 표정과 눈빛을 대한 위지종현이 이채 띤 눈으로 자운엽을 쳐다보았다. 현란한 차림의 공야가 사람들을 처음 보았을 때는 산적 나부랭이 정도로 심드렁하게 쳐다보더니 자신이 그들의 무서움을 일깨워 주자 번쩍 눈빛을 빛내며 흥미를 가지는 표정을 지었다.

보통의 인간들은 강한 자에겐 겁을 먹기 마련이다. 그러나 아주 특이하게도 강한 상대를 만날수록 신이 나 하는 사람들이 있다. 그런 사람들은 대개 웬만해선 적수를 찾지 못하고 외로움에 지쳐 있는 백발이 성성한 노인들일 가능성이 높았다. 수십 년의 세월을 고진감래하며 처절한 수련을 쌓아 그에 합당할 정도로 처절한 강함을 얻었지만 그 수련의 처절함도, 강함의 자만감도 제대로 알아주는 사람이 없어 외로움을 느끼던 사람은 강한 자가 나타나면 희열에 찬 표정으로 그들을 쳐다본다. 방금 전 자운엽의 표정이 그와 비슷했다. 그런데 그런 표정을 지은 얼굴이 백발은커녕 솜털도 다 가시지 않은 애송이의 얼굴이란 것에 위지종현은 혼란을 느끼고 있었다. 아무리 보아도 정체를 파악할 수 없는 청년이었다.

"글쎄요, 산적이나 수적 나부랭이의 모습이었는데 위지 공자께서 그렇게 두려워하는 모습을 보니 솔직히 구미가 당기는군요. 그렇게 대단한 사람들입니까?"

위지종현의 짐작대로 자운엽은 단번에 관심을 보이며 흥미로운 표정으로 위지종현의 다음 설명을 기다렸다.

'다음에는 어떤 표정을 지을까?'

위지종현 역시 자운엽의 다음 표정을 기다리며 자신이 아는 바를 최대한 자세히, 그리고 큰 무리가 없는 범위 내에서 약간의 과장을 섞어 설명해 주기로 작정했다.

"우선, 양 어깨에 큰 도끼를 멘 거한에 대해서 설명해 주겠소."

위지종현은 잠시 숨을 고른 후 눈빛을 반짝이며 애타게 자신의 말을 기다리는 자운엽에게 설명하기 시작했다.

"양 어깨에 쌍도끼를 멘 거구의 사내는 파산쌍부(破山雙斧) 척발시(拓魃柴)란 자요. 덩치에서도 알 수 있듯이 상상도 못할 괴력의 소유자이지요. 거기에다 외문기공을 익혀 웬만한 도검으로는 몸에 흠집 하나 낼 수 없는 자이오. 콧김을 내뿜으며 제대로 한번 도끼를 휘두르면 저 앞에 있는 바위 정도는 어렵지 않게 두 쪽으로 갈라 버릴 것이오!"

위지종현이 설명과 함께 남궁가의 한쪽 옆 마당에 있는 제법 큰 바위를 가리켰다.
 "대단한 신력의 소유자인 모양이군요!"
 자운엽이 호기심 가득한 눈으로 바위를 쳐다보았다.
 내공으로 대결을 한 적은 몇 번 있었기에 자신이 익힌 태음토납경의 여덟 개 호흡은 그 어느 것에도 절대로 뒤처지지 않는다는 것을 느끼고 있었다. 하지만 타고난 신력에 의존한 외공을 익힌 자들에게는 자신의 내력이 어느 정도 통할지는 의문이었다. 자운엽의 눈빛은 어떻게 해서든지 아까 본 거한들과 한 번 마주쳐 보고 싶어하는 간절한 열망을 뿜어내고 있었다.
 "싸우는 것이 그렇게 좋은가요?"
 팽은설이 눈을 반짝이며 입맛을 다시고 있는 자운엽을 보고 물었다. 그녀의 눈에도 지금 현재 자운엽의 표정은 싸우고 싶어 안달이 난 싸움꾼의 모습으로 비쳐졌다.
 "뭐, 딱히 그런 것은 아니고… 싸우는 것보다야 싸움 구경하는 것이 백배는 더 재미있지요!"
 자운엽이 빙긋 웃으며 팽은설의 질문을 비켜 나갔다.
 '정말 알 수가 없는 사람이야. 어찌 보면 다시없는 요마 같기도 하고, 또 어찌 보면 협의심 강한 청년고수 같기도 하고…….'
 팽은설이 자기도 모르게 고개를 흔들었다.
 "그렇다면 또 철추를 허리춤에 찬 거한은 어떤 사람이오?"
 자운엽이 재촉했다.
 "그는 철추염왕(鐵鎚閻王) 목염태(木廉泰)란 사람이오. 그 역시 외공의 고수로 파산쌍부 척발시 못지않게 무서운 인간이지요. 아니, 어찌면 반쯤 더 무섭다고 볼 수가 있지요."

위지종현의 목소리가 약간 낮아졌다. 반면 자운엽의 눈빛은 한층 더 강렬해졌다.

"그가 허리에 차고 있는 철추는 파산쌍부 척발시의 쌍도끼에 비해 조금도 밀리지 않을 만큼 크고 무겁지만 쇠사슬을 타고 날아드는 그 능란한 수발(受發)은 결코 얕볼 것이 아니지요. 그 무식한 철추에 갈비뼈가 작살이 나고 병신이 되거나 목숨을 잃은 고수가 지금까지 수십 명이 넘을 것이오. 그래서 그의 별호가 철추염왕이기도 하다오."

"한마디로 말해서 괴물들이군요?"

자운엽이 위지종현의 설명에 장단을 맞추었다. 거대한 석상을 연상시키는 덩치에 무지막지한 병기를 자유자재로 휘두른다면, 내공을 쓰지 않고도 심유한 내공의 소유자들과도 어깨를 나란히 할 수가 있을 것이다. 그런데 만약 그들이 조금이라도 내공을 익혔거나 아니면 제법 녹녹치 않은 내력까지 겸비했다면 상대하는 사람들 입장에서는 끔찍스런 악몽이 될 수도 있을 것이다.

"그런데 그들보다 몇 배는 더 무서운 사람이 바로 공야세가의 가주인 공야인낙이오."

상념에 잠긴 자운엽의 귓전으로 위지종현의 목소리가 흘러들었고 자운엽이 얼른 자세를 고쳐 잡았다.

"아까 남궁가주와 인사를 나누던 그 사람 말인가요?"

"그렇소. 그 사람이 공야가의 가주인 공야인낙이고, 난비쌍륜(亂飛雙輪)이라는 별호를 가진 사람이오."

"그렇다면 그 사람의 절기는 보나마나 두 개의 륜이겠군요?"

자운엽은 점점 더 호기심이 발동하는 듯 위지종현의 설명에 빠져들었다. 자신이 가지고 있는 수운검도 기병이지만 공야세가의 인물들 역시 대부분의 강호인들이 사용하는 검이나 도가 아닌 도끼와 철추, 그리고 쌍륜이었다. 그렇다면 기병으로 공격과 수비를 하는 초식 역시 검이나 도를 사용하는 초식에 비해 전혀 다른 방식일 것이다. 그런 사람들이 고수를 만나 전력을 다해 대결을 펼치는 것을 구경이나마 한 번 해보는 것도 무척이나 흥미로울 것 같았다. 그런 생각이 가슴속에 가득한 자운엽의 심장 박동이 자연 빨라지기 시작했다.
"그렇소! 은빛이 감도는 손바닥 크기만한 쌍륜이 그의 독문병기이지요."
위지종현의 설명이 다시 이어졌다.
"비록 손바닥 크기밖에 안 되는 륜이지만 일단 그의 손을 벗어나기만 하면, 마치 눈이라도 달린 듯이 영활하게 날아다니며 상대의 목을 노리지요. 그 순간에 날아드는 쌍륜의 움직임의 절묘함은 직접 겪어보지 않은 사람은 도저히 짐작할 수가 없다고 했소."
위지종현의 목소리가 무거워졌다.
"손을 떠난 쌍륜에 날개가 달린 것도 아닐 텐테 어떻게 그런 감탄스러운 움직임을 일으킬 수 있는지 궁금하기 짝이 없군요."
"그게 바로 난비쌍륜의 무서운 점이오. 쌍륜에는 눈에 보이지 않는 가는 은사가 달려 있어, 그 은사를 통해 쌍륜을 조절하지요. 그런데 그 은사의 재질이 어떤 것인지, 이제껏 어떤 칼로도 자르지 못했고 실제로 쌍륜보다 은사에 목이 잘려진 사람들이 더 많을 정도지요."
위지종현이 자신이 아는 바를 다 말하고는 자운엽의 표정을 살폈다. 뭔가 깊은 생각에 잠긴 자운엽의 표정이 예사롭지가 않았다.
'그런데 이 녀석은?'

자운엽의 표정을 살피던 위지종현이 자운엽의 얼굴에 못 박힌 듯이 시선을 고정시키고 있는 팽은설을 발견하고는 순간적으로 당혹감을 금치 못했다. 대체로 방년에 이른 여자들의 저런 표정은 한 가지 이유밖에 없었다.

연심(戀心)!

그것은 이성을 향한 연심 때문에 생기는 본능적인 이끌림의 표정이었다.

자운엽을 바라보는 팽은설의 표정은 주변의 모든 것을 망각한 채 오로지 자신이 연심을 품는 상대에게만 모든 관심을 집중시키고 있는 여인의 표정이었다.

'일이 어찌 되려고 이러나?'

위지종현이 팽은설과 자운엽을 번갈아 바라보다 고개를 흔들었다.

그런 위지종현과 팽은설의 복잡한 심사와는 아랑곳없이 위지종현으로부터 공야세가 사람들의 무공에 관한 설명을 모두 들은 자운엽은 어떻게 하면 그들의 무위를 직접 견식할 수 있을까 하는 궁리를 거듭하고 있었다.

어줍잖은 무기의 힘만 믿고 선불 맞은 황소처럼 설치는 인간들이 아닌, 제대로 된 외공을 익혀 무기를 휘두르는 사람들의 힘은 아직 한 번도 구경한 적이 없는 데다가, 특히 죽음의 고비를 넘기면서 환사삼결의 제일결인 화석심공을 익힌 후의 성취를 어떻게든 확인해 보고 싶은 자운엽에게 공야세가 사람들의 출현은 크나큰 관심을 유발시켰다.

엄한필보다도 머리 두 개는 더 크고, 두께 또한 족히 두 뼘은 더 두꺼워 보이는 덩치를 지닌 그런 거한들에게도 화석심공의 순간적인 폭발력이 통할 수 있을지 하는 궁금증이 자운엽의 뇌리를 가득 채웠다.

"아니 이게 누구신가?"

제각각 상념에 잠긴 자운엽, 위지종현 등의 등 뒤에서 약간은 과장이 가미된 목소리가 울렸다. 그 목소리는 얼핏 듣기에는 반가움의 감정이 가득 찬 듯했지만, 그 음색에 깔린 기운은 오랜 앙숙들에게서 표출되는 빈정거림이 섞여 있었다.

"오랜만이오, 서문(西門) 공자."

뒤로 돌아선 위지종현도 다가오는 사내와의 만남이 썩 내키지 않는 듯한 표정을 지으며 인사를 했다. 그와 함께 팽은설과 팽은지의 눈에서는 표독스런 기운이 흘러나왔다. 유들거리며 다가오는 서문 공자란 청년은 위지가나 팽가와 결코 좋은 사이가 아님을 한눈에 알아볼 수가 있게 하는 광경이었다.

'저 인간을 하필 이곳에서 만나다니!'

위지종현이 난처한 표정으로 주변을 살폈다.

만나기만 하면 어떻게 해서든지 시비를 걸어 싸움을 일으키려 하는 인간이 서문가의 셋째 아들 서문표(西門標)였다.

첫째나 둘째 아들보다 몇 배는 더 심계가 깊고 머리 회전이 빠른 인간으로, 서문가에서 추진하는 많은 사업들이 그의 손 아래서 이루어지고 있었다.

양보와 타협을 모르는 편협한 성격이다 보니, 다른 가문의 이익이나 체면은 생각하지 않고 자신들 가문의 이익만 추구하다가 다른 세가들과 많은 충돌이 있었다. 그러나 일찌감치 관부로 진출한 숙부 서문덕양(西門德養)의 권세를 등에 업고 다른 세가 사람들이 눈살을 찌푸리는 방법도 서슴지 않으며 많은 이권을 확보해 나가고 있었다. 하북팽가나 자신의 가문인 위지세가의 세력과도 잦은 충돌이 있었고, 그때마다 추잡스런 방법으로 발목을 물고 늘어져 웬만한 것이라면 더러워서 피하는 가문이었다.

"난 이곳 하남까지 와서 위지 형을 만나니 반갑기 짝이 없는데 어째 위지 형의 표정은 마치 떫은 감을 씹은 표정이오?"

서문표가 비릿한 웃음을 흘리며 주절거렸다.

"하하하! 그럴 리가요? 아마 서문 형이 잘못 본 것이겠지요. 잔칫집에 초대받고 온 이런 즐거운 자리에서 동향 사람을 만나면 누구라도 반가운 것이 아니겠소?"

위지종현이 서문가나 위지가나 모두 남궁가의 잔치에 참석한 것이니 쓸데없는 소란을 일으켜 두 집안이 모두 체면을 구기는 일이 없도록 하자는 뜻을 간접적으로 내비치며 서문표의 말에 답했다.

"하하! 그렇지요. 이런 즐거운 자리에서 동향 사람을 만나고도 땡감 씹은 표정을 하는 사람들이 있다면 그야말로 소인배이지요. 안 그런가요, 팽 소저들?"

서문표가 노련한 위지종현과는 달리, 속에 있는 감정을 고스란히 얼굴에 드러내고 있는 팽은설과 팽은지에게로 고개를 돌리며 화살의 방향을 바꾸었다.

아무래도 여유롭고 능란한 위지종현보다는 아직 어린 팽가의 소녀들을 공략하는 것이 훨씬 효과적이리는 판단이 섰던 것이다. 팽가의 두 소녀를 도발시키면 결국에는 위지종현이 끼어들 것이고, 그러면 유리한 고지에서 위지종현을 공격할 수가 있다. 그리고 싸움이라도 일어난다면 그것은 자신의 목적을 십분 달성하는 것이다.

관과 무림은 서로 충돌하지 않는다는 손 가리고 아웅하는 소리는 무림과 관이 충돌하면 양패구상의 피해를 입을 만한 중대한 상황에나 적용되는 소리이고, 백성 대 백성으로 사소한 시시비비는 국법이라는 지엄한 몽둥이의 지배를 받는 것이다. 그리고 그 몽둥이는 열에 아홉 번은 휘두르는 사람의 사적인 감정의 지배를 받는다.

검은 얼굴에 이마에는 초생달 모양의 점이 박혔고 시비를 가림에 있어서는 추호의 사감도 배제하고 '작두를 대령하라!' 고 고함을 치는, 이제는 사라져 버린 송(朱)이라는 왕조의 포 아무개 같은 관리라면 그럴 리 없겠지만 자신의 숙부 서문덕양은 포 아무개를 지독히 경멸하는 사람 중의 하나였다.

만약 누군가 자신의 조카와 큰 싸움을 일으킨 사실을 알게 되면 어김없이 몽둥이를 들이대고 조카가 유리한 쪽으로 휘둘렀다. 물론 세가의 힘이라는 것이 그 정도에 기둥뿌리가 흔들릴 만한 타격을 입지는 않겠지만, 세가들의 체면상 밝히기를 꺼려하는 검은 주머니 한 부분을 교묘히 찾아내고 그 몽둥이를 두드려 댔기에 더러워서 피하는 그런 인물이다.

그런 서문가의 여우 서문표가 팽은설과 팽은지를 쳐다보고 교활한 눈빛을 번뜩였다.

"동향 사람도 동향 사람 나름이지요."

팽은설이 보기보다는 당차게 대답했다. 그리고 대답을 하고 난 표정에는 마치 오물을 대하는 듯한 노골적인 경멸의 표정이 배어 있었다.

'이 계집애가? 웬만하면 기분만 좀 내고 봐줄려고 했더니 아예 매를 버는구나. 좋다. 오늘 많은 사람들 앞에서 개망신을 당해보거라.'

서문표가 독심을 품고 눈빛을 빛냈다.

"하하! 이거 참! 타향에 와서 동향 사람들에게 냉대를 받다니 기분이 영 씁쓸하구려. 난 단지 위지 형의 상세가 염려가 되기도 하고… 그래서 걱정스런 마음으로 안부나 물어보자고 말을 건넨 것인데…….."

서문표가 다시 화살을 위지종현 쪽으로 돌리며 야릇한 미소를 지었다.

"상세라니요? 그건 또 무슨 말이오?"

위지종현이 서문표의 말뜻을 알아듣지 못하고 어리둥절한 표정으로 대꾸했다. 그러자 서문표가 내심 그 대꾸를 기다렸다는 듯 득의에 찬 표정으로 얼른 입을 열었다.

그런데 그때부터 서문표는 어쩐 일인지 자신의 말에 공력을 주입했고 그의 목소리는 나직했지만 주변에 있는 사람들의 귀에 자연스럽게 흘러들었다.

"글쎄요… 내가 잘못 들은 건지는 몰라도 이곳으로 오며 어느 주루에 들르지 않았겠소. 그곳에서 술 한 잔으로 목을 축이며 여독을 풀고 있는데 옆에서 들리는 얘기가 하도 흥미로워 술 마시는 것도 잊고 귀를 기울였지요. 그 얘기인즉, 어떤 어마어마한 세가의 공자가 아직 젖비린내도 가시지 않은 애송이 코흘리개에게 개 맞듯이 맞아 그야말로 복날 가마솥에 들어가기 직전의 개 꼴이 되어 구석에 처박혔다고 하지 않겠소. 나는 그 얘기가 도저히 믿기지 않아 흘려버리려 했지요. 그리고 솔직히 그 얘기가 마음에 들지도 않았소. 아무리 망나니 개 아들놈이라지만 그래도 세가의 자존심이 있지, 어찌 솜털도 가시지 않은 하류잡배 꼬마 놈에게 그렇게 당할 수가 있겠소? 그러니 같은 세가의 자손으로 그런 얘기는 정말 듣고 싶지 않은 게 인지상정이 아니겠소?"

서문표가 자신이 더 억울하다는 듯 동의를 구하며 위지종현과 팽가 자매 두 사람을 번갈아 쳐다보았다. 팽가 자매 둘은 아직 서문표의 이야기를 알아듣지 못하고 약간은 호기심이 인 듯한 표정을 지었고 위지종현은 긴가민가하는 표정으로 서문표를 똑바로 쳐다보았다.
 '솜털도 가시지 않은 하류잡배 꼬마 놈?'
 옆에서 무슨 사건이 일어나기를 애타게 기다리며 서 있던 자운엽의 표정이 서서히 차가워지기 시작했다.
 "그래서 나는 그자들의 얘기를 무시하고 다시 술이나 마시려던 찰나, 그자들이 또 내 호기심을 자극하는 얘기를 꺼내는 것이 아니겠소? 그래서 다시 귀를 기울였더니, 그 자리에는 악운만 몰고 다니는 재수없는 계집들이 있어서 그날 세가 공자의 일진은 그렇게 될 수밖에 없었다 하더이다. 그리고 그런 재수없는 계집들은 시집을 가면 반드시 신랑을 잡아먹을 것이라는 말도 덧붙이더군요."
 그 순간 팽은설이 뭔가를 느낀 듯 급히 고개를 돌려 위지종현과 팽은지를 쳐다보았다. 팽은지는 아직 완전히 상황을 파악하지 못한 듯했지만 위지종현의 표정은 지독한 분노를 억누르고 있는 듯 이를 악물고 있었다.
 '그렇다면?'
 팽은설은 위지종현의 표정에서 자신의 생각에 확신을 내렸다.
 지금 서문표 저 더러운 인간은 얼마 전 위지종현이 옆에 있는 자 공자라는 사람과 일장을 마주쳤을 때의 일을 이렇게 지독하게 지어내서 주변의 모든 사람들에게 들려주고 있는 것이다. 처음부터 쉽게 알아듣지 못하게, 아니, 너무나 사실과 다르게 왜곡했기에 자신들의 얘기인 줄 몰랐는데, 복날 가마솥에 삶기 직전의 개 꼴이 된 세가 공자란 바로 위지종현이었고 시집가면 신랑 잡아먹을 재수없는 계집들이란 자신들 세 자매였던 것이다.
 '이, 이……!'

팽은설의 눈에는 더 이상 아무것도 보이지 않았다. 지금 이 순간 칼을 차고 있지 않은 것이 천추의 한이었다. 하지만 두 주먹과 양 발은 얼마든지 쓸 수가 있었다.

팽은설의 발끝이 막 땅을 박차려는 순간, 자운엽의 입술이 슬쩍 벌어졌다.

"후후!"

살짝 벌어진 자운엽의 붉은 입술 사이에서 나직한 웃음소리가 흘러 나왔다.

혹시 누가 들을까 조심하며 숨죽여 웃는 듯한 나직한 웃음소리였지만, 그 웃음소리는 남몰래 유희를 즐기던 악마의 음소(淫笑)처럼 근처에 있던 모든 사람들의 가슴에 왠지 모를 울렁거림 한 가닥을 선사하며 구석구석 퍼져 나갔다.

나직하지만 가슴을 철렁하게 만드는 음유로운 공력이 담긴 소성(笑聲)에 땅을 박차려던 팽은설도, '이제껏 내가 한 얘기의 당사자가 위지형과 팽가삼화라고 하던데, 그게 맞는 말이오?'라는 말을 막 뱉어내려던 서문표도 주춤 자신들의 행동을 뒤로 미뤘다.

"노형의 얘기는 정말 재미있소. 너무 재미있어 손에 땀을 쥘 지경이오. 그런 재미있는 얘기를 들었으니 이젠 답례를 해야 도리이겠지요."

자운엽이 서문표에게 일말의 틈도 주지 않고 자신의 얘기를 끄집어 냈다.

"어떤 마을에 하룻강아지가 한 마리 살고 있었소. 그야말로 집 밖을 한 번도 나가보지 못한 하룻강아지였소. 어느 날 집 밖을 나갔다가 자기보다 더 뛰어나 보이는 친구를 만났소. 아무리 보아도 자기보다는 훨씬 잘생겼고, 따르는 여자도 많고, 싸움을 해도 도저히 이길 것 같지가 않았소. 집에만 있을 때는 자기가 제일인 줄 알았는데 그 친구 앞에 서니 이거야말로 완전히 호견(虎犬) 앞에 선 한 마리 비루먹은 강아지 꼴이 아니겠소. 궁리를 거듭해 보니 자신이 그 친구보다 나은 것이라 해봐야 세 치 혀뿐이었소. 비루먹은 강아지 꼴에 그래도 혓바닥 하나만은 똥 작대기처럼 능수능란하게 움직일 수 있었던 모양이오. 그 비루먹은 강아지는 그것을 십분 이용하기로 했소. 그래서 그 호견 앞에서 온갖 없는 말을 지어내다가 뒷산의 승냥이를 하류잡배 꼬마 놈이라고 칭하는 엄청난 실수를 저질렀소. 그런데 불행하게도 뒷산의 성질 더러운 그 승냥이가 바로 지척에서 그 비루먹은 강아지의 말을 모조리 듣고 있었단 말이지요. 후후!"

자운엽이 다시 한줄기 웃음을 터뜨리고는 서문표의 눈을 정면으로 응시했다.

"그 후, 그 비루먹고 못생긴 강아지의 운명은 어떻게 되었겠소?"

자운엽 역시 처음부터 끝까지 자신의 목소리에 공력을 실었고, 느닷없이 귓속으로 파고드는 서문표의 얘기에 뭔가 하여 귀를 기울이던 남궁세가에 모인 손님들이 자운엽의 음유로운 공력이 실린 웃음소리에 깜짝 놀라 온 신경을 집중하며 자운엽의 얘기를 처음부터 끝까지 경청했다.

"자, 이젠 스스로 비루먹은 강아지가 아니란 걸 증명할 때가 된 것 같은데, 노형 생각은 어떠시오?"

자운엽이 소매를 걷고는 팔을 늘어뜨렸다. 그 모습은 누가 보아도 일장을 내뻗어 자웅을 겨루겠다는 표시였고, 아울러 지켜보던 사람들도 얘기 속의 승냥이가 지금 팔을 늘어뜨린 자운엽이고 비루먹은 강아지가 바로 서문표라는 것을 서서히 눈치 채게 되었다.

"뿌드득―"

득의양양하고 야비한 웃음을 잃지 않던 서문표가 흉신악살 같은 표정을 지으며 이빨을 갈았다.

"난 이번에도 한 손만 쓰겠소!"

자운엽이 왼손을 등 뒤로 돌리며 양다리를 약간 벌려 자세를 잡았다.

위지종현과 일장을 겨뤘을 때 한 손을 썼으니 지금도 그렇게 하겠다는 뜻이었다.

"죽여 버리겠다! 이노옴……!"

서문표가 분기탱천한 모습으로 쌍장을 들어 올렸다.

'네놈 따위에게 화석심공까지 쓸 필요는 없겠지만 적당히 끝내기에는 너무 구역질나는 놈이다!'

자운엽이 화석심공의 구결을 운용했다.

뚜둑, 뚝―

순식간에 심장이 멈추고 혈도가 봉해지며 인간 한계를 극복하고, 그 한계를 뛰어넘는 힘을 격발시킬 준비가 되었다.

"죽어라!"

이를 앙다문 서문표가 쌍장을 날렸다. 그와 동시에 자운엽의 오른손도 앞으로 쭈욱 뻗어 나갔다.

퍼엉―

두 가닥의 기운이 마주치는 곳에서 압축된 대기가 급격히 터져 나갔고, 폭음이 울렸다.

"크아악!"

이제껏 너무도 기세당당하던 서문표가 피를 토하며 용수철에 튕기

듯 뒤로 날아갔다. 사지가 제멋대로 뒤엉키며 가볍게 날아가는 모습은 자운엽의 말 그대로 비루먹은 강아지의 모습이었다.
 "턱!"
 무섭게 날아가던 서문표의 신형이 땅바닥에 뒹굴기 직전 커다란 도끼 하나가 불쑥 튀어나와 서문표의 신형을 받았다. 그 덕에 서문표는 땅바닥에 나뒹구는 충격으로 삭신 몇 군데가 부러지는 꼴은 가까스로 면했다.
 "저, 저런!"
 서로 비슷한 수준으로 보이던 청년끼리 마주친 장력에 한 사람이 이처럼 무섭게 날아가리라고는 생각도 못한 사람들이 순간적으로 아이쿠! 하는 표정을 짓다가, 다행히도 날아간 한 청년이 큰 도끼에 들려 바닥에 나뒹굴어 재차 상처를 입는 꼴은 면하자 모든 눈들이 도끼의 임자에게로 쏠렸다.
 '저 거한은?'
 날아오는 서문표를 가볍게 받아 든 도끼의 임자는 조금 전 남궁가의 정문을 통과하여 짐을 풀고 나온 공야세가의 일행인 파산쌍부 척발시였다.
 "쯧쯧!"
 자신 앞으로 날아오는 서문표를 얼결에 도끼를 내밀어 받쳐 주긴 했지만 그도 더 이상은 호의를 베풀 생각이 없는 듯 혀를 차며 도끼를 거둬들이자 서문표의 신형이 땅바닥에 툭 하고 떨어졌다.
 그것만으로도 서문표는 척발시에게 큰 은혜를 입었다고 할 수 있었지만 척발시의 입에서 나온 다음 한 마디로 인해 그 은혜는 깨끗이 상쇄되고 말았다.

"이렇게 가볍게 날아오는 것을 보니 비루먹긴 많이 비루먹은 모양이군. 쯧쯧!"

척발시가 다시 혀를 차며 도끼에 묻은 서문표의 피를 툭툭 털어냈다. 그리고는 자운엽에게로 눈길을 돌렸다.

"어이, 젊은 친구! 아까 자네가 우리보고 산적이라 했다면서?"

굵직한 척발시의 목소리에 장내는 다시 긴장감이 맴돌았다.

"그참! 나이는 어려도 눈썰미가 있는 친구로군! 십 년 전의 우리 직업까지 알아맞추는 걸 보니……. 어디 가서 술 한잔하겠나?"

척발시가 신기한 표정으로 자운엽을 바라보았고 술이란 말을 들은 자운엽이 잠시 의미심장한 표정을 짓다가 고개를 끄덕거렸다.

"가세나!"

철추염왕 목염태도 가세하며 자운엽을 앞세우자 자운엽의 신형은 태산에 가린 듯 흔적없이 사라져 버렸다.

바윗덩이 같은 두 거인과 함께 자운엽이 사라지고 나자, 모든 사람들의 시선이 서문표에게로 돌아왔다. 비록 척발시가 도끼를 들어 땅바닥에 처박히는 충격을 면해주기는 했지만 선혈을 뿌리고 날아온 거리가 만만치 않은 터라 내상 또한 결코 가벼워 보이지 않았다. 모르긴 해도 한동안은 내상을 치료하느라 운신이 불가능할 것 같았다.

"소름 끼치는 순간이었어."

한참이나 얼이 빠져 있던 팽은지가 나직이 외치며 몸을 부르르 떨었다.

뱀같이 교활한 서문표의 말이 무슨 뜻인지 처음에는 미처 제대로 알아듣지 못했지만 그것은 위지종현과 자신들 세 자매에게 평생을 두고도 씻을 수 없을 만큼 지독한 독설이었다. 그 지독한 독설의 칼날이 자신들의 심장을 꿰뚫기 직전, 자운엽의 개입으로 상황은 완전히 역전되어 버렸다. 자신들 세 자매가 신랑 잡아먹을 재수없는 여인이란 낙인이 찍히고 위지종현이 솜털도 가시지 않은 하류잡배에게 당한 세가의 망나니로 낙인찍히는 대신, 서문표 자신이 오히려 비루먹은 강아지로 전락하여 내팽개쳐졌다. 자운엽의 웃음소리가 한순간이라도 늦게 터져 나왔어도 자신들은 고스란히 수모를 당했을 것이다.

"휴—"

팽은지가 다시 한 번 몸서리를 쳤다.

"정말 냉철하고 무서운 두뇌 회전을 하는 사람이야."

이번에는 팽은설이 나지막하게 중얼거렸다.

자신들은 북받쳐 오르는 분노에 새하얗게 이성이 마비되어 물불을 가리지 않고 날뛰려 했었다. 위지종현마저도 그 순간에는 비슷한 모습이었다. 그런데 자운엽은 극히 짧은 순간에 간단한 말 몇 마디로 완벽히 상황을 역전시켜 버렸다.

"그래! 정말 무서운 청년이더구나."

아직도 멍하니 서 있는 위지종현과 팽은설 자매 뒤에서 굵직한 목소리가 흘러나왔다.

"큰오라버니!"

"은호(銀浩) 형님!"

팽은설과 위지종현이 얼른 고개를 돌리며 약간은 굳은 표정으로 팽은리와 함께 자신들 곁으로 다가오는 이십 대 후반쯤 되어 보이는 청년을 보고 반색을 했다. 이번 남궁가 행차에 같이 온 팽은설의 큰오빠인 팽은호도 서문표의 내력이 담긴 목소리를 듣고 팽은설과 비슷하게 격분된 상태가 되어 뛰쳐나왔다가 자운엽의 일장에 서문표가 비루먹은 강아지가 되어 가랑잎처럼 날아가는 모습을 고스란히 목격한 것이다.

"그나저나 이제부터가 큰일이다. 이번 일을 당하고 서문세가에서 절대로 가만있지 않으려 할 터인데……. 저 청년에게 어떤 위험이 닥칠지가 걱정되는구나."

팽은호가 침중한 눈빛으로 자운엽이 사라진 방향으로 눈길을 돌렸다.

"그땐 저도 가만있지 않겠어요."

팽은설이 표독스런 표정으로 입술을 깨물었다.

◆ 제28장

거인들과의 대결

거인들과의 대결

 "난 척발시라고 하네. 그리고 이 친구는 철추염왕 목염태라고 하지."
 남궁세가의 후원 한쪽 정자 아래서 술잔을 마주한 척발시와 목염태가 자운엽에게 자신들을 소개했다. 자운엽도 간단히 자신을 소개하고는 술잔을 비웠다.
 "우린 좀처럼 남들과는 같이 술을 잘 안 마시는 사람들이지. 하지만 자네는 뭐 하는 친구인지는 몰라도 싸우는 모습이 마음에 들더군. 자고로 남자는 주먹이 앞서야지 주둥아리가 앞서서는 안 되지. 주먹으로 간단히 해결할 수 있는 일을 굳이 말로 해결하려고 아등바등 노력하는 사람들을 보면 무조건 갈겨놓고 싶어지거든……."
 파산쌍부 척발시가 술병을 들어 올리다가 빈 병인 것을 확인하고 눈살을 찡그리자 부하인 듯한 사내가 얼른 두 병의 술을 더 갖다 놓았다.

"처음엔 말이야, 자네가 비루먹은 강아지 운운하면서 말싸움을 할 때는 둘 다 똑같은 놈들인 줄 알고 양손으로 머리를 잡고 박치기라도 시키려 했다네."

이번에는 철추염왕 목염태가 빙긋 웃으며 떠벌렸다.

"그런데 소매를 걷어붙이고 마음에 안 들면 덤벼보라고 하는 자네를 보니 이 친구 정말 물건이다 싶더군. 그래서 박치기시키는 일을 잠시 미루어두었던 것이지. 그랬더니 그 값을 충분히 하더군. 술 한잔 대접할 만큼 충분히……."

말을 끝낸 목염태가 잔에 술을 따르기 귀찮다는 듯 병나발을 불며 자운엽에게도 한 병을 들이밀었다.

'골치 아픈 인간들이군!'

자운엽이 술병을 받으며 고소를 삼켰다.

처음 봤을 때부터 어마어마한 덩치에서 뿜어져 나올 신력이 궁금하여 호기심이 일었던 사람들이기에 거절 않고 술자리를 같이했지만 사고뭉치의 소질을 빈틈없이 갖춘 인간들이란 생각이 절로 들었다.

'하긴, 뭐 사고는 내가 먼저 일으켰지.'

자운엽도 약간은 목이 마른 터라 술병을 입에 대고 한 모금 들이켰다.

"어허! 사내대장부가 일단 입에 댄 잔은 마무리를 해야지, 그게 뭔가?"

척발시가 단숨에 한 병을 다 비우지 못한 자운엽을 질책했다.

병과 잔에 대한 개념이 전혀 없는 거한들을 보고 자운엽이 잠시 망설이자 이번에는 목염태의 눈살이 찌푸려졌다.

'그래, 어디 한번 해보자!'

자운엽은 한 모금 마시고 반쯤 내렸던 술병을 다시 입에 대고 병나발을 불었다.
"커억!"
시큼한 독주의 냄새가 목구멍을 타고 넘어왔다. 그와 함께 화끈한 열기가 얼굴로 치솟아왔다. 그러나 예상했던 대로 순식간에 그 기운이 사라지고 청량한 기분이 들었다. 마치 한 방울의 술도 들어가기 직전의 상태와 똑같았다. 주머니를 씌워 목에 걸고 있는 피독주가 제 역할을 충실히 하고 있었다.
'자고로 술에는 장사가 없다고 했겠다……?'
언젠가 이들의 타고난 신력을 화석심공으로 한번 마주쳐 보고 싶었는데, 이 기회에 한껏 장단을 맞춰주고 더 나아가 술로 한번 거꾸러뜨린다면 일이 훨씬 쉬워질 수도 있을 것이다.
자운엽의 입가에 특유의 미소가 번져 나갔다.
"커억! 이렇게 마시니 정말 술맛이 한층 더 나는군요. 두 분 대협의 주도를 이제야 이해하겠습니다."
자운엽이 감탄했다는 표정으로 두 사람을 번갈아 쳐다보았다.
"카— 하하하하! 이 친구! 정말 마음에 드는데? 안 그런가, 쌍도끼?"
"우— 하하하하! 정말 그렇구먼. 웬만한 놈들이면 우리 술 마시는 모습만 보고도 슬슬 주위를 둘러보며 도망갈 구멍만 찾는데… 최초로 우리 주도를 이해해 주는 친구를 만났구만. 으하하하……. 오늘은 밤을 새워서라도 한번 퍼마셔 보세."
척발시가 목염태의 고함에 답하며 솥뚜껑만한 손바닥으로 자운엽의 등을 두들겼다.
"윽!"

피독주만 믿고 방심하고 있던 자운엽이 자신도 모르게 비명을 내질렀다.

웬만한 독은 순식간에 해독시켜 주는 피독주라도 솥뚜껑만한 손에 의한 타격에는 아무런 소용이 없었던 것이다.

"응? 왜 그러나?"

척발시가 인상을 쓰는 자운엽을 보고 걱정스런 눈빛을 지었다.

"미련한 놈! 네놈 손을 보고 그런 소리를 해라. 그런 무식한 솥뚜껑으로 애를 치면 애가 어찌 되겠나?"

"으응— 그렇군! 난 세상 사람들이 모두 저울추 저놈 같은 줄 알았지. 그래서 늘 저놈에게 하던 버릇대로……. 어쨌든 미안하네. 그런 의미에서 한잔 더 하지."

척발시가 병을 들다 와락 인상을 구겼다.

다시 빈 병이 손에 잡힌 것이다.

"야, 흑곰! 너 이리 와봐."

지붕이 흔들릴 듯한 고함 소리에 흑곰이라 불린 사내가 찔끔하며 다가왔다.

"한 번만 더 내 손에 빈 병이 잡히는 날에는 네놈 피를 받아 마실 테니 알아서 해라!"

"아, 알겠습니다."

흑곰이 가장 가까운 주방으로 허우적거리며 뛰어갔다.

"그래, 자넨 출신이 어딘가?"

흑곰으로부터 술병을 건네받은 목염태가 금세 한 병을 비우고는 자운엽에게 질문했다.

"그런 거 없습니다!"

자운엽도 뒤질세라 얼른 한 병을 비우고는 약간 취기가 오른 듯한 목소리로 답했다.

"그런가? 아까 일장을 나눌 때 모습으로 봐서는 소림사 방장의 제자라 해도 의심할 사람들이 없을 것 같던데……. 혹시 정말 그런 건 아닌가?"

척발시가 눈을 가늘게 떴다.

"소림사라면… 백도무림의 태산북두라는 그 절 말인가요?"

"그래! 그렇다네."

"아닙니다. 전 백도 쪽이라면 체질적으로 닭살이 돋아서 싫습니다."

자운엽이 슬쩍 미끼를 던지며 두 덩치의 반응을 기다렸다.

"으— 하하하! 닭살!"

"푸— 하하하하!"

자운엽의 말을 들은 척발시와 목염태가 동시에 배를 잡았다. 곰보다도 더 컸으면 컸지 결코 작은 덩치가 아닌 두 거한이 동시에 내뱉는 웃음소리는 서로 공명을 일으켜 주변에 있는 사람들의 귀를 다 멍멍하게 만들었다. 뿐만 아니라 저만치에서 술상을 들고 오던 여인 하나가 기겁을 하며 술상을 떨어뜨렸다.

"하하하하! 우리 두 사람이 백도를 칭하는 말이 바로 닭살과 닭대가리일세. 그런데 우리 말고 그 비유를 쓰는 사람이 또 있을지는 몰랐는걸. 크하하하!"

그러고도 한참을 더 낄낄거리던 두 거한이 이제는 정말 마음에 들어 못살겠다는 듯 자운엽을 바라보았다.

"자네, 그렇다면 백도 떨거지는 아니다 그 말이지?"

목염태의 목소리가 훨씬 친근하게 울려 나왔다.

"그렇습니다. 그냥 오다 가다 싸우는 법을 조금 배웠고, 지금은 호구지책으로 표사 일을 하고 있습니다."

"표사?"

척발시가 의외라는 듯 눈을 치떴다.

"그거 백날 해봐야 목구멍에 풀칠하기도 빠듯할 텐테……. 어떤가? 이 기회에 우리랑 같이 가서 공야가의 일원이 돼보는 게?"

척발시의 눈빛이 은근해졌다.

"글쎄요, 그건 제가 지켜야 할 약속도 있고 해서 당장 결정할 일이 아닌 듯하군요. 찬찬히 생각해 볼 테니 오늘은 술이나 마시지요. 그새 술이 다 떨어져 가는군요."

자운엽이 몇 병 남지 않은 술병을 한쪽으로 모으며 흑곰이라 불리는 사내를 쳐다보았다. 흑곰이 찔끔하며 믿기지 않는 눈으로 술상을 응시하다가 다시 허둥거리며 주방으로 달려갔다.

"그런데 자네는 아까와 같은 싸움을 자주 하는가? 보통은 아닌 것 같던데."

이제 약간은 취기가 오른 듯한 목소리로 목염태가 물었다.

"싸움을 즐기진 않습니다. 하지만 누구든지 먼저 건드리는 놈은 철저히 밟아준다는 것이 제 신조입니다."

자운엽도 제법 취한 듯한 목소리를 내며 눈빛까지 게슴츠레하게 뜨고 답했다.

"푸— 하하! 그거 정말 좋은 신조로구만. 암, 그래야지. 사내라면 건드리는 놈을 절대로 그냥 둬서는 안 되지. 한때 내 신조도 그거였던 적이 있었지. 저울추, 네놈의 어릴 적 신조도 그거였지 않았나?"

척발시가 목염태를 보며 떠벌렸다.

"뭐 비슷했지. 건드리는 놈이란 말 대신 두 눈 똑바로 뜨고 쳐다보는 놈이란 말이 다르긴 했지만 아주 흡사해. 하하하!"

목염태도 통쾌하다는 듯 웃음을 터뜨렸다. 타고난 덩치와 신력 덕분으로 생각과 행동에서도 범인과는 많은 차이를 보여, 척발시와 목염태는 서로서로 두 사람 외에는 마음이 맞는 사람을 찾아보기 힘들었는데 뜻밖에도 많이 되어야 스물 정도밖에 안 돼 보이는 애송이에게서 동질감을 느끼게 되니 오랜만에 가슴이 뻥 뚫리는 느낌이 드는 것이다.

'이제까지는 잘 되어가는데……'

자운엽 역시 그들의 그런 심정을 파악하며 다시 술병을 들었다.

"그런데 두 분 대협들은 주량이 보기보다 약하시군요."

한참 서로를 쳐다보며 낄낄거리는 척발시와 목염태를 보고 자운엽이 일격을 가했다.

"으응? 무슨 소린가, 자네?"

자운엽이 자신 앞에 놓인 빈 병들을 흔들자, 두 거인이 불신 가득한 표정으로 빈 병을 세어보았다.

"얼씨구! 이 친구가 내가 마신 것보다 한 병을 더 마셨네."

"이런, 마른하늘에 날벼락 맞을 경우를 보았나? 이날 평생 우리보다 주량이 더 센 친구를 만날 줄은 몰랐는데… 이놈, 척발시야! 이젠 우리도 늙은 모양이다. 일찌감치 어디 양시바른 곳에 묘 자리나 봐두는 것이 좋을 것 같다."

목염태가 배를 잡으며 빈정거렸다.

파산쌍부 척발시가 가장 자랑하는 것은 자신의 힘이었다. 그리고 두 번째로 자랑하는 것은 자신의 주량이었다.

힘으로는 어떨지 몰라도 주량만큼은 목염태도 척발시에게 한 수 접

거인들과의 대결

어주는 처지였다. 그래서 척발시는 누군가 너보다 더 술 잘 마시는 놈이 있더라는 소리만 들으면 화살 맞은 산돼지마냥 길길이 날뛰다 언젠가는 술 대결을 벌여 상대를 곤드레로 만들어놓곤 했다. 그런데 지금 그 상황이 벌어지고 있었다.

"자, 자네, 정말 이걸 다 마셨나?"

척발시가 도저히 믿을 수 없다는 표정으로 앉은자리 주변을 두리번거렸다. 혹시라도 자운엽이 술병을 바닥에 비워 버리지 않았나 싶은 모양이었다.

"거, 사람 참! 졌으면 졌다고 할 것이지 새까만 후배 앞에서 무슨 좀스런 행동인가?"

목염태는 임자 만난 척발시가 고소해 죽겠다는 듯 연신 웃음을 터뜨렸다.

"시끄러, 이놈아! 지긴 누가 졌다는 거야? 입가심을 했으니 이제부터 시작인 것이야!"

척발시가 빈 병을 죄다 옆으로 밀치고 술이 가득 든 병을 자신 앞으로 끌어당겼다. 그리고 매서운 눈초리로 흑곰을 쳐다보았다. 비록 아직 비우지 않은 병이 남아 있었지만 본격적으로 시작하려면 미리 술병을 확보해 놓아야 할 일이었다.

척발시의 눈빛을 받은 흑곰이 다시 주방으로 내달렸다.

"자네, 정말 마음에 드는 친구야. 싸우는 모습도 그렇고, 백도 무리들을 닭대가리로 생각하는 것도 그렇고……. 결정적으로 주량은 더 마음에 드는군. 좋아! 내 오늘 밤을 꼬박 새워서라도 자네와 술잔을 기울이고 싶으니 부디 사양치 말게."

척발시가 게슴츠레한 눈으로 자운엽을 쳐다보며 한 병 술을 더 권했다.

"까짓거! 그럽시다. 두 분 주량이 조금 마음에 안 들긴 해도 다시 만나기 힘든 분들 같으니 오늘 밤은 실컷 마셔봅시다."

자운엽도 눈을 풀고 약간은 혀 꼬인 말소리를 가장하며 교묘히 척발시의 호승심을 자극했다.

"크— 하하하! 이 친구가 우리들 주량이 마음에 안 든다네. 나야 뭐 그렇다 치더라도 쌍도끼 자네는 어떻게 했기에 어린 친구로부터 주량이 마음에 안 든다는 소리를 다 듣나?"

목염태가 연신 웃어 젖히며 술을 입에 털어 넣었다. 이제껏 모든 면에선 척발시에게 막상막하로 밀릴 것이 없었지만 술에서만큼은 한 수 밀리는 건 어쩔 수 없었고 그 때문에 술자리에서 받은 괄시가 적지 않았는데, 천만뜻밖에도 솜털도 가시지 않은 애송이가 척발시를 뭉개주고 있으니 그동안 쌓였던 체증이 내려가는 기분이었다.

"술자리에서는 자고로 같이 망가지는 것이 서로에 대한 예의지요. 그렇게 보면 목 대협은 전혀 예의가 없으신 분 같습니다."

갈수록 술 마시는 속도가 떨어지는 목염태에게도 일침을 놓는 것을 잊지 않으며 자운엽이 술병을 들었다.

"크하하! 들었지, 이놈아? 그 나이에 어린 친구로부터 예의없는 놈으로 찍히고 싶으냐? 어서 술병을 들거라."

척발시가 기사회생하며 목염태에게 술병을 냅다 내밀었고 목염태는 이거 잘못 걸렸다는 듯 힐끔거리며 자운엽의 표정을 살폈다. 자신은 적당히 부추기며 척발시와 자운엽의 술 싸움을 느긋이 구경할 의도였는데 자운엽의 표정에서 털끝만큼의 빈틈도 찾을 수가 없었다.

'이거야 원… 독종을 만났구먼.'

목염태가 쓴웃음을 지으며 술병을 들이켰다.
그렇게 권커니 잣커니 한 술자리가 새벽으로 치닫고 있었다.
땡—
어느 순간, 목염태의 뒷골에서 비파 줄 끊어지는 소리가 울렸다.
'아이쿠!'
드디어 목염태가 마신 술이 자신 주량의 한계치에 도달한 것이다. 그렇다고 자신에 비해 체구가 반도 안 되는 애송이 앞에서 약한 모습을 보일 수는 없었다. 그랬다간 평생 동안 쌍도끼의 비웃음을 피할 수 없을 것이다.
"그래, 누가… 먼저 죽… 는지… 해보자……."
이지를 상실한 목염태가 다시 한 병의 술병을 들어 올렸다.
"커억— 대단하군. 정말 대단해!"
한 병의 술을 더 비운 목염태가 고개를 술상에다 처박았다.
철썩—
잠시 술병을 놓고 한숨을 돌리던 척발시가 거의 사경을 헤매고 있는 목염태의 등을 냅다 갈겼다.
"이런 예의없는 놈! 아직 날이 새려면 한참이나 더 남았는데 혼자서 그렇게 꿈나라를 헤매고 있단 말이냐?"
"누, 누구야?"
목염태가 번쩍 고개를 들며 주먹을 움켜쥐었다.
"누구고 뭐고… 술 마시다 뭐… 하는 짓이냐, 이놈아? 어린 친구 앞에서 부끄럽지도… 않느냐?"
"잠시 옛… 생각을 했을… 뿐이야… 술… 술… 더 가져와!"
목염태가 허우적거리며 고함을 질렀다. 이제부턴 술이 사람을 마시고 있는 것이다.

'정말 질기군!'

창자로 흘러 들어간 물(?)의 양이 만만치 않은 터라 자운엽도 괴로운 표정이 되었지만 얼른 표정을 바꾸고 고개를 옆으로 돌렸다.

"야, 흑곰!"

자운엽이 혀 꼬인 소리로 고함을 지르자 바닥에서 꾸벅꾸벅 졸고 있던 흑곰이 벼락 치듯 일어섰다. 그리고는 뭔가 이상한 듯 고개를 두리번거렸다. 자신의 귀를 후벼 팠던 목소리가 지금까지와 너무 다른 것이다.

"저놈이?"

흑곰의 눈이 부릅떠졌다.

목소리의 주인이 자신의 두목들이 아닌 새파란 애송이였기 때문이다.

"너 얼른 가서 술 열 병만 더 가져와! 술병이 비었잖아."

자운엽이 고함을 치자, 흑곰이 울지도 웃지도 못하는 표정으로 척발시의 눈치를 살폈다.

"흑곰이 술을 가져오기 싫다는대요?"

자운엽이 척발시를 쳐다보며 억울한 듯 소리치자, 뭔가 창자를 역류하려는 조짐을 애써 참고 있는 척발시의 눈에 처음으로 공포감이 어렸다.

"자, 자네, 정말 열 병을 더 마실 수 있겠나?"

"그럼요! 날이 새려면 아직 한참 멀었는데요."

자운엽이 호기있게 외치자 척발시가 머리를 세차게 몇 번 흔들었다. 그리고 나직하게 외쳤다.

거인들과의 대결 245

"가져와!"

흑곰이 다시 부리나케 주방을 향해 달렸다.

와장창—

잠시 후, 온 집 안 살림이 박살나는 소리와 함께 목염태가 바닥으로 나뒹굴었다. 몰골을 보아하니 도저히 깨어날 기미가 없어 보였다.

'한 놈 보냈군!'

자운엽이 내심 중얼거렸다.

'이 인간은 얼마나 더 갈까? 이젠 나도 배가 터질 것 같은데……'

자운엽은 금방이라도 터질 듯한 배를 쓰다듬으며 생각에 잠긴 순간 흑곰과 부하들이 열 병의 술을 들고 왔다.

"술이 왔습니다, 척 대협! 심기일전하여 다시 마셔야죠?"

자운엽이 술병을 들고 척발시에게 내밀자 척발시의 손목이 맹독을 지닌 독사를 건네받는 듯 움찔거렸다.

"자! 즐거운 만남을 축하하며 다시 한 잔, 아니, 한 병 들이킵시다."

"그, 그러지."

척발시가 다시 한 번 고개를 흔들고는 자운엽을 따라 술병을 입에 댔다.

"벌컥! 벌컥!"

숨도 쉬지 않고 술 한 병을 비우고 난 후 고개를 쳐든 척발시의 표정은 사람의 그것이 아니었다. 그리고 마침내 짐승으로의 추락이 시작되었다.

"쿠에엑—"

척발시의 입에서 이제껏 마신 술이 폭포수같이 터져 나오기 시작했다. 들이마신 양이 엄청났던 터라 터져 나오는 양 역시 대책이 없을 정도였다.

"아, 아니? 척 대협! 이게 무슨 짓입니까, 이 귀한 술을……?"

자운엽이 얼른 움직이려 했지만 자신의 위장에 들어찬 물의 양도 만만치 않아 쉽게 몸이 움직여지지 않았다. 겨우 몸을 움직인 자운엽이 척발시의 등을 두드렸다.

"쿨럭! 쿨럭!"

역류하는 술에 숨이 막힌 척발시가 기침을 터뜨렸고, 그와 함께 터져 나오는 술의 양이 더 많아졌다.

"아, 아이고! 나 좀 살려주게, 젊은 친구!"

모든 체면과 자존심을 내팽개치고 겨우 역류를 멈춘 척발시가 비명을 질렀다.

"왜 그러십니까, 척 대협? 많이 괴로우십니까?"

자운엽이 등을 두드리는 척하면서 슬쩍 척발시의 등줄기의 혈을 건드렸다. 등줄기에서 위장으로 뻗어가는 신경이 요동을 쳤고, 척발시의 위장이 다시 뒤틀리기 시작했다.

"쿠에엑—"

처음보다 훨씬 더 큰 굉음과 함께 역류가 시작되었다.

이번에는 술뿐만이 아닌, 점심때 먹은 진수성찬까지 같이 역류했다.

"으윽!"

자운엽이 급히 코를 틀어막고 난간 아래로 뛰어내렸다.

비록 술독은 제거되었지만 위장 속에 들어간 양은 오히려 척발시보다 한두 병 많던 자운엽의 위장도 척발시의 진수성찬의 영향을 받아 속에 든 것을 역류시키기 시작했다.

"우에엑—"

거인들과의 대결 247

주신(酒神)은 자신을 맹신하는 광신도 셋에게 공평하게 사랑을 베풀었다.

다음날 아침, 물론 정상적인 생활을 한 사람들에게는 다음날 아침이고 밤을 꼬박 새우고 새벽녘에 나가떨어진 사람들에게는 그날 아침, 남궁세가에 모인 많은 사람들의 화젯거리는 단연 자운엽에 대한 얘기였다.

서문표란 청년을 한 손으로 날려 버린 내력도 놀랄 만했지만 보통 사람들은 가까이 가기도 꺼려하는 두 거한을 술로써 거꾸러뜨린 얘기는 모든 사람들의 귀를 의심하게 했다. 하지만 밤새 그들의 행동을 지켜본 사람들이 적지 않았고, 아무도 근처에 가기를 꺼려하여 아침까지 정자 주변에 어지럽게 널려 있는 술병들을 보니 안 믿을 수도 없었다. 그리고 거구의 덩치들이 점심나절까지 캑캑거리며 뒷간을 들락거리는 모습은 결정적인 확신을 갖게 만들었다.

자운엽 역시 마지막으로 그 자리에서 먹은 것을 모두 게워내며 척발시 못지않게 난리를 쳤지만, 자신의 두 배가 넘는 거한들을 모조리 거꾸러뜨린 다음의 일인지라 언제나 자신의 마음에 드는 내용을 훨씬 잘 기억하는 사람들의 뇌리에는 나이 어린 소년 앞에서 차례로 무너지는 두 거한의 모습만이 남아 있는 것이다.

"표국의 삼급표사라고?"

자운엽의 정체를 캐내려던 사람들이 자운엽의 직업을 알아내고는 고개를 갸웃거렸다. 그것으로는 도저히 자운엽에 대한 호기심을 충족시켜 줄 만한 답이 되지 못하는 것이다.

"이번 남궁가에는 사천당문의 사돈 자격으로 참석했다고 합니다."

"당문의 사돈이라? 그럼 그렇지! 뭔가 대단한 신분이 있을 것이야. 그렇지 않고서야 어떻게 그런 실력을 가질 수 있겠나? 그런데 당문과 인연이 있는 청년이 흑도의 무리라고 해도 과언이 아닌 공야가의 두 괴물들과 그렇게 어울린단 말인가? 그참!"
 구구한 추측 속에 남궁세가 손님들의 하루가 심심하지 않았다.

 "가관이더구만. 죽으려고 환장을 한 거야? 그놈들과 끝까지 대작을 하다니……."
 아침나절 한동안 호흡에 매달렸다 말끔한 모습으로 깨어난 자운엽을 보고 엄한필이 혀를 찼다.
 "그리고 서문가의 망나니 녀석을 그렇게 날려 버렸으니 이젠 어쩔 것이냐? 네놈 혼자서 막강한 힘을 휘두르는 세가를 전부 상대할 작정이야, 뭐야?"
 "세가 아니라 네가라도 그렇지! 나보고 하류잡배 꼬마 놈이라고 외치는 놈을 그냥 두란 말이야, 그럼?"
 자운엽이 엄한필의 잔소리가 귀찮다는 듯 고함을 질렀다.
 "그냥 적당히 혼을 내줘서 쫓아버리면 될 것을 그렇게 작살을 내놓았으니 일이 커질 게 아니냐? 듣기론 족히 몇 달은 운신이 불가능할 정도리 히던데……."
 엄한필이 계속 걱정을 했다.
 "암습을 한 것도 아니고, 나 혼자 무기를 사용한 것도 아니야. 똑같이 마주서서 일장을 겨뤘고 그래서 나가떨어졌다면 제 놈이 못난 탓이지 누굴 탓한다는 거야?"
 "그러니까 이제껏 그쪽 집안에서도 대놓고 내색을 하지 못하는 것이지. 하지만 보이지 않는 곳에서는 온갖 방법으로 네놈을 죽이려 들 것이다."
"나도 내 목숨 하나만큼은 지킬 수 있어."
자운엽이 퉁명스럽게 쏘아붙이고는 밖으로 나갔다.
"고집불통 자식! 등 뒤에서 칼 맞고 죽든지 마음대로 해라."
엄한필이 밖으로 나가는 자운엽의 뒤통수에 대고 쏘아붙이다가 고개를 갸웃거렸다.
"아무래도 요즘 풍기는 냄새가 이상해. 어제 오후 내지른 일장에서도 이제껏 볼 수 없었던 광포한 기운이 느껴졌고……."
자운엽이 상관진걸로부터 환사삼결을 얻은 사연을 알 길 없는 엄한필로서는 자운엽의 신상에 일어나는 변화가 무엇인지는 정확히 알 수 없었지만 고수다운 감각은 본능적으로 이상함을 느끼고 있었다.
"사매와 의논을 좀 해봐야 할 것 같다. 그 천둥벌거숭이가 얼마나 큰 도움이 될지는 모르겠지만 여자의 감각이 더 예민하니 그것을 한번 확인해 봐야겠어."
"사형!"
"얼씨구! 마음이 통했나?"
생각에 잠겼던 엄한필은 서교영의 목소리에 얼른 문을 열었다.
"어쩐 일이야, 사매? 남궁세가 구경은 이제 싫물이 난 건가?"
"사형은……. 내가 뭐 하루 종일 노는 것밖에 모르는 줄 알아요?"
"아니던가?"
"사형, 정말!"
서교영이 도끼눈을 했다.
"의논할 게 좀 있어요."

"말해 봐!"

엄한필이 기대 섞인 눈빛으로 서교영을 쳐다보았다.

"나비 저 인간 요즘 이상하지 않나요?"

서교영이 약간은 걱정스런 눈으로 조금 전 자운엽이 사라지던 방향으로 고개를 돌렸다. 천방지축으로 송여훈과 함께 온 남궁가를 헤집고 다녔지만 태어나서부터 지금까지 갈고닦은 감각은 엄한필과 비슷한 결론을 도출한 것이다.

"뭐가? 원래 그런 놈이잖아?"

엄한필이 자신의 의중을 감춘 채 넌지시 서교영의 생각을 떠보았다.

"당유화와 함께 누굴 찾는다고 떠난 후부터 이상해졌어요."

"어떻게 말이야?"

"뭐랄까……. 성질머리야 원래 더러운 인간이니까 그렇다 쳐도, 풍기는 기운이 예전과 무척 달라졌어요. 뭔가 폭발 일보 직전의 응축된 기운, 그런 게 느껴져요."

서교영의 설명에 엄한필이 잠시 생각을 가다듬었다. 자신도 비슷한 것을 느꼈지만 그렇게 구체적인 단어로 끄집어내지는 못했다. 서교영이 말한 폭발 일보 직전이란 말을 듣고 보니 그것이 딱 어울린다는 생각이 들었다. 그런 면에 있어서는 아무리 천방지축이라도 여자의 감각이 훨씬 뛰어난 모양이다.

"그리고 순간적인 기색도 이상했어요."

"순간적인 기색?"

엄한필의 눈이 번쩍 빛났다.

"그런 것도 느낄 수 있나?"

"전 사형처럼 그런 무식한 칼은 익히지 않았잖아요. 쾌검의 요체는

지극히 찰나적인 순간을 잘라가는 거예요. 그 순간을 탐지하는 능력을 사형은 상상도 못할 거예요."

"잘났군!"

엄한필이 빈정거리자 서교영이 짧게 눈을 흘겼다. 지금 그게 중요한 것이 아니었다.

"그런데 요즘 나비 그 인간에게서 언뜻언뜻 느껴지는 순간의 기운은 자주 단절되는 것이 느껴져요. 아주 괴이할 정도예요!"

서교영의 말이 끝나자 엄한필이 곰곰이 서교영의 말을 되새겼다.

당유화와 사라졌다가 다시 나타난 후 자주 파리해진 안색을 대하고는 궁금증을 가져 미행까지 해보았다. 그때 숲 속 공터에서 미친 듯이 칼을 휘두르는 놈을 보고 밤을 새워 검술 연습을 하느라 그런 것으로 단정하며 생각없이 지냈는데… 그게 아니라면?

"뭔가 다른 수련을 하고 있는 것인가?"

엄한필이 생각에 잠긴 채 중얼거렸다.

"아마 그런 것 같아요. 그때부터 이제껏 독방만 고집하고 혼자 지냈잖아요."

"그렇군, 그럴 가능성이 충분해!"

엄한필이 고개를 끄덕였다.

워낙 혼자 있기를 좋아하는 놈인지라 그런가 보다 했는데 요즘 들어 그 정도가 유독 심하다는 생각이 들었다.

"가능성이 있는 일이지. 한 번도 밝히지 않은 사문의 또 다른 절기를 수련하는 것일 수도 있겠고……."

"그런데 풍기는 기운이 너무 달라요. 무슨 공부가 있었는지 몰라도 예전에는 무척이나 맑은 기운이 느껴졌는데 요즘은 뭔가 사이한 기운이 느껴져요. 어떨 땐 숨이 턱 막힐 정도로 폭발적이고……."

서교영이 불안한 눈초리로 엄한필을 쳐다보았다.

"그 정도인가?"

자신이 익힌 칼이 무지막지한 패도이고 그런 기운 속에서 자운엽의 기운을 자세하게 느끼지 못하였지만 쾌검을 익힌 서교영의 감각은 그것을 섬세하게 감지할 수 있었던 모양이다.

"영원히 같은 길을 걸을 수는 없는 놈이지!"

엄한필이 긴 숨을 내쉬었다.

"사매, 우리가 갈 길은 잊지 않고 있겠지?"

한참을 말없이 생각에 잠겼던 엄한필이 서교영을 향해 불쑥 화두를 던지듯 질문을 던졌다.

"네? 무슨 얘긴가요, 사형?"

서교영도 잠시 자신만의 생각 속에 빠져 있다가 불쑥 던져진 엄한필의 질문에 언뜻 갈피를 잡지 못하고 눈만 깜박거렸다.

"어쩌다 여기까지는 같이 왔지만 우리의 갈 길은 결국 저놈과는 다르게 될 것이다. 처음엔 저놈이 또 한 개의 녹옥불상을 가진 놈이 아닐까 의심도 해보았지만 절대 그놈은 아니다. 그렇다면 멀지 않은 장래에 서로의 길을 떠나야 한다."

엄한필의 표정에서 이제껏 볼 수 없었던 엄중함이 내비쳤다.

"그야 그렇겠죠. 그런데 갑자기 왜 그런 말을……?"

서교영이 아직까지도 엄한필의 의중을 모르겠다는 듯 엄한필의 표정만 유심히 살폈다.

"우리 둘이 합치면 나비 저놈을 죽일 수 있을까?"

"사, 사형!"

느닷없는 엄한필의 말에 서교영이 비명을 지르고는 스스로 자신의 목소리가 너무 컸다고 여겼는지 황급히 손을 들어 입을 막았다.

"대체 무슨 말씀을 하시는 거예요, 지금? 전 도저히 갈피를 잡을 수가 없어요!"

서교영이 아까만큼의 큰 소리는 아니었지만 의문과 놀람이 가득 담긴 목소리로 엄한필의 대답을 재촉했다.

"내가 저놈을 보며 자주 품게 되는 생각은, 저놈은 경우에 따라서는 대마인이 될 수도 있겠구나 하는 생각이다. 그때는 저놈으로 인해 큰 피보라가 일 수도 있겠다는 생각도 들고……. 최악의 경우 우리도 상황에 따라 저놈과 적이 될 수도 있다. 나 혼자서는 이미 저놈에게 한 번 패한 적이 있었다. 물론 자신을 숨겨야 하는 입장이었기에 전력을 다하지 않았지만 저놈 역시 그럴 것이다. 그리고 서로 전력을 다해 싸운다고 해도 자신이 없는 놈이다."

"그래서 사형과 내가 합치면 저 인간을 죽일 수 있을까 궁리를 하고 계신 건가요?"

서교영이 약간은 반발심이 묻어 나오는 음색으로 엄한필의 말을 끊었다.

"만약에 적이 된다면 가장 위험한 적이 될 놈이다, 저놈은……. 한 번쯤은 저놈과 적이 되어 맞서게 될 경우엔 어떻게 할지 생각해 보란 말이지, 한 번쯤은……."

"비정한 데가 있으시군요, 사형은……. 비록 미운털이 훨씬 더 많이 박혔지만 그래도 몇 달을 한솥밥 먹은 동료인데 어떻게 그런 생각까지 하는 건가요? 그런 생각을 하기보다는 절대로 적이 되지 않게 하는 방법을 생각해 보는 게 낫지 않나요?"

서교영의 호흡이 거칠어졌다.

"그건 너무 순진한 생각이다. 그리고 저놈은 절대로 길들여질 놈이 아니다. 어제 공야가의 괴물들과 어울리는 모습을 보지 않았느냐? 아직 때가 덜 묻어 그렇지 천성적으로 그런 쪽에 더 가까운 놈이다. 차츰 이런 인간, 저런 인간들과 부딪치다 보면 어떻게 변할지 모를 놈이다, 저놈은."

엄한필이 자르듯 말하고는 입을 다물었다.

"이상하군요, 사형. 무슨 일이 있으신 거죠? 그렇죠?"

서교영이 엄한필의 눈을 뚫어지게 쳐다보았다.

"요즘 거지 놈들이 물어다 주는 정보가 심상치 않다. 저 멀리 감숙성에서부터 뭔가 음습한 기운이 꿈틀거리는 것 같다. 어쩌면 우리가 상대해야 할 놈들의 세력인지도 모른다. 한 번쯤 무디어졌던 칼을 갈고 동시에 풀어졌던 마음까지 다잡아놓을 필요가 있다는 얘기다."

그 말을 끝으로 엄한필이 몸을 일으켜 밖으로 나갔다.

멍하니 엄한필의 등을 바라보던 서교영도 밖으로 나서며 생각에 잠겼다.

'둘이서 합공을 하면 나비 그 인간을 죽일 수 있겠느냐……?'

어제 서문가의 여우와 일장을 겨루는 것을 보니 그놈의 진면목이 어떤 것일지는 도저히 짐작할 수가 없다.

'가능할까?'

서교영의 뇌리에 어지럽게 팔랑거리던 자운엽의 연검이 떠올랐다. 예측이 불가능하게 휘어지고, 돌아 나오고, 사라졌다가 갑자기 이빨을 드러내는 그 칼날을 동료가 아닌 적으로서 마주하게 된다고 상상해 보니 오싹 소름이 끼쳐 왔다.

혼자서는 도저히 힘들 것 같았다. 그러기에 사형 엄한필도 둘이서라는 가정을 내세웠을 것이다.
"그런데 정말 그런 상황이 닥치게 될까? 아니야! 절대로 그런 일은 없을 거야! 절대로……!"
서교영이 세차게 머리를 흔들었다.

◆ 제29장

비무(比武) 약속

비무(比武)의 약속

"아이고, 이 무슨 개망신인가!"

척발시와 목염태가 자신의 처소에 틀어박혀 머리를 감싸 쥐고 죽을 상을 했다. 해가 중천에 떴을 때쯤에야 몸을 추스르고 제정신을 차려 보니 하룻밤 새 자신들은 남궁가에 모인 뭇사람들의 웃음거리가 되어 있었다.

정신을 차리자마자 울렁거리는 속을 달래며 뒷간으로 줄달음을 칠 때 평소 같았으면 자신들을 보고 두려움에 가득 찬 눈을 하고 얼른 시선을 다른 데로 돌리기 바쁘던 사람들이 무슨 귀여운 애완 동물을 구경하는 표정으로 쳐다보고 있었다. 남자들은 물론이고 음식을 만드는 찬모들까지도 귀여워 죽겠다는 듯 자신들을 쳐다보는 눈빛에, 이젠 아예 방 밖으로 나가는 것조차 두려운 일이 되어버렸다.

어찌 세상이 하룻밤 새 이렇게 바뀔 수가 있단 말인가?

옛말에도 있듯이 자고로 남자는 술자리에서 이기고 봐야 하는 것인데 곰보다 더 큰 덩치가 자신들 덩치의 반도 안 되는 꼬맹이에게 지고 말았으니 그런 대접을 받아도 싼 것이다.

"야, 이놈아! 평소 그렇게 자랑하던 주량은 다 어디 가고 나 좀 살려 달라며 꺼이꺼이 울었단 말이냐? 자신없었으면 나처럼 애초에 드러누워 버리든지 해서 우는 꼴은 보이지 말았어야지!"

"시끄러, 이 망할 놈! 울기는 누가 울었단 말이냐! 토악질을 하다 보니 눈물 콧물 범벅이 된 것이거늘……. 어이구구… 그나저나 이 망신살을 어찌할꼬."

척발시가 발버둥을 치며 머리칼을 쥐어뜯었다.

"그런데 그 꼬마 놈 위장은 대체 뭘로 만들었기에 그럴 수가 있는 것이냐? 아무리 커도 내 위장의 반도 안 될 터인데 어떻게 그럴 수가 있는 것이냔 말이다. 혹시 내공으로 술기운을 모두 몰아낸 것이 아니더냐?"

척발시가 도저히 이해가 안 간다는 표정으로 목염태를 바라보았다.

"내공으로 술기운을 몰아내는 정도는 나도 구별할 수 있다. 그랬다면 절대로 가만두지 않았지. 그놈도 결국엔 네놈처럼 창자 속에 있는 신물까지 다 게워내고 바닥을 기었다던데, 기억이 안 나는 것이냐?"

"나 살기도 바쁜 판에 그놈까지 신경 쓸 겨를이 어디 있겠느냐, 이놈아!"

척발시가 목염태에게 괜한 화풀이를 해댔다.

"그건 그렇고… 다른 사람들은 그놈 뻗은 것은 손톱만큼도 기억 못하고 우리 둘 뻗은 것만 두고두고 기억할 것이니 그것이 문제로다. 앞으로 한 삼 년간은 제대로 얼굴을 들고 다닐 수가 없게 되었구나."

목염태도 자신이 한심스럽다는 표정으로 한숨을 내쉬었다.

세상천지에 무서울 것이 없고 거리낄 것이 없는 자신들이 이런 식으로 초주검이 되어 방 안에 틀어박혀서 전전긍긍하는 일이 발생하리라고는 상상도 못한 일이었다.

"꼴들이 좋구나!"

자책과 후회로 애꿎은 머리카락만 학대하며 틀어박혀 있는 두 거인의 방으로 공야세가의 가주 공야인낙이 들어왔다.

"어, 어서 오십시오, 형님!"

척발시와 목염태가 후닥닥 자리에서 일어났다.

십 년 전 예측을 불허하게 날아드는 손바닥만한 쌍륜에 속절없이 당하고는 스스로 형님으로 모시고 있는, 자신들이 아는 인간들 중에서는 유일하게 두려워하는 사람이 난비쌍륜 공야인낙이었다.

"그만 앉아들 있거라. 밤새 격전을 치른 몸들인데 그렇게 함부로 움직이다가 뼈에 금이라도 가면 어쩌려고 그러느냐?"

"크으으… 면목없습니다, 형님!"

공야인낙의 뼈있는 한마디에 목염태와 척발시는 오만상을 찌푸리며 신음을 흘렸다.

"네놈들 때문에 나까지 얼굴을 들고 다니지 못하겠다. 오전 내내 나 역시 방구석에 처박혀 있다가 이제야 겨우 나와본 것이다."

공야인낙이 죽을상을 하고 있는 두 거한들을 향해 눈꼬리를 치켜 올리며 힐책했다.

"휴우—"

입이 열 개라도 할 말이 없을 수밖에 없는 두 사람은 죽을죄를 지은 듯 고개를 숙이고 한숨만 내쉬었다.

"만회할 기회를 주겠다."

한참을 개구리 쳐다보는 뱀 같은 눈빛으로 두 사람을 쏘아보던 공야인낙이 불쑥 한마디 던지자 고개를 떨구고 있던 척발시와 목염태가 벼락처럼 고개를 쳐들었다.

"어, 어떻게 말입니까, 형님?"

척발시와 목염태가 이구동성으로 외쳤다.

무기를 들고 싸움을 하다 패했으면 목을 내놓고라도 달려들어 명예 회복을 해보겠지만, 맘에 든다고 권커니 잣커니 광소를 내지르다 스스로 무너진 결과이니 어디 내놓고 하소연도 못하고 끙끙거릴 수밖에 없던 두 사람으로선 만회할 기회란 말이 지금 이 순간 죽은 조상보다 더 반가웠다.

오로지 육체적인 힘만을 자랑하는 자신들과는 달리 난비쌍륜 공야인낙은 빠른 두뇌 회전 능력을 갖춘 사람이었다. 그 능력 덕택에 수적이나 산적의 무리로 치부되었던 자신들이 중원제일세가의 한곳인 남궁세가의 손님으로 방 하나를 차지하고 있었다. 그런 사람의 머리에서 나온 계략이라면 뭔가 있겠지 하는 무조건적인 신뢰가 두 사람의 눈빛을 대번에 빛나게 만들었다.

"너희들을 터진 홍시로 만든 그 어린 놈의 정체에 대해 아침 내내 부지런히 사람을 풀어 알아보았다."

"아이구, 형님! 터진 홍시라니요? 그건 너무 심하십니다."

"그렇습니다, 형님! 아무리 그래도 그렇지, 터진 홍시라니요?"

척발시와 목염태가 비명을 질렀다.

"너희들 덩치를 생각하니 터진 홍시는 좀 심하구나. 그러니 터진 호박쯤으로 해두자."

공야인낙이 재차 속을 긁자 한 번의 실수가 자신들의 인생에 이토록 큰 영향을 미칠지 몰랐던 두 사람은 이젠 아예 대꾸도 하지 못하고 인상만 구기고 있었다.

"각설하고… 그 어린 놈에 대해 아침 내내 부지런히 알아본 결과, 그놈이 어디서 굴러먹다 온 놈인지는 몰라도 지금 현재는 금성표국이라는 다 망해가는 표국의 표사 노릇을 하고 있다는 얘기다."

"그건 우리도 다 아는 얘기……."

척발시가 나서다 공야인낙의 매서운 눈초리를 마주하고는 찔끔 고개를 숙였다.

"그러니 어떻게 해서라도 그 어린 놈을 그 표국에서 빼내어 우리 쪽 사람으로 만들어라. 그놈은 서문가의 아들 하나를 비루먹은 강아지로 만들었으니 앞으로 서문가를 도발시키는 데 큰 역할을 할 수 있을 것이다."

"그럼 서문가를 치실 생각입니까?"

목염태가 안광을 빛냈다.

"언젠가는 한판 붙어야 할 놈들이지. 소금 장사는 상상도 못할 만큼의 수익을 올리는 사업이다. 그런 알짜배기 사업을 그놈들만 꿰어차게 할 수는 없는 일이 아니냐? 그놈들은 하북에 있으면서 호남성까지 진출하여 배를 채우는 놈들이다. 그 어린 놈을 우리 세가의 사람으로 만들어놓으면 서문세가의 놈들을 도발시켜 이성을 잃게 만들 수가 있는 것이야. 그렇게 되면 어제 너희들의 일도 식구들 간의 술자리 행사 정도로밖에 치부되지 않을 것이야. 그건 큰 허물이 아니지."

"그, 그럴까요?"

공야인낙의 설명에 척발시가 귀를 쫑긋 세우며 반문했다.

"생판 모르는 사람과 싸워서 패했다면 자존심 때문에 죽니 사니 난리를 칠 백도문파도 같은 문도들끼리 한 번쯤 이기고 지는 것은 큰 허물이 되지 않는 것과 마찬가지야."

"그러고 보니 일리가 있군요."

척발시가 표정이 밝아지며 목염태를 쳐다보았고 목염태도 고개를 끄덕이며 수긍의 뜻을 표했다. 그렇다면 남은 문제는 어제 그 어린 놈을 어떻게든 회유해서 자신들 편으로 만들 일만 남은 것이다. 가주이자 의형인 공야인낙의 제안이니만큼 자신들이 그렇게 하지 못한다면 남들 눈초리도 무섭지만 공야인낙으로부터 평생 터진 호박 취급밖에 받지 못할 것이 더욱 끔찍스러웠다.

"그놈이 쉽게 우리 말을 따를까? 어제저녁, 아니, 오늘 아침에도 넌지시 그런 의중을 내보였지만 별 신통치 않은 반응이었는데……."

공야인낙이 나간 후 척발시와 목염태가 머리를 맞대고 궁리에 들어갔다. 그러나 어려서부터 위장에서 섭취된 양분이 머리 쪽보다는 머리 아래쪽에 훨씬 많이 분배된 두 사람인지라 아무리 맞대어보아야 별 뾰족한 수가 나올 리 만무했다.

"에라, 모르겠다! 그냥 가서 덜미를 잡아채서 끌고 오면 되는 것이지 뭐 별수있겠어?"

척발시가 만사 귀찮다는 듯이 손을 내저었다.

"잠깐 기다려 봐라, 이 무식한 놈아!"

목염태가 당장 가서 잡아오자는 듯 몸을 일으키는 척발시의 허리춤을 끌어 다시 방바닥에 주저앉혔다.

"왜 그래, 이놈아?"

척발시가 두 눈을 부릅뜨며 목염태를 노려보았다.

"그 어린 놈이 삼급표사란 신분 외에 또 하나의 신분이 있다는 말을 듣지 못했느냐?"

"또 하나의 신분?"

"그렇다. 아까 뒷간에서 일을 보다 들은 말에 의하면 그놈은 어제 남궁가에 도착한 사천당가의 사돈 자격으로 왔다는 것이다. 그래서 지금 당가 사람들과 함께 특급귀빈 처소에 있다고 하던데……."

목염태가 너는 그런 말 듣지 못했냐는 표정으로 척발시를 바라보았다.

"당가면 어떻고 홍가면 어떠냐. 그냥 뒷덜미를 잡아 끌고 가면 그만이지."

척발시는 금시초문인 듯 별 반응을 보이지 않으며 자기의 생각만 관철시키려 했다.

"멍청한 놈! 넌 물 한 모금 마시지 않고 며칠이나 버틸 수 있을 것 같으냐?"

목염태의 책망에 척발시가 눈을 껌벅거렸다. 무슨 말인지는 몰라도 자신은 아무것도 먹지 못하고 반나절만 굶겨놓으면 조상이 시끄러운 체질이다. 그것을 누구보다 잘 아는 이놈이 왜 이런 말을 하는가 하고 다시 한 번 눈을 치뜨다가 아차! 하는 표정이 되었다.

"그, 그렇구나! 그놈이 당가와 친분이 있다면 우리가 그놈을 막무가내로 데려갔다가는 당가 놈들이 우리 음식에 온통 독을 풀지도 모르겠구나. 아이구! 난 태양 없이는 살아도 음식 없이는 못산다. 절대로…절대로……!"

척발시가 진저리를 치며 머리를 흔들었다.

하루에 다섯 끼 이상은 먹어야 안정적인 삶을 유지하는 그에게 세

끼 이상 음식의 단절은 그의 모든 꿈과 이상의 단절이며, 다섯 끼 이상 음식의 단절은 곧바로 생명의 단절과 맞먹는 타격이었다.

"이제야 말귀를 알아듣는 모양이구나, 미련한 놈!"

목염태가 혀를 찼다.

"그놈이 당가와 친분이 있다는 말은 확실한 것이냐? 혹시 잘못 들은 것은 아니겠지?"

척발시가 음식의 단절이라는 최악의 사태는 맞이하고 싶지 않은 듯 심각한 표정을 지었다.

"남궁세가 안이 온통 그 얘기뿐이다. 그러니 열에 아홉은 맞는 얘기라 봐야겠지."

목염태도 자신들의 처참한 패배의 얘기가 온 남궁가에 울려 퍼지는 것이 못내 안타까운 듯 다시 속 쓰린 표정을 지었다.

"믿는 것이라고는 힘밖에 없는 우리가 그걸 쓰지 못한다면 어떻게 놈을 끌고 간단 말이냐? 서문가의 그 여우 같은 녀석을 몇 마디 말로써 꼼짝없이 비루먹은 강아지로 만들어 버리는 걸로 봐서 그놈은 말로써는 도저히 우리 상대가 안 될 놈 같던데……"

척발시가 난감한 표정으로 성장 과정에서 자신보다는 조금은 더 머리 위로 영양분의 분배가 된 것 같은 목염태를 바라보았다.

"왜? 오늘 저녁에 한 번 더 술판을 벌여 곤드레로 만들어 그놈의 허락을 받아보지 그러냐?"

"닥치지 못할까, 이 망할 놈아! 불난 집에 부채질도 유분수지……"

마침내 척발시가 고함을 질렀다. 그동안 술 마시는 데 대해서만큼은 목염태 앞에서 온갖 거만을 떨며 의기양양해했었는데 그것도 오늘부로 종을 친 것이다. 목염태는 그것이 고소해 죽겠다는 표정이었고 반면 척발시는 절로 울화가 치솟아올랐다.
"내 어쩌다 그 꼬마 강시 같은 놈을 만나 이 지경까지 되었단 말이냐! 다시 볼까 겁나는구나!"
척발시의 생각이 끝나기도 전에 문 밖에서 자운엽의 목소리가 들려왔다.
"두 분 대협께선 아직 술이 덜 깨신 모양이지요?"
"아이쿠! 이게 무슨 소리냐? 어제, 아니, 오늘 아침의 그 꼬마 강시 놈이 아니냐?"
척발시가 뜻밖에 들려온 자운엽 목소리에 날벼락을 맞은 듯 허둥댔다.
"저, 저놈이 여긴 웬일이냐? 아직 대책도 다 세우지 못했는데……."
목염태도 도둑질하다 들킨 아이처럼 허둥거렸다.
"들어가도 되겠습니까?"
다시 자운엽의 목소리가 들리자 척발시와 목염태가 잔뜩 긴장한 표정으로 시선을 교환하고는 문을 열었다.
"어, 어서 들어오게, 젊은 친구! 그러잖아도 자네를 만나볼까 하는 중이었다네."
"하하! 그러십니까? 이심전심으로 마음이 통했군요."
자운엽이 상쾌한 웃음을 터뜨리며 두 사람이 권하는 자리에 앉았다.
'이놈은 꼬마 강시가 틀림없어!'
자신들과는 달리 자운엽의 말끔한 표정과 눈빛에서는 아침까지 과음한 흔적을 조금도 찾아볼 수가 없었다. 자신들에 비해 반도 안 되는 덩치로 자신들보다 최소한 한 병은 더 마셨을 터인데, 어찌 이리 멀쩡할 수가 있을까 하는 생각에 두 사람은 연신 자운엽의 기색을 살피기에 바빴다.
"왜 그러십니까? 제 얼굴에 뭐가 묻기라도 한 겁니까?"
자운엽이 손바닥으로 얼굴을 쓰다듬으며 빤히 자신의 얼굴만 쳐다보는 두 거한을 차례로 바라보았다.
"아, 아닐세! 반가워서 그러는 것이지 뭐. 하하!"
목염태가 되지도 않는 변명을 하며 억지 웃음을 지었다.
"그런데 이곳까지는 어쩐 일인가? 설마 다시 한잔하자는 소리는 아니겠지?"
"왜 아니겠습니까? 쓰린 속을 푸는 데는 해장술이 최고지요. 어제는 대접을 받았으니 오늘은 제가 대접을 하겠습니다."
자운엽이 장난기 가득한 웃음을 배어 물었다.
'아이고! 이놈이 약점을 물고 늘어지며 죽이려고 달려드는구나!'
자운엽의 표정에서 의도를 읽은 척발시가 고소를 머금으며 어이없어했다.
"하하! 너무 걱정 안 하셔도 됩니다. 어제처럼 그렇게 마시자는 것이 아니고 한두 잔씩만 하며 속이나 풀자는 것이지요."
난감한 표정의 척발시를 바라보며 자운엽이 품속에서 호리병 하나와 잔 세 개를 끄집어내고는 술병 마개를 땄다.
"그, 그런가? 나이보다 속이 깊은 친구군, 자네는. 죽을지 살지 모르고 퍼마시는 어떤 놈과는 비교가 안 되네. 정말 기특하구먼."
목염태가 얼른 잔을 받으며 척발시의 쓰린 속을 박박 긁었다.
"이런 죽일 놈!"
척발시가 도끼눈을 하고 목염태를 노려보다가 자신 역시 자운엽이 권하는 잔을 들었다. 그렇게 몇 잔의 술이 따라지자 빈 병이 되었고 쓰린 속도 조금 가라앉았다.

　두어 잔의 술을 마시는 짧은 시간 동안 쉴 새 없이 눈빛을 교환하던 척발시와 목염태가 슬그머니 자신들의 흉심을 풀어헤치기 시작했다.

　"그런데 자네, 어제 내가 한 얘기는 생각 좀 해보았나?"

　"무슨 얘기 말씀이신지요?"

　자운엽이 대답과 함께 어제저녁의 기억을 떠올리려는 듯 고개를 갸웃거렸다.

　"그러니까 자네가 하고 있는 표사 짓을 때려치우고 우리와 함께 일을 해보자는 얘기 말일세. 표사 수입보다는 최소한 열 배는 보장함세."

　척발시가 입에 침을 튀기며 단번에 설명했다.

　"아하, 그 얘기 말이군요. 그건 어제도 말씀드렸다시피 제가 한 약속을 지키기 위해서라도 당장은 힘든 일입니다. 사내로 태어나 한 입으로 두말한다면 견자(犬子)나 마찬가지가 아닐런지요? 두 대협께서도 그런 견자는 가만히 두지 않으시겠지요?"

　자운엽이 칼로 두부 자르듯 잘라 말하자 척발시와 목염태가 꿀 먹은 벙어리처럼 서로의 얼굴만 쳐다보았다. 예상대로 말로서는 상대가 되지 않는 놈이구나 하는 생각이 마주 보는 두 사람의 표정에 고스란히 나타나 있었다.

　"그, 그렇지! 그런 개아들 놈은 당장 때려잡아야……."

　어색한 분위기를 달래려는 듯 맞장구를 치던 척발시가 목염태에게 옆구리를 쥐어박히고는 말끝을 흐렸다. 그러나 그것을 놓칠 꼬마 강시가 아니었다.

　"그래서 두 분 대협의 그 권유는 도저히 따를 수가 없는 일입니다."

　'크! 머저리 같은 놈. 가만있기나 하지.'

비무(比武)의 약속　269

목염태가 오만상을 찌푸렸다.

"그럼 당장에는 힘들더라도 자네가 약속을 지킨 후에는 어떻겠나? 그땐 별문제없지 않겠나?"

척발시가 다시 제안했다.

"그때 가서는 한번 생각해 보죠."

자운엽이 간단하게 대답했다. 말로 하는 '그때' 란 수퇘지 새끼 낳을 때와도 같은 때이니 조금도 주저할 이유가 없는 것이다.

"그, 그렇게 하겠나?"

자운엽의 시원스런 대답에 척발시가 뭔가 한 건 했다는 듯 의기양양한 표정을 지으며 목염태를 바라보았지만 목염태의 표정은 한층 더 구겨져 있었다. 가주인 난비쌍류 공야인낙이 원하는 것은 당장 이 어린 놈을 자신의 가문으로 끌어들이라는 것이지 언제일지도 모르는 그때를 기약하란 말이 아니었다.

목염태의 구겨진 표정을 보고 한 번 더 심사숙고해 본 척발시도 자신이 성공시킨 약속은 현실적으로 아무런 효과가 없음을 인식하고는 예전의 표정으로 되돌아갔다.

"젊은 친구, 그것보다는 이 참에 우리가 결의형제를 맺는 것이 어떤가? 내 여태껏 살아오면서 자네같이 마음에 드는 사람은 만난 적이 없다네. 물론 나이로 따진다면야 우리가 자네보다 한참 많겠지만 강호에서 그런 것은 아무런 의미가 없지 않겠나?"

이런저런 궁리를 하던 목염태가 마지막 패를 꺼내 들었다. 첫사랑에 실패만 하지 않았어도 이만한 아들이 있을 법한 어린 놈과 형제의 예를 맺는다는 것이 마음에 내키지는 않았지만 그런 사이가 된다면 의형의 입장에서 마음껏 명령을 내릴 수도 있는 것이다. 그리고 의형제끼리 일어나는 일은 다른 가문에서 어쩔 수 없을 것이다.

'같은 덩치라도 이 덩치가 약간 낫군. 하지만 그렇게 호락호락할 내가 아니다. 난 단지 그 덩치에서 뿜어져 나오는 힘에만 관심이 있을 뿐이야.'

내심 중얼거린 자운엽이 잠시 고개를 숙이고는 심각하게 생각을 하는 듯하다 천천히 고개를 들었다.

"한 오 년 전에도 누가 저보고 형이라고 한 번만 불러달라던 사람이 있었지요."

"그, 그래서?"

목염태가 입술을 빨며 다가앉았다.

"일언지하에 거절했습니다."

단호하게 흘러나오는 자운엽의 목소리에 두 거한이 일순 할 말을 잃었다.

"왜 그랬나?"

잠시의 침묵이 있은 후 목염태가 가라앉은 목소리로 물었다. 이미 산통이 다 깨어진 것 같은 분위기인지라 더 이상 덩치에 어울리지 않게 저자세로 나갈 이유가 없다고 생각하는 모양이었다.

"글쎄요. 그땐 그런 생각이 들었죠. 별로 튼튼해 보이지도 않는 무인을 덜컥 형이라 불렀다간 언젠가 관도 맞춰주어야 하고, 묘비도 씨주어야 하고, 한 몇 년은 제사도 지내주어야 하고…… 또 언젠가는 복수도 해주어야 할 텐데 그건 정말 귀찮은 일이라는 생각이 들더군요. 그리고 그 심정은 지금도 마찬가지입니다."

자운엽의 설명에 한동안 멍하니 서로를 쳐다보던 척발시와 목염태가 마침내 지붕이 떠나가라 대소를 터뜨렸다.

비무(比武)의 약속

"크, 하하하하! 이 친구가 우리보고 허약해 보여서 결의형제를 할 수 없다는구먼. 우하하하! 이놈 쌍도끼야, 넌 어쩌다 그렇게 허약해 보이는 것이냐? 푸하하하……! 오늘 당장 보약이라도 좀 먹어야 하지 않겠느냐? 크, 하하하!"

척발시와 목염태가 서로의 가슴에 주먹질을 하며 한참 동안 웃음을 멈추지 못했다. 몇 살만 더 먹으면 사십이 되어가는 이날까지 자신들이 허약해 보인다는 말을 들을 줄은 꿈에도 상상 못했기에 터져 나온 웃음은 좀처럼 멈출 수가 없었다.

"크, 하하하! 살다 살다 자네 같은 친구는 처음일세. 그래, 자네 눈에는 우리가 그렇게 허약해 보이는 것인가?"

아직까지 들썩이는 어깨를 고정시키지 못한 척발시가 자운엽을 보고 말했다.

"좀처럼 그런 생각을 떨쳐 버릴 수가 없군요."

"크하하하……!"

"푸하하하……!"

자운엽의 대답에 두 거한이 다시 배를 잡고 웃음을 토했다.

"아이고! 아이고! 천적이 있긴 있는 모양이다. 이 친구 앞에서는 도저히 힘을 쓸 수가 없구나. 아이고, 뱃가죽이야."

웃다 지친 척발시와 목염태가 괴로운 표정으로 뱃가죽을 쓰다듬었다.

"어제는 뱃속에 있는 창자들이 고생을 하더니만 오늘은 뱃가죽이 고생을 하는구나. 자넨 정말 천적일세."

목염태가 인상을 찡그리며 고개를 흔들었다.

"그래, 어떻게 하면 우리가 허약하지 않다는 걸 믿을 수 있겠나?"

목염태의 말을 들은 자운엽의 눈빛이 번쩍 하고 빛을 뿜었다. 긴 기다림 끝에 드디어 자신이 원하는 바를 잡아챌 기회가 온 것이다. 그것을 위해 이들과 어울리고 자진해서 이곳까지 찾아온 것이었다.

"직접 증명해 보이는 것이 제일 좋은 방법이겠지요."

"어떻게 말인가?"

척발시도 이젠 웃음을 지우고 호기심 가득한 표정으로 자운엽을 바라보았다.

"두 분의 힘을 제가 직접 맞받아보면 되겠지요."

자운엽이 자신의 의도를 완전히 드러냈다.

"뭔가, 그 말은? 비무를 해보자는 얘긴가?"

"그렇습니다."

자운엽이 척발시와 목염태의 눈을 직시했다.

"하하… 하하하! 정말 마음에 드네, 자네는. 비무라……? 대체 얼마 만에 들어보는 소린가. 잠시 가라앉았던 피가 용솟음치는구먼."

척발시가 흥분을 감추지 못한 소리로 떠벌였다.

"좋아, 수락하지! 대신 우리가 허약하지 않다는 사실이 인정되면 그땐 우리를 형님으로 부르겠나?"

목염태가 엄한 눈빛으로 조건을 내걸었다.

'환사일결의 힘으로 이들을 꺾을 수 있을까?'

자운엽은 주화입마의 위험에 직면하면서 겨우 성취를 이룬 환사일결인 화석심공의 힘을 떠올려 보았다. 미완의 상태에서 탈백마검이란 노괴와 사투를 벌이고 뜻밖의 성취를 이룬 후 그 성취도가 내내 궁금했었는데, 그것을 실전에서 확인해 보기엔 이들이 더없이 좋은 상대였다.

비무(比武)의 약속

'과연 아무 탈 없이 이길 수가 있을까? 혹시라도 저번 같은 부작용이 발생한다면 이들은 속수무책일 텐데……. 휴— 모험이 없다면 얻는 것도 없겠지.'

자운엽은 결심을 굳혔다.

"좋습니다. 제가 패한다면 두 분께서 하라는 대로 하겠습니다. 대신 그렇지 못하다면 모든 것은 없었던 일이 되는 것입니다."

"그럼, 자네는 아무것도 얻는 게 없으니 손해 아닌가?"

"허약한 사람들을 형님으로 모시지 않는 것만으로도 큰 다행이지요."

"푸— 하하하! 그, 그렇군! 하하하……!"

목염태와 척발시가 다시 대소를 터뜨렸다.

"그럼 언제로 하려나?"

"쇠뿔도 단김에 빼라는 말이 있지요. 내일 밤 저 뒤쪽 야산에서 해 보지요. 귀찮은 날파리들은 달지 말고 우리끼리만 말입니다."

"귀찮은 날파리라…… 하하! 멋진 말이군. 좋네! 우리도 그런 날파리는 질색이니 술시 초(戌時初)에 뒷문에서 만나 같이 가지."

"알겠습니다."

목적을 달성시킨 자운엽이 가벼운 걸음으로 방을 나섰다.

"저놈 저거, 미친놈이 아닐까?"

척발시가 자운엽이 사라진 방향을 쳐다보며 중얼거렸다.

"글쎄. 어쩌면…… 저놈이 우리를 갖고 놀고 있는지도 모른다는 생각도 드는군."

한참 동안 가벼운 걸음걸이로 기쁜 듯이 걸어가는 자운엽을 쳐다보던 목염태가 조용히 말했다.

"무슨 소란가, 자네?"
"내일 밤 마주쳐 보면 알겠지."
목염태가 문고리를 끌어당겨 방문을 닫았다.

"형님, 괜찮겠습니까?"
종리재정과 당문 일행이 자운엽에게로 달려와 걱정스런 표정으로 쳐다보았다.
"자네 대단하더구먼. 하지만 좀 심한 감이 있었네."
당문정도 감탄 반 걱정 반인 표정으로 말했다.
"자기가 직접 목격한 것도 아닌 일을 그렇게 악의적으로 꾸며내어 많은 사람 앞에서 누군가에게 수모를 주려 하는 인간은 그렇게 되어도 싸다고 생각해요. 정말 그런 야비한 인간은 처음 봤어요!"
위지종현에게 고마운 마음을 가지고 있던 당유화가 자기 일이나 되는 듯 씩씩거렸다.
"서문가의 셋째 놈은 중원의 모든 세가들에게도 악명이 높은 놈이다. 당연히 그런 꼴을 당해도 싼 일이지만 직접 원한을 맺고 부딪쳐 본 사람들은 그들의 교활함과 추악함에 머리를 흔들고는 한발 물러서게 되는 것이다. 특히 그들 가문에서는 아주 오래전부터 관리들과 넓고 두터운 인연을 맺고, 그것을 무기로 많은 세가들과의 경쟁에서 사신들의 이익을 챙겨온 사람들이다. 그런 인간들이 개망신을 당했으니 절대로 가만히 있으려 하지 않을 것이야. 온갖 지독한 방법으로 자네를 공격할 것이네. 그건 정말 위험한 일이야."
당천의도 난감한 표정을 지었다.
"그땐 백부님께서도 도와주셔야지요?"

당유화가 다그치듯 말했다.

"물론이다. 하지만 나 역시 당사자는 될 수 없는 일, 아무리 노력해도 한계가 있는 법이다. 그것이 문제인 것이야."

당천의의 말에 당유화도 잔뜩 걱정스런 표정을 지었고 옆에 있던 종리재정은 아예 안절부절못하며 자리에 앉지를 못했다.

"어떤 놈이든지 형님에게 해를 입히는 놈이 있다면 대포를 만들어서라도 몰살을 시켜 버릴 겁니다. 기필코!"

안절부절못하던 종리재정이 어느 순간 눈에서 귀화를 뿜어내며 으스스하게 외쳤다.

퍽—

종리재정의 말과 함께 자운엽이 주먹을 날렸고 종리재정이 옆에 있던 의자와 함께 와장창 뒤로 넘어갔다. 깜짝 놀란 당가 사람들이 얼른 종리재정을 부축해 일으키며 자운엽을 쳐다보았다.

"멍청한 놈! 다시 한 번 그 따위 소리를 지껄이면 내 손으로 네놈을 먼저 죽여 버리겠다!"

자운엽의 눈에 핏발이 섰다.

"그동안 그렇게 고생을 하고도 아직 정신을 못 차렸단 말이냐! 당문으로 들어가서 누구도 함부로 하지 못할 암기로 온몸을 감싸기 전에는 네놈은 죽은 듯이 지내야 한다. 그것부터 제일 먼저 하거라. 그리고 당문의 숙원을 풀어라. 당문이 자신들 머리 위에 올라서는 꼴을 절대로 보지 못하겠다는 사람들이 이곳에도 있다면, 그들은 네놈을 제일 먼저 죽이려 들 것이다. 아직까지는 네 존재를 아는 사람이 거의 없으니 다행이지만, 그런 식으로 설치면 나보다 네놈이 훨씬 더 위험할 것이다."

자운엽의 말에 당문정과 당천의가 흠칫하는 표정을 지었다. 남궁가에 와서 귀빈 대접을 받으며 잠시 그것을 간과하고 있었던 당천의와 당문정이 무의식적으로 시선을 교환하며 주위를 둘러보았다.

"내 몸 하나쯤은 충분히 지킬 수 있으니 네놈은 네놈 걱정이나 해라. 한시도 혼자 돌아다니는 일은 없어야 한다. 알았느냐?"

자운엽이 고함을 지르자 종리재정이 겁먹은 눈으로 고개를 끄덕거렸다.

"허허! 이거 참, 누가 누구를 걱정하는지 모르겠구먼. 좌우간 자네, 조심해야 하네. 벌집도 아주 큰 벌집을 건드린 격이니까."

당문정이 다시 한 번 걱정을 했다.

"누가 절 건드리지 않는 이상 저 역시 아무도 건드리지 않겠지만, 반대로 누구든 절 건드리는 놈은 절대로 가만두지 않습니다."

당문정의 걱정에 자운엽이 씨익 웃으며 한마디 던지고는 밖으로 나갔다. 무척이나 합법적인 말 같기는 한데, 도저히 그 말에 수긍이 가지 않는 당가 식구들과 종리재정이 한참이나 멍하니 자운엽의 뒷모습을 바라보았다.

"평소에는 능구렁이 백 마리도 더 삶아 먹은 청년 같더니, 이럴 땐 무식한 인간의 표상이구먼. 서문세가를 건드려 놓고 저렇게 태연하게 행동하는 사람은 저 청년밖에 없을 걸세."

당문정이 혀를 내둘렀다.

◆ 제30장

북미(北美)

북미(北美)

공야세가의 두 거인과 자운엽의 얘기가 끊이지 않던 하루가 지나고 남궁세가의 잔칫날이 이틀 앞으로 다가왔다.

아침부터 남궁가의 대문 앞은 말 그대로 문전성시를 이루었고, 미리 도착해 있던 손님들과 새로 온 손님들이 합쳐서 남궁세가 안은 인산인해를 이루었다.

그 인산인해의 물결 속에서 나이 든 사람들은 오랜 친구를 만나 그동안 단절되었던 의사를 소통시키느라 입에 침이 말랐다. 또한 젊은 사람들은 젊은 사람들대로 그들의 가장 본능적인 관심사인 이성에 대한 끊임없는 탐색으로 눈동자와 고개가 한시도 고정되어 있지를 못하였다.

"이 인간은 대체 어디에 틀어박혀 있는 거야, 정말?"

화려한 차림의 한 여인 역시 누군가를 찾는 듯 쉴 새 없이 눈동자를 굴리며 부지런히 발걸음을 옮기고 있었다.

"정말 대단한 위용이야."

남궁세가 안에 있는 많은 사람들을 쳐다보며 부지런히 누군가를 찾으면서도 이따금씩 여인의 눈은 남궁가의 웅장한 건물들을 감상하는 것을 잊지 않았다.

화려한 옷차림에 조금은 어울리지 않는 빠르고 경쾌한 여인의 걸음걸이와 행동에 주위에 있는 뭇 사내들이 자신도 모르게 눈길을 돌리고는 한동안 시선을 뗄 줄 몰랐다.

허리까지 내려온 흑발과 약간은 도전적인 눈매, 그리고 야무지게 다물린 여인의 입술은 싱싱하고도 강한 매력을 풍겼다. 또 화려한 옷에 어울리지 않는 경쾌한 몸놀림과 언뜻언뜻 드러나는 미끈한 몸매는 그녀가 바느질이나 수를 놓으며 지내기보다는 무기를 들고, 그것을 익히는 데 훨씬 더 많은 시간을 투자했음을 여실히 드러내 주었다.

그런 것이야 어떻든 전체적인 여인의 모습은 되도록 오랫동안 쳐다보고 싶다는 생각이 절로 들 정도였지만, 여인은 그런 눈길들을 매정하게 뿌리치고 부지런히 인파 속을 헤치며 자기의 길을 갔다.

"저기 있군!"

여인은 자신이 찾는 사람을 발견하고는 환한 표정을 지었다.

"이봐요!"

이제까지의 빠르고 경쾌한 걸음걸이와는 달리 자신의 옷매무새를 다시 확인하고 약간은 주저하며 한 청년을 향해 다가간 여인은 청년을 향해 나직이 소리를 질렀다.

웬만해서는 자신의 감정을 드러낼 것 같지 않은 냉철한 표정의 청년 하나가 뭔가 열심히 생각하며 걸음을 옮기다가 얼핏 고개를 들어 여인의 얼굴을 쳐다보았다. 무심결에 여인을 한 번 쳐다본 청년은 다시 자기 갈 길로 빠르게 걸음을 옮겼다. 그러다 어느 순간 청년은 급히 신형을 돌리며 놀란 표정으로 여인의 얼굴을 쳐다보았다.

"북호!"

자운엽이 깜짝 놀라며 불식간에 소리를 내질렀다. 그러고는 한동안 믿을 수 없다는 표정으로 북호의 모습을 이리저리 훑어보았다.

검은 복면에 검은 무복 차림의 모습만 몇 번 본 것이 전부였기에 화려한 차림으로 나타난 그녀의 모습에 자운엽은 멍하니 눈만 껌벅거렸다.

"도깨비라도 본 건가요? 왜 그런 표정을 지어요?"

북호가 배시시 웃으며 말하자 자운엽이 퍼뜩 정신을 차렸다.

"정말 의외군요. 여긴 어쩐 일이오? 그리고 그 옷차림은 또 어떻게 된 것이오?"

"내 차림이 어때서요? 여기 있는 내 또래 여인들 옷차림도 다 이렇잖아요?"

북호가 오히려 이상하다는 표정으로 대꾸했다.

"그, 그렇긴 하지만… 소저의 그런 차림은 너무 갑작스럽군요."

"칼을 차고 검은 무복에 검은 복면이 나도 훨씬 편해요. 하지만 그런 차림으로는 대문 근처에도 접근하지 못하고 쫓겨났을 거예요. 그런데… 내 모습이 그렇게 많이 어색한가요?"

북호는 많이 섭섭한 표정을 감추지 못하며 자운엽에게 질문했다.

그녀 말대로 자신은 검은 무복에 검은 복면이 더 잘 어울렸고, 지금의 차림새는 어색하기까지 했지만 이곳에 오기 위해서는 이렇게 입을 수밖에 없었다. 그러면서도 이런 화려한 차림을 한 자신의 모습을 동경에 비춰 보며 가슴이 두근거렸다. 음지에서 살아가는 그림자 인간이기 이전에 그녀도 여자였던 것이다.

"아, 아니오. 아찔할 정도로 예쁘군요!"

자운엽이 얼른 답했고 실망감이 번져 갔던 북호의 표정이 다시 밝아졌다.

"그런데 여긴 어쩐 일이시오?"

"한참을 돌아다녔더니 다리도 아프고 목도 마르네요."

북호가 엄살을 피우며 허리와 다리를 두드렸다.

"미안하오. 너무 뜻밖이라 잠시 혼이 나갔소!"

자운엽이 얼른 북호를 안내하여 후원 쪽, 경관이 좋은 곳으로 향했다. 그러나 의자와 탁자가 있는 곳이면 어디든 사람들이 차지하고 있었고 웬만큼 운치있는 장소에는 아예 발 디딜 틈도 없었다.

자운엽은 북호를 이끌고 자리를 찾아 한참이나 남궁가 후원을 돌아다니다가 누군가를 보고는 천천히 걸음을 멈추었다.

'마침 잘됐군!'

자운엽의 입꼬리가 말려 올라갔다.

저만치 나무 그늘 아래 낯익은 얼굴 몇몇이 보였다. 그중 하나는 문제의 그 술자리에서 시중을 들며 파산쌍부 척발시의 고함 소리에 쓸개 빠진 곰처럼 헐떡거리며 술병을 나르던 흑곰이란 사내였다.

"크흠!"

흑곰이 앉은 자리 옆으로 다가선 자운엽이 헛기침을 크게 한 번 하자 흑곰의 고개가 천천히 돌아왔다.

"어엇!"

자운엽을 발견한 흑곰은 벌떡 몸을 일으켰다. 그날 밤새 시달리며 척발시의 고함에 놀란 가슴이 자운엽의 얼굴과 함께 반사적으로 반응을 일으킨 것이다. 그러다가 이내 어제 새벽의 곤욕이 떠올랐는지 험상궂은 표정이 되어갔다.

"커험!"

다시 한 번 헛기침을 한 자운엽이 산적 같은 거한들을 보고 주춤거리는 북호의 손을 이끌고 다가갔다.

"여기 오래 계셨으면 이젠 우리도 자리 좀 씁시다."

느닷없는 자운엽의 말에 흑곰의 표정이 울그락불그락 폭발 일보 직전이 되어갔다.

하룻밤을 꼬박 새우며 당한 곤욕만 생각해도 이가 갈리는데 이젠 어렵사리, 아니, 뭐 그렇게 어렵사리는 아닌 것 같다. 같이 몰려와서 눈 몇 번만 부라리면 되었으니……. 어쨌든 그렇게 잡은 자리까지 내놓으라니?

"이런 쳐 죽일……!"

흑곰이 콧김을 내뿜으며 당장이라도 주먹을 내뻗을 자세를 취했다. 그러나 서문표가 무섭게 날아가던 모습과 척발시의 고함 소리가 불현듯 떠오른 흑곰은 불끈 쥐었던 주먹을 슬며시 풀고는 눈치를 살폈다.

"야, 그만들 일어나서 자리를 만들어 드려. 잠시 후 이 자리에 척 대협과 목 대협이 오실 모양이다."

핑계 대며 슬그머니 꽁무니를 빼는 흑곰을 따라 산적 인상의 몇몇 사내들도 몸을 일으켜 다른 자리를 찾아 나섰다. 그리고는 멀지 않은 장소에서 다시 자리를 확보했다. 물론 그들은 아무런 물리적 행동을 취하지 않았지만 큰 덩치와 표정 자체가 어떤 물리력보다 우선하는 무기였다.

어쨌거나 덕분에 꽤나 운치있는 자리를 얻은 자운엽은 북호에게 자리를 권하고 탁자를 마주하며 앉았다.

"대단하군요. 그새 남궁세가도 평정하셨나요?"

북호가 방금 자리를 내어준 산적 같아 보이는 무리들이 혹시라도 해코지를 하지 않을까 경계하며 자운엽을 쳐다보았다.

"호가호위(狐假虎威)라는 계책을 썼지요."

자운엽이 빙긋 웃으며 흑곰 일행이 받아다 놓고 손도 대지 않은 새 술병 두 개를 집어 하나를 북호에게 내밀었다. 술병을 받은 북호가 주저없이 병을 입에 대고 한 모금 마셨다. 투박한 사내들에게서나 볼 수 있는 거침없는 행동이었지만 그녀의 그런 모습은 조금도 어색해 보이지 않았다. 오히려 작은 잔에 따라 조심스럽게 홀짝거렸다면 그게 더 어색해 보일 것 같았다.

"이젠 다리 아픔과 목마름이 좀 해결되셨소?"

자운엽이 여기 온 북호의 용건을 넌지시 재촉했다.

"아직 멀었어요."

북호가 짤막하게 대답하고는 탁자 위에 아무렇게나 놓여 있는 젓가락을 주워 들고는 안줏거리를 집어 들었다.

"그건 저 산적들이 쓰던 젓가락 아니오?"

"뭐, 그래도 손가락으로 집어 먹는 것보다는 나을 게 아니겠어요?"

북호가 주저없이 안주 한 점을 다시 집어 입 안으로 우겨 넣었다. 그리고는 한 번 더 병나발을 불었다.

"역시 대가 댁 음식이라 맛이 다르군요."

한 번 더 목을 축인 북호가 콧잔등을 찡그리며 웃었다.

'천둥벌거숭이와 붙여놓으면 쌍벽을 이루겠군.'

서교영을 떠올린 자운엽이 내심 고소를 지었다.

"오자마자 남궁가를 발칵 뒤집어놓았더군요."

북호가 웃음기를 그대로 유지한 채 자운엽을 쳐다보았다.

"무슨 말이오?"

짐작이 가는 북호의 말이었지만 시침을 뗀 자운엽이 반문했다.

"서문가의 여우를 비루먹은 강아지로 만들어 일장에 날려 버리고, 파산쌍부와 철추염왕을 동시에 때려눕혔다고 어제오늘 남궁세가에서는 온통 그 얘기뿐이더군요."

북호의 미소가 짙어졌다.

"때려눕히긴 누굴 때려눕혔다고 그러시오? 같이 뻗었다 같이 일어났는데……."

자운엽은 이상하게 확대된 소문에 쓴웃음을 지었다. 두 덩치들이 오물을 뒤집어쓴 표정으로 방구석에 처박혀 끙끙거리는 모습을 생각하니 한편으로는 불쌍한 생각까지 들었다.

'조금 심했나? 오늘 밤 대결을 벌이려면 기가 죽어서는 곤란한데…….'

내심 중얼거린 자운엽이 북호를 쳐다보았다.

"그런데 북 소저는……?"

무심코 말하던 자운엽이 말끝을 흐렸다. 북호란 말은 호위의 한 명칭이지 성씨가 아닌 것이다.

"호호!"

그런 자운엽의 모습을 보고 북호가 미소를 지었다.

"이름은 없으시오?"

"잊은 지 오래됐어요. 하나 지어주는 게 어떤가요?"

북호의 말에 잠시 생각에 잠기던 자운엽이 뭔가 생각난 듯 눈을 들었다.
　"북미가 어떠시오?"
　"북미?"
　북호가 고개를 갸웃거렸다.
　"북호의 북(北) 자와 아름다울 미(美) 자를 써서 북미라 하면 어떻겠소?"
　자운엽이 설명을 하자 뭔가 어색한 듯 고개를 갸웃거리던 북호가 배시시 웃으며 맘에 든다는 표정으로 바꾸었다.
　'노소를 가릴 것 없이 여자들이란 예쁘다는 말만 들으면 정신을 못 차린다니까.'
　자운엽이 희미한 미소를 머금었다.
　"좋아요, 그걸로 하겠어요."
　자운엽의 생각이 바뀌기라도 할까 봐 북호가 얼른 답했다.
　"그런데 북미 소저께서 여기 온 이유가……?"
　"그러잖아도 말할 생각이었어요. 동호 대장이 이걸 갖다 주라고 했어요."
　북호가 품속에서 무엇인가를 꺼내 조심스럽게 자운엽에게 내밀었다.
　"이건 황룡단검이 아니오?"
　자운엽이 펼쳤던 천을 얼른 감싸며 말했다.
　"아시다시피 그것은 황실에서 내린 물건이지요. 종 오품 이하의 벼슬아치는 그것으로 즉결 처분을 해도 무방해요. 서문가 셋째 아들과의 시비 이후 서문가는 관의 힘을 빌지 모르겠어요. 그것은 이 황룡단검으로 차단할 수 있을 거예요."
 북호가 정색을 하며 말했다.
 "그러나 무림의 힘을 이용한 공격은 우리도 어쩔 수 없어요. 섣불리 나섰다가 일이 커지면 우리는 활동 자체가 불가능해지기 때문에……."
 "그건 충분히 알고 있으니 됐소. 그리고 이것 역시 필요없으니 도로 가져가시오."
 자운엽이 황룡단검을 다시 북호에게 내밀었다.
 "그건 제 권한 밖이네요. 전 전해주라는 명령만 받았지 다시 받아오란 명령은 받지 못했어요."
 북호가 단호하게 고개를 가로저었다.
 "그럼 술집에 맡기고 술로 바꿔 마실 수도 있소."
 "마음대로 하세요. 나하고는 상관없는 물건이니."
 북호가 더 이상은 귀찮게 하지 말라는 듯 손을 내저으며 다시 술 한 병을 끌어당겼다.
 "좋소, 나중에 직접 돌려주지요. 그런데 상관 대협은 어디로 간 것이오? 멀쩡한 표행 마차를 이리로 오게 해놓고선 정작 자신은 남궁가가 보이자 사라져 버렸으니 말이오?"
 자운엽은 상관진걸의 행동이 이해가 안 간다는 듯 질문했다.
 "글쎄요. 잘은 몰라도 상관 대인은 이곳에 얼굴을 내밀 입장이 못되는 것 같았어요. 그리고 금성표국 마차를 이곳으로 오게 한 것은 당분간 남궁세가의 울타리 속에서 의질(義姪)들을 보호하자는 뜻으로 알고 있어요."
 "그참, 되게 복잡하게 사는 사람이오. 그건 그렇고 이젠 가봐야 되지 않겠……."

말을 꺼내던 자운엽이 매서워지는 북호의 눈꼬리를 보고는 얼른 입을 다물었다. 지금 북호의 눈매는 며칠 전 엄한필을 바라보던 송여주의 눈매와 똑같았기 때문이었다.

"오신 김에 세가 구경이나 좀 하시겠소?"

급히 내용을 바꾼 자운엽의 말에 차가워지던 북호의 눈빛이 봄눈 녹듯 녹아내렸다.

"저 친구, 여자 꼬시는 데도 일가견이 있나 보군."

위지종현이 팽은리, 팽은설과 함께 찻잔을 들다가 자운엽과 북호를 보고 중얼거렸다. 팽은설과 팽은리가 위지종현의 시선을 따라 고개를 돌리다가 두 사람의 모습에 못 박은 듯 시선을 고정시켰다. 그러다 어느 순간 팽은설의 눈빛이 천천히 날카로워졌다.

'이 녀석은 점점 심해지는군.'

위지종현이 슬쩍 팽은설의 표정을 쳐다보고는 조용히 한숨을 쉬었다. 이틀 전, 위기일발의 순간을 모면케 해준 자운엽에 대한 고마움의 심정이야 더 말할 필요가 없지만, 팽은설은 다른 방향으로 그 심정이 표출되고 있는 것이다.

방년에 이른 처녀가 총각에게 끌리는 것은 극히 자연스런 일이나 중원세가의 자식이라는 신분은 본인의 의사를 무조건적으로 반영해 주지 않는 것이 문제이다.

비록 청년의 내력이 결코 범상치 않다는 것은 절로 수긍이 가지만, 지금 당장 나타난 신분은 하북팽가의 여식이 되도록이면 관심을 가져서는 안 되는 떠돌이 표사이다. 위지종현은 그 점이 못내 걱정이 되었다.

"자 공자님!"

위지종현의 생각이 끝나기도 전에 팽은설이 발딱 일어나 자운엽과 북호에게로 걸어갔다.

'아이쿠! 복잡해지는구나!'

놀란 위지종현이 손을 내저으려 했지만 팽은설은 빚을 받으러 가는 사람처럼 도전적인 모습으로 자운엽에게 다가갔다.

"안녕하시오, 팽 소저."

자운엽이 팽은설을 보고 가볍게 인사를 했다.

"그때는 정말 고마웠어요. 황망 중이라 인사도 제대로 못했네요."

팽은설이 정말 고맙다는 표정으로 인사를 했다.

"그놈이 날보고 하류잡배 애송이라 몰아세우기에 나선 것뿐이니 괘념치 마시오."

자운엽이 아무 일 아니라는 듯 가볍게 답했다.

"그래도 우린 평생 잊지 못할…… 그런데 이분은?"

팽은설이 말끝을 흐리며 북호를 바라보았다.

"아하! 소개하겠소. 이분은… 예전… 의 내 고객인 북미 소저요."

자운엽이 얼른 둘러댔다.

"그리고 이 소저는 하북팽가의 팽은설 소저이오."

자운엽이 두 여인들에게 서로를 소개하자 두 여인들도 서로를 쳐다보며 가볍게 목례를 했다.

"그럼 북미 소저께선 자 공자님께 또 다른 일을 맡기러 이리 오신 건가요?"

팽은설이 탐색하듯 자운엽과 북호를 쳐다보며 질문했다.

"그런 건 아니고 우연히 만나게 되어 얘기를 나누고 있던 중이었소."

"네, 그렇군요. 그럼 다른 얘기가 없으시다면 자 공자님은 우리와 자리를 같이하시는 게 어떨런지요? 위지 오라버니나 백부님께서도 만나고 싶어하시고⋯⋯."

팽은설은 어떻게 하든 자운엽을 북호에게서 떼어내어 자신들이 앉은 자리로 데려가려고 안간힘을 썼다.

'이 계집애가?'

북호의 눈빛도 서서히 날카로워졌다.

말뜻이야 정중하게 자운엽을 초대한다는 것이지만, 그 속에 숨은 뜻은 볼일 다 봤으면 넌 그만 가보란 얘기였다. 그리고 자운엽은 의식 못한다 할지라도 같은 여자의 본능적인 직감으로 봐서 자신 앞에 선 이 소녀는 연적으로서 자신을 대하고 있음을 확연히 느낄 수 있었다. 도발적인 걸음걸이로 다가오는 모습에서나 깊이 감추어 드러내지는 않고 있지만 언뜻언뜻 눈꼬리에 나타나는 날카로운 기운은 질투심에 사로잡힌 소녀의 전형적인 모습이었다.

'막내 동생뻘도 안 되어 보이는 계집애와 연적 관계라⋯⋯?'

북호의 얼굴에 슬쩍 짓궂은 미소가 어렸다. 그리고 그 미소의 끝에는 자신도 의식하지 못하는 질투의 빛이 같이 떠올랐다.

"그런데 어떡하지요? 우린 아직 얘기가 다 끝나지 않았는데⋯ 그러니 팽 소저께서는 자리로 돌아가 계세요. 그리고 우리 얘기가 끝나면 그때 가서 다시 자 공자를 모셔가세요."

북호가 미소를 머금은 표정으로 최대한 부드럽게 말했지만 북호의 말을 들은 팽은설의 표정은 발갛게 달아올랐다.

"뭐라구요? 이런⋯⋯."

팽은설이 발끈하며 당장이라도 달려들 듯한 모습을 했다.

"아니! 팽 소저, 왜 그러시오?"

무심코 두 사람의 대화를 듣고 있던 자운엽이 갑작스런 상황 변화에 당황하며 손을 내저었다.

팽은설과 북호가 자신을 가운데 놓고 연적이 되어 대결을 벌이고 있다고는 상상도 못한 자운엽은 팽은설의 갑작스런 흥분이 얼른 이해가 가지 않았다. 팽은설의 갑작스런 제의에 대한 북호의 부드러운 답변은 크게 결례를 한 것 같아 보이지 않았다. 단지 나중에 다시 모셔가란 말은 조금 과한 점이 있었지만, 그 정도야 별문제가 없다고 생각했다.

"좋아요! 자 공자님께 직접 묻겠어요. 여기 계신 북미 소저와 아직도 그렇게 중요한 얘기가 많이 남아 있나요? 그래서 우리 팽가와 위지가의 초청에 응할 수 없다는 말씀인가요?"

잠시 흥분됐던 마음을 억누른 팽은설이 자운엽에게로 과녁을 바꾸었다.

'여우 같은 계집애!'

북호가 천천히 입술을 깨물었다.

자운엽과 북호 자신을 발견하고 씩씩거리며 나타난 모습으로 보아 아무런 생각 없이 즉흥적으로 달려와 자운엽을 끌고 가려 한 것이 분명하건만, 자신의 입장이 크게 우위를 점하지 못하자 금세 자기 가문과 위지 가문의 정식 초청으로 상황을 몰고 가고 있는 것이다.

하북팽가와 하북위지세가라면 삼척동자도 다 아는 쟁쟁한 세가이다. 그 두 세가의 이름으로 누군가를 정식 초청한다면 그건 황족이라 할지라도 심사숙고해 보아야 할 것이다.

'어디 북씨세가란 곳은 없나?'

북호가 잠시 머리를 굴려보았지만 하북팽가와 위지세가 두 가문을 합친 것과 맞먹을 만한 세력을 가진 북씨 성의 세가는 떠오르지 않았다.

"뭐, 크게 중요한 얘기가 남은 것은 아니지만… 팽가와 위지가의 초청이라니 그건 또 무슨 얘기요?"

자운엽이 얼떨떨한 표정으로 팽은설을 쳐다보았다. 자운엽 역시 팽은설의 첫 제안은 단순한 합석 정도로 알았는데, 갑작스런 양가의 정식 초청이라는 팽은설의 말은 선뜻 이해가 가지 않았다.

"그래요! 우리 팽가와 위지가는 자 공자님께 고마움을 표하기 위해 자 공자님을 직접 뵙고 그 뜻을 전하기로 했어요. 그러니 북미 소저를 따라가든 저를 따라가든 지금 이 자리에서 선택을 하세요!"

팽은설이 단호하게 말을 맺었다.

"두 가문에서 어떤 결정을 언제 내렸는지 모르겠지만 자 공자는 지금 분명히 저하고 동행하는 중이었어요. 그러니 팽 소저의 제의는 너무 일방적이군요."

북호도 지지 않고 반격했다.

"이거야 원! 위지 공자, 정말 두 가문에서 지금 정식으로 나를 초청하는 것이오?"

여전히 상황 판단이 되지 않은 자운엽이 분위기가 점점 복잡, 살벌해짐을 느끼고 천천히 다가온 위지종현에게 질문을 던졌다.

"그야 뭐…… 그렇게 해야 할 일이지요."

위지종현이 얼렁뚱땅 답했다.

"그것 보세요! 그러니 지금 우리 두 가문의 정식 초대에 응하든지, 아니면 일언지하에 거절하고 별 중요하지 않은 얘기를 계속하든지 양자택일을 하세요!"

팽은설이 숨 쉴 틈도 주지 않고 다그쳤다.

"이렇게 나오는 이상 본인 의사가 제일 중요하겠군요. 저하고 한 약속을 지키든지, 아니면 헌신짝처럼 약속을 팽개치고 갑작스런 막강 세가의 초청에 응하든지는 전적으로 자 공자께서 선택할 일이지요."

북호 역시 가시가 돋다 못해 사방으로 가시가 비산하는 말로 자운엽의 선택을 재촉했다.

'이 여자들이?'

이해하기 힘든 상황이 조금 더 진행되자 자운엽은 두 여자들 사이에 흐르는 이상 기류를 조금씩 감지하기 시작했다.

'쓸데없는 자존심 싸움을 벌이고 있군.'

자운엽은 지금 두 여자가 팽팽한 자존심 싸움을 벌이고 있다고 확신했다. 팽은설의 갑작스런 초청 운운도 그랬고, 북호의 가시 돋친 살벌한 말투도 그랬다. 애초에 팽가와 위지가의 초청은 없는 얘기가 분명했다. 그것은 자신의 제의를 거절당한 팽은설이 꾸며낸 얘기일 것이고, 그걸 눈치 챈 북호도 지지 않고 가시가 비산하는 어투로 자운엽의 입장을 난처하게 만드는 것이다.

'별일도 아닌 걸 가지고······.'

내심 고소를 삼킨 자운엽이 진화에 나섰다.

"그만들 하시지요. 별일도 아닌 것을 가지고 왜 그렇게 과민하게 반응하시오? 북미 소저와 한 약속이 먼저이니 그걸 먼저 이행하고 팽 소저의 초청에 응하면 될 것 아니겠소. 그러니 이쯤에서 타협을 봅시다."

자운엽이 부드러운 미소를 지으며 두 여자를 달랬다. 그러나 두 여자의 표정은 자운엽의 의도와는 무관하게 제각각으로 변했다.

겉으로는 태연한 척하였지만 북호의 표정에는 연적을 물리친 여성

특유의 쟁취감이 만연했다. 반면 팽은설의 표정에는 짝을 잃은 상실감에 따른 처절한 질투의 표정이 어렸다.

"북씨 가문이 하북팽가보다 더 힘이 있나 보군요!"

새파란 분노를 내뿜으며 팽은설이 자운엽의 뒤통수에 대고 외쳤다.

"무슨 말씀이오?"

북호와 걸음을 옮기려던 자운엽이 천천히 돌아섰다.

"자 공자님은 앞으로 우리 팽가와 위지가의 도움이 절실히 필요할 거란 생각은 안 해보셨나요?"

"은설아!"

팽은설의 말에 위지종현이 황급히 나섰지만 연적과의 싸움에서 패한 여인의 귀에는 다른 것은 아무것도 들리지 않았다.

"잘 못 알아듣겠는데, 좀 쉽게 설명해 주시겠소?"

자운엽이 고개를 갸웃거리며 반문했다.

"어제 자 공자님에게 봉변을 당한 서문세가에서 조만간 공자님에게 무서운 보복을 할 거라 생각해요. 그땐 저희 팽가와 북씨 가문 중 어느 가문이 더 힘이 될지 생각해 보시고, 팽가의 초청을 이렇게 일언지하에 거절해도 되는지도 한번 생각해 보란 말이에요, 제 말은."

팽은설의 말을 듣고 잠시 무표정하게 팽은설을 쳐다보던 자운엽의 눈빛이 서서히 차가워졌다. 그리고는 천천히 입꼬리가 말려 올라갔다.

"후후, 그런 뜻이었소? 이제야 이해가 좀 되는군요. 크크!"

자운엽이 몇 번을 더 어깨를 들썩이며 웃다가 팽은설을 쳐다보았다.

"그러니까 내가 지금 팽 소저의 말을 따르면 팽가는 앞으로 나에게 닥칠지도 모를 위험에서 힘을 보탤 것이고, 그렇지 않으면 국물도 없다 그 말이오?"

말을 마친 자운엽의 눈빛이 서서히 음울한 빛을 발하기 시작했다.

수운곡의 동굴 속에서 식음을 전폐하고 며칠 밤낮을 쉬지 않고 나비의 날갯짓을 그려 나갈 때 뿜어져 나오던 귀기 어린 눈빛과도 비슷한, 그러면서도 그때는 보이지 않았던 광포한 기운이 실린 그런 눈빛이었다.

뚜둑. 뚝!

자운엽의 심장이 어느 순간 멈추어졌다.

차갑게 타오르는 분노 속에서 환사삼결의 화석심공이 운용되고 있는 것이다.

'무, 무서워!'

제일 옆에 있던 북호가 숨이 멎는 듯한 느낌에 주춤 옆으로 물러섰다.

'우욱!'

위지종현도 급히 공력을 끌어올리며 질식할 듯 뒤덮어오는 기운에 대항해 갔다. 그리고는 얼른 팽은설에게로 눈을 돌렸다.

도약 일보 직전의 대호의 눈빛에서나 볼 수 있는 자운엽의 살기에 정면으로 마주한 팽은설의 얼굴은 백지장처럼 탈색되어 있었다.

뚜둑! 뚝! 뚝!

끓어오르던 분노를 억누른 자운엽이 심호흡을 했고 멈추었던 심장 박동이 다시 뛰기 시작했다. 그와 함께 천천히 살기가 거두어지고 일시 정지된 듯한 시간이 다시 순행하기 시작했다.

"난 당신들보고 도와달라고 한 적 없소. 그리고 내가 믿는 칼은 내 손에 들린 칼뿐이오. 가문이나 친구들의 힘을 들먹이며 겁주려 하지 마시오. 겁나면 미친개가 되어 당신들부터 먼저 물어뜯을지도 모르니 말이오."
 조용히 말을 마친 자운엽이 뻣뻣하게 굳어 있는 북호의 팔을 이끌고 사라졌다.
 파파팍!
 위지종현이 급히 팽은설의 혈도 몇 군데를 찍은 후 수혈을 짚었다.
 "어서 숙소에 자리를 펴라!"
 멀찍이 떨어진 자리에서 그대로 앉아 있던 팽은리가 위지종현의 다급한 외침에 퍼뜩 정신을 차리고는 줄달음을 쳤다.

 "많이 화났나요?"
 한참 말없이 걸으며 자운엽의 눈치만 보던 북호가 조심스럽게 말문을 열었다.
 "화가 났다기보다는 기분이 무척 나빴던 것 같소."
 자운엽이 묵묵히 앞을 쳐다보며 답했다.
 '많이 조심해야 될 것 같다.'
 조금 전의 상황을 떠올리며 자운엽은 생각에 잠겼다.
 가문의 힘을 들먹거리는 팽은설의 말에 순간적인 분노를 느꼈고 무의식적으로 그 분노가 표출된 것인데, 그것이 환사일결인 화석심공의 구결에 의해 소름 끼칠 정도로까지 증폭된 것이다. 이런 일이 자주 발생한다면 무슨 마공을 익힌 놈으로 찍혀 무림공적이니 뭐니 하는 가당찮은 수식어를 달고 쫓겨다니는 일이 생길지도 모를 일이다.
 '쩝! 꽤 귀염성있는 소저였는데 그렇게 얼어붙게 만들어놓았으니 다시는 쳐다보지도 않으려 할 것이고… 그럼 나머지 둘도 자연히 그렇게 되고……. 좋은 세월 다 갔구나.'

자운엽은 입맛을 다셨다.

'그나저나 그 순간 왜 화석심공이 운기된 것일까? 기분 나쁘다 보니 몸이 알아서 싸울 준비를 한 것인가? 주화입마에 빠져 영원히 헤어 나오지 못할 뻔한 위험을 겪으며 겨우 완성한 줄 알았더니… 아직도 제 맘대로 놀 때가 있군. 하여간 부작용이 만만치 않은 심공이야. 오늘 밤 두 산적들과 대결을 해보면 좀 더 확실히 알 수가 있겠지.'

근심 어린 표정을 짓는 자운엽 옆에서 북호도 따라 근심스런 표정을 지었다.

"괜찮을… 까요?"

"뭐가 말이오? 화석심공 말이오?"

생각에 잠겼던 자운엽이 동문서답의 상황을 만들었다.

"무슨?"

북호의 눈빛이 잠시 의문의 빛을 발했다.

"아까 그 팽가의 아가씨 괜찮을까요?"

"아— 그 말이오? 그 정도로 설마 잘못되기야 하겠소?"

"그래도 많이 놀란 것 같던데……."

북호가 시선을 아래로 내렸다.

아까는 서로가 본능적인 질투심에 사로잡혀 한 치의 양보도 없이 싸웠지만, 뒤이어 일어난 상황이 너무 무서웠다. 그리고 아직 어린 그녀가 많이 놀란 것 같았다. 격심한 심적 충격에 심맥이나 다치지 않았으면 하는 바람이 북호의 가슴속에서 메아리쳤다.

'이럴 줄 알았으면 한 살이라도 더 먹은 내가 양보하고 자리로 보내 줄 걸 그랬나?'

북호가 내심 후회를 했지만 이미 엎질러진 물이었다.

'그런데 이 사람은 도대체 정체가 뭘까?'

북호가 곁눈질로 슬쩍 자운엽의 얼굴을 훔쳐보았다.

상관진걸로부터 자신이 없는 사이 이 청년을 자신 대하듯 하라는 명령을 받았을 때는 너무 어이가 없어서 입이 다물어지지 않았다. 그리고 자운엽을 처음 대면한 모습은 더욱 가관이었다.

훌쩍 큰 키에 군살 하나 없는 단단한 체격을 지녔지만 얼굴에는 애송이의 젖비린내가 그대로 풍기고 있었고, 뒷골목 건달패 같은 반항기가 고스란히 느껴졌다. 그런데 그런 애송이에게서 시간이 갈수록 거듭해서 놀라고 있는 것이다.

그 첫 번째 놀람은 상관진걸이 건네준 황룡단검을 일말의 미련도 없이 동호에게 냅다 던진 일이다. 그때는 너무 황당하고 어이가 없었지만 당황해하는 동호 대장의 표정을 떠올리며 다시금 생각하니 절로 웃음이 터져 나온다.

이 청년에게 자신의 마음이 기울기 시작한 것은 그 순간부터일 것이다. 누군가에게 쉽게 길들여지지 않은 자유로움이 가득한 야성! 그 자유로운 야성에 그림자 인간으로 살아가는 자신의 영혼이 속절없이 빨려든 것이리라.

그리고 무영신개를 구하기 위해 벌인 싸움터에서는 아닌 척했지만 북호 자신과 다른 세 명의 동료들을 위해 자신의 위험도 무릅썼다. 다른 사람은 몰라도 북호 자신은 그것을 확연히 느낄 수 있었다.

'후우—'

곁눈질로 깊은 생각에 잠긴 듯한 자운엽의 옆모습을 훔쳐보던 북호가 가느다란 한숨을 내쉬었다.

'정심한 내력을 가진 정파의 후예이면 좋으련만……'

탈백마검 염설비의 심장을 찌르고 주화입마에 빠져드는 순간 아무 생각 없이 등에 쌍장을 갖다 댔고, 그때 느낀 이 청년의 내력은 폭주하여 제어가 불가능하기는 했지만 청량감마저 느껴지는 정심한 것이었다. 그런데 조금 전 느낀 기운은 너무 이질적이다.

주변에 있는 것을 모조리 부숴 버릴 듯한 폭발 일보 직전의 가공할 기운!

그것은 결코 정파무림인에게서는 느낄 수 없는 무서운 기운이었다.

'대체 사문이 어딜까? 그리고 사부는 누구이고? 또… 좋아하는 여자는 있을까?'

북호의 머리 속이 복잡해졌다.

"여기 계셨군요."

뒤에서 들리는 굵직한 목소리에 제각각의 상념에 잠겨 있던 자운엽과 북호가 얼른 고개를 돌렸다.

"아! 위지 공자."

자운엽이 위지종현을 잠시 바라보다 자리를 권했다.

"아까는 미안했소. 내가 대신 사과드리지요."

위지종현이 북호와 자운엽을 동시에 바라보며 사과의 말을 건넸다.

"아, 아니에요. 제가 너무 철없이 굴어서……."

북호가 옥용을 발갛게 물들이며 눈을 내리깔았다. 자운엽이야 못 느낄지 몰라도 옆에서 바라보던 위지종현은 자신과 팽은설의 대결이 연적끼리의 질투심에 의한 싸움이란 것을 알아챘을 것이다.

"아니오. 별일 아닌 걸 가지고 감정이 좀 격해져서……."

자운엽도 말끝을 흐리며 사과했다.

"그런데 팽 소저는 괜찮은가요?"

"혈도를 봉하고 수혈을 짚어놓았으니 한잠 푹 자고 나면 괜찮을 겁니다."

북호의 걱정에 위지종현이 안심하란 듯 미소를 지었다.

"그 녀석이 아마 자 공자를······."

무심코 말을 하던 위지종현이 북호를 바라보고는 얼른 말꼬리를 잘랐다.

"그 녀석이 막무가내로 자 공자를 초청한다고 한 말은 사실이 아니었소. 우리 두 가문은 충분히 그럴 의향이 있었지만 성급한 마음에 그 녀석이 너무 앞서 간 것이오. 그러니 부담은 가지지 마시오."

"그건 나도 눈치 채겠더군요. 어쨌든 깨어나면 미안하다고 전해주시오. 그리고 오늘 일은 서로 잊어버리자는 말도 함께 전해주시오."

자운엽의 말에 위지종현이 포권을 지으며 고개를 크게 한 번 끄덕이고는 팽은설이 걱정되는지 급히 신형을 옮겼다.

"잘 다듬어진 명문세가의 자제로군요."

북호가 위지종현의 뒷모습을 보며 중얼거렸다.

"인내심이 강한 사람이오. 어떤 상황에서도 절대로 자신의 진면목을 전부 드러내지 않는 냉정한 사람이기도 하고. 그런 면에서는 아주 배울 점이 많은 사람이오. 조금 더 가까이서 좀 더 열심히 배워볼까 하는 생각이 절로 일어날 정도로."

자운엽 역시 위지종현이 사라진 방향을 바라보며 중얼거렸다.

"무슨 말인가요? 그럴 정도로 냉정해 보이지는 않던데······."

"언젠가는 알 수가 있겠지요."

자운엽의 목소리에 확신이 어려 있었다.

'이 사람은 대체?'

북호의 눈빛이 흔들렸다.

처음 봤을 때와는 비교할 수 없을 정도로 바뀌긴 했지만 아직까지 자운엽에 대한 인상은 자신보다는 어린 애송이란 생각이 함께하고 있었다. 그런데 점점 그 인상이 잘못되었다는 것을 느낄 수 있었다.

잠시 더 그런 눈빛을 하던 북호가 내심 짜증 섞인 고함을 질렀다.

'멍청이! 심계가 아무리 깊으면 뭘 하나. 정작 내 마음은 한 가닥도 헤아리지 못하고 있는걸!'

북호의 눈꼬리가 위로 치켜 올라갔다.

"언제까지 여기서 이렇게 죽치고 있을 건가요?"

다시 무슨 생각에 깊이 잠긴 자운엽을 보며 북호가 꽥 하고 고함을 질렀다.

"왜 그러시오, 갑자기?"

자운엽이 멍한 표정으로 별안간 사나워진 북호를 쳐다보았다.

"남궁세가 안을 구경시켜 준다고 하지 않았나요? 그래 놓고선 여기서 죽치고만 있잖아요."

'금방 미안한 표정을 짓다가, 금방 웃다가, 또 금세 화를 내고…… 도대체 어느 장단에 춤을 추어야 하는 거야? 젠장!'

다시 매서워진 북호의 표정을 잠시 쳐다보던 자운엽이 머리를 흔들며 앞장을 서자 눈을 하얗게 흘긴 북호가 종종걸음으로 뒤를 따랐다.

〈제4권 끝〉

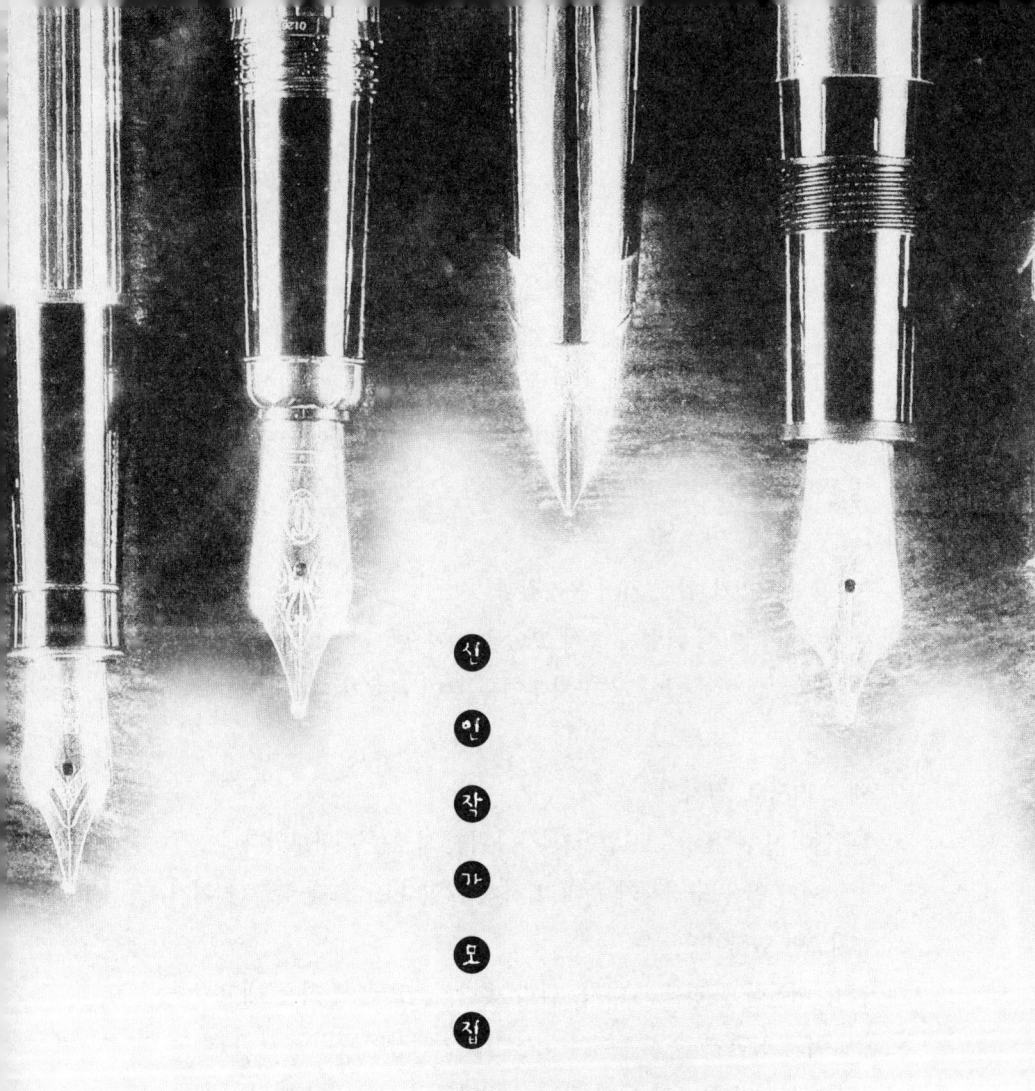

신인작가모집

**시작이 반이라고 했습니다.
작가의 길에 대한 보이지 않는 벽을 과감히 깨뜨리십시오!
청어람은 작가 지망생 여러분들의
멋진 방향타가 되어드리겠습니다.**

저희 도서출판 청어람에서는
소설 신인 작가분들을 모집합니다.
판타지와 무협을 사랑하시는 분들의 많은 참여를 바랍니다.
소정의 원고(A4용지 150매)를 메일이나 우편으로 보내주시면
검토 후 출판 여부를 알려드리겠습니다.

주소:경기도 부천시 원미구 심곡1동 350-1 남성B/D 3F 우편번호420-011
TEL:032-656-4452 · **FAX**:032-656-4453
http://www.chungeoram.com
e-mail:chungeoram@chungeoram.com